In seinem preisgekrönten Debüt, den Erzählungen aus »Der Muschelsammler«, nimmt Anthony Doerr seine Leser mit auf eine Reise von der afrikanischen Küste bis zu den Nadelwäldern Montanas und den Mooren von Lappland. Ein blinder Muschelsammler an der Küste Kenias entdeckt die wunderbaren Heilkräfte einer hochgiftigen Meeresschnecke. Touristen fangen einen Karpfen, der so groß ist, dass man ihn nicht fotografieren kann. Die Frau eines Jägers kann die Traumbilder der Tiere nacherleben, wenn sie sie berührt. Doerr entwirft eine weite und reiche Natur- und Seelenlandschaft, die etwas Magisches besitzt.

ANTHONY DOERR, 1973 in Cleveland geboren, gilt seit der Veröffentlichung des Erzählbands »Der Muschelsammler« 2002 als literarisches Talent. Für »Alles Licht, das wir nicht sehen« wurde er unter anderem mit dem renommierten Pulitzer-Preis ausgezeichnet. Das Buch stand auf Platz eins der New York Times Bestsellerliste. Für seine Erzählungen hat er bislang vier Mal den renommierten »O. Henry Prize« erhalten. Im Jahr 2007 wurde Anthony Doerr von der britischen Literaturzeitschrift »Granta« auf die Liste der »21 Best Young American Novelists« gesetzt. Er lebt mit seiner Frau und zwei Söhnen in Boise, Idaho.

Anthony Doerr

Der Muschelsammler

Erzählungen

btb

Die Originalausgabe erschien unter dem Titel
»The Shell Collector« bei Scribner, New York.

MIX
Papier aus verantwor-
tungsvollen Quellen
FSC® C014496

Verlagsgruppe Random House FSC® N001967

1. Auflage
Genehmigte Taschenbuchausgabe April 2017
btb Verlag in der Verlagsgruppe Random House GmbH,
Neumarkter Str. 28, 81673 München
Copyright © der Originalausgabe 2002 by Anthony Doerr
Copyright © der deutschsprachigen Ausgabe by
Verlag C.H. Beck oHG, München 2007
Umschlaggestaltung: semper smile, München
Umschlagmotiv: © plainpicture/Millennium/Tim Robinson
Druck und Einband: GGP Media GmbH, Pößneck
cb · Herstellung: sc
Printed in Germany
ISBN 978-3-442-73398-9

www.btb-verlag.de
www.facebook.com/btbverlag
Besuchen Sie auch unseren LiteraturBlog www.transatlantik.de

Inhalt

Der Muschelsammler

Der Muschelsammler stand am Spülbecken und schrubbte Napfschnecken, als er das Wassertaxi über das Riff schaben hörte. Das Geräusch ging ihm durch und durch, als der Rumpf die Kelche von Fingerkorallen und die winzigen Röhren der Orgelkorallen zermahlte, die Blumen und Farngebilde der Weichkorallen zerriß und auch Schalentiere beschädigte, indem er Löcher in Olividen, Stachel-, Hörner- und Turmschnecken bohrte, in *Hydatina physis* und *Turris babylonia*. Es geschah nicht zum ersten Mal, daß Leute versuchten, ihn aufzuspüren.

Er hörte ihre Füße ans Ufer platschen und das Taxi davonfahren, zurück nach Lamu, und den leichten Singsang-Rhythmus ihres Klopfens. Tumaini, seine deutsche Schäferhündin, die unter seinem Feldbett lag, stieß ein leises Jaulen aus. Er ließ eine Napfschnecke in den Ausguß fallen, trocknete sich die Hände und ging widerwillig zur Tür, um sie zu begrüßen.

Sie hießen beide Jim, zwei übergewichtige Reporter eines New Yorker Revolverblatts. Ihr Händedruck war glitschig und heiß. Er goß ihnen *chai* ein. Sie nahmen überraschend viel Platz in der Küche ein. Sie sagten, sie seien da, um über ihn zu schreiben. Sie würden nur zwei Nächte bleiben und ihn gut bezahlen. Was er von 10 000 amerikanischen Dollar hielte? Er nahm ein Schneckenhaus aus der Brusttasche seines Hemdes – das einer Turmschnecke – und rollte es zwischen den Fingern. Sie fragten ihn nach seiner Kindheit: Hatte er als Junge wirklich Karibus geschossen? Brauchte man nicht gute Augen dafür?

Er gab ihnen wahrheitsgemäße Antworten. Das Ganze hatte etwas Bizarres, etwas Irreales. Diese beiden großen Jims konnten nicht wirklich an seinem Tisch sitzen, ihm diese Fragen stellen und sich über den Gestank toter Weichtiere beklagen. Schließlich befragten sie ihn über Neuschnecken, speziell die Gattung *Conus*, und die Stärke von Conusgift, und wollten wissen, wie viele Besucher gekommen seien. Von seinem Sohn wollten sie nichts wissen.

Die ganze Nacht hindurch war es heiß. Blitze marmorierten den Himmel jenseits des Riffs. Von seinem Bett aus hörte er, wie sich *siafu*, Ameisen, an den Männern gütlich taten und wie diese sich in ihren Schlafsäcken kratzten. Vor Tagesanbruch sagte er ihnen, sie sollten ihre Schuhe ausschütteln, wegen der Skorpione, und als sie das taten, kam einer herausgepurzelt. Mit winzigen Kratzgeräuschen verschwand er blitzschnell unter dem Küchenschrank.

Er nahm seinen Sammeleimer und legte Tumaini das Geschirr an, und diese führte sie den Pfad hinab zum Riff. Die Luft roch nach Blitzen. Keuchend versuchten die Jims mit ihm Schritt zu halten. Sie meinten, es sei beeindruckend, wie schnell er sich bewege.

«Wieso?»

«Na ja», murmelten sie, «Sie sind blind. Der Weg hier geht sich nicht leicht. Die vielen Dornen.»

Von weit her hörte er die hohe, lautsprecherverstärkte Stimme des Muezzins in Lamu, der zum Gebet aufrief. «Es ist Ramadan», erklärte er den Jims. «Die Leute essen nichts, solange die Sonne über dem Horizont steht. Bis Sonnenuntergang trinken sie nur *chai*. Jetzt essen sie bestimmt. Wenn Sie möchten, können wir heute abend ausgehen. Sie grillen auf den Straßen Fleisch.»

Bis mittags waren sie einen Kilometer hinausgewatet auf dem breiten, geschwungenen Grat des Riffs. Hinter ihnen schwappte leise die Lagune, vor ihnen brach sich eine niedrige See. Die Flut kam. Tumaini, die inzwischen abgeschirrt war, ragte, hechelnd auf einem pilzförmigen Felspodium stehend, zur Hälfte aus dem Wasser. Der Muschelsammler stand gebeugt und suchte einen sandigen Graben mit gekrümmten, beweglichen, fegenden Fingern nach Muscheln ab. Er packte die zerbrochene Schale einer Spindelschnecke und fuhr mit einem Fingernagel über ihre eingekerbte Spirale. «*Fusinus colus*», sagte er.

Bei der nächsten Welle hielt der Muschelsammler automatisch seinen Eimer hoch, damit er nicht unter Wasser geriet. Sobald die Welle vorüber war, steckte er die Arme wieder in den Sand, und seine Finger untersuchten eine Nische zwischen Seeanemonen, hielten inne, um einen Klumpen Hirnkorallen zu identifizieren, und verfolgten eine Schnecke, die sich eingrub.

Einer der Jims hatte eine Schnorchelmaske und benutzte sie, um ins Wasser zu schauen. «Guckt mal, die blauen Fische da!» rief er, nach Luft schnappend. «Was für ein Blau!»

Der Muschelsammler dachte in dem Moment gerade daran, wie gleichgültig doch Nesselkapseln waren. Selbst nach dem Tod gaben die winzigen Zellen noch ihr Gift ab. Eine einzige, acht Tage zuvor abgetrennte, vertrocknete Tentakel hatte im vergangenen Jahr einen Jungen aus dem Dorf gestochen und seine Beine anschwellen lassen. Vom Biß eines Drachenfischs war die ganze rechte Körperhälfte eines Mannes aufgequollen, um seine Augen herum hatten sich Blutergüsse gebildet, und sein Körper war dunkelrot angelaufen. Der Stich eines Drachenkopfs hatte vor Jahren dem Muschelsucher die Haut von einer Ferse abgefressen und eine glatte Haut ohne alle Linien hinterlassen. Wie viele Seeigelstacheln, die auch abgebrochen noch immer Gift verspritzten, hatte er Tumaini aus der Pfote gedrückt? Was wäre, wenn eine giftige Seeschlange, eine Plättchenschlange, den beiden Jims plötzlich zwischen die dicken Beine geriete? Wenn ein Strahlenrotfeuerfisch ihnen in den Kragen fiele?

«Hier habe ich, weswegen Sie gekommen sind», verkündete er und zog die Schnecke, einen Giftzüngler, aus ihrem einstürzenden Tunnel. Er drehte sie schnell herum und balancierte ihr abgeflachtes Ende auf zwei Fingern. Selbst jetzt tastete sich ihr Rüssel vorwärts, spürte ihm nach. Die Jims kamen geräuschvoll herbeigewatet.

«Das hier ist eine Kegelschnecke», sagte er, «eine *Conus geographus*. Sie frißt Fische.»

«Das da frißt Fische?» fragte einer der Jims ungläubig. «Mein kleiner Finger ist ja größer!»

«Dieses Tier», sagte der Muschelsucher, indem er es in seinen Eimer fallen ließ, «besitzt in seinen Zähnen zwölf Arten von Gift. Es könnte Sie lähmen und hier auf der Stelle ertränken.»

Das alles hatte damit angefangen, daß eine in Seattle geborene malariakranke Buddhistin namens Nancy in der Küche des Muschelsammlers von einer Kegelschnecke gestochen worden war. Diese war aus dem Ozean gekrochen, hatte sich hundert Meter unter Kokospalmen und durch akazienbewachsenes Buschland heraufgeschleppt bis in die Küche, Nancy gebissen und kehrtgemacht.

Oder vielleicht hatte es vor Nancy angefangen, vielleicht war es vom Muschelsammler selbst ausgegangen, nach außen gewachsen, so wie eine Muschel wächst, von innen heraus in Spiralen nach oben und sich um den Bewohner windend, während sie die ganze Zeit vom Wechsel des Meeres abgenutzt wird.

Die Jims hatten recht – der Muschelsammler hatte wirklich Karibus geschossen. Als Neunjähriger in Whitehorse, Kanada. Sein Vater hatte ihn bei schneidendem Schneeregen sich aus dem kuppelförmigen Kanzeldach seines Hubschraubers lehnen lassen, damit er kranke Karibus mit einem Karabiner mit Zielfernrohr abschoß. Aber dann waren da die Chorioideremie und die Degeneration der Netzhaut gewesen. Innerhalb eines Jahres war sein Gesichtsfeld zu einem Tunnel eingeengt und mit regenbogenfarbenen Ringen übersät. Mit zwölf, als sein Vater mit ihm viertausend Meilen nach Süden, nach Florida, reiste, um einen Spezialisten aufzusuchen, war es dunkel um ihn geworden.

Der Augenarzt wußte, daß der Junge blind war, sobald dieser zur Tür hereinkam, die eine Hand am Gürtel seines Vaters, den anderen Arm mit erhobener Hand nach vorn ausgestreckt, um Hindernisse rechtzeitig zu ertasten. Statt ihn zu untersuchen – was war da noch zu untersuchen? – führte ihn der Arzt in sein Sprechzimmer, zog ihm die Schuhe aus und ging mit ihm zur Hintertür hinaus und einen Sandweg hinunter bis auf ein spitz ins Meer vorspringendes Stück Strand. Der Junge hatte das Meer noch nie gesehen und mühte sich ab, das alles in sich aufzunehmen – die verschwommenen Flecken, die Wellen waren, die Schlieren, die über die Gezeitenmarke verteilter Tang waren, das verschmierte Eigelb der Sonne. Der Arzt zeigte ihm eine Tangblase, ließ ihn sie zerdrücken und das Innere mit dem Daumen herausschaben. Es gab viele solcher Entdeckungen – eine kleine Schwertschwanzkrabbe, die in den sich brechenden Wellen eine größere bestieg, eine Handvoll Miesmuscheln an der feuchten Unterseite eines Felsens. Aber erst, als der Junge knöcheltief im Wasser watete und seine Zehen auf eine kleine runde Muschel stießen, wurde er wirklich ein anderer. Seine Finger gruben die Muschel aus, er fühlte das glatte Ei ihres Gehäuses, den gezähnten Spalt ihrer Öffnung. Sie war das Eleganteste, was er je in der Hand gehabt hatte. «Das ist eine Mausporzellanschnecke», sagte der Arzt. «Ein wunderschöner Fund. Sie hat braune Tupfen und dunkelrote Streifen an der Basis, wie die Streifen eines Tigers. Das kannst du nicht sehen, oder?»

Doch, er konnte. Noch nie im Leben hatte er etwas so klar gesehen. Seine Finger liebkosten die Muschel, wendeten sie hin und her, ließen sie rotieren. Noch nie hatte er etwas so Glattes gefühlt – hatte sich nie vorstellen können, daß etwas einen so tiefen Glanz besitzen könnte. Er fragte, beinahe flüsternd: «Wer hat das geschaffen?» Eine Woche später hielt er die Muschel noch immer in der Hand, und sein Vater, der sich über den Gestank beklagte, mußte das tote Tier aus der Schale pulen.

Über Nacht wurden Muscheln, wurde Muschelkunde, wurde der Stamm Mollusca seine Welt. Er lernte während des sonnenlosen Winters in Whitehorse Braille, bestellte sich per Post Bücher über Muscheln, drehte, wenn es getaut hatte, dicke Äste um und suchte nach Waldschnirkelschnecken. Mit sechzehn brannte er darauf, die Riffe zu erforschen, die er in Büchern wie *Die Wunder des Great Barrier Reef* entdeckt hatte, verließ Whitehorse für immer und segelte durch die Tropen – Sanibel Island, St. Lucia, die Batan Islands, Colombo, Bora Bora, Cairns, Mombasa, Moorea. Und das alles als Blinder. Seine Haut wurde braun, sein Haar weiß. Seine Finger, seine Sinne, seine Gedanken – alles, der ganze Mensch war besessen von der Geometrie der Exoskelette, von der Kalziumskulptur, von dem evolutionären Grundprinzip der Rampen, Grate, Wülste, Windungen und Falten. Er lernte eine Schale zu identifizieren, indem er sie ein wenig hochwarf. Die Muschel drehte sich, seine Finger schätzten ihre Form ab, ordneten sie ein – *Ancilla*, *Ficus*, *Terebra*. Er kehrte nach Florida zurück, machte seinen Bachelor in Biologie und promovierte in Malakologie. Er umkreiste den Äquator, verirrte sich ganz schrecklich zwischen den Fidschi-Inseln, wurde in Guam ausgeraubt und noch einmal in den Seychellen, entdeckte eine neue Spezies von Muscheln, eine neue Familie von Zahnschnecken, eine neue *Nassarius*, eine neue *Fragum*.

Vier Bücher, drei Blindenhunde und einen Sohn namens Josh später ließ er sich frühzeitig emeritieren und zog in eine mit Palmblättern gedeckte *kibanda* nördlich von Lamu in Kenia, hundert Kilometer südlich des Äquators, in einem kleinen Marine Park in der entferntesten Ecke des Lamu-Archipels. Er war achtundfünfzig Jahre alt. Ihm war schließlich klar geworden, daß seiner Erkenntnis Grenzen gesetzt waren, daß ihn die Malakologie nur immer tiefer hineinführen würde in noch mehr Fragen. Er hatte nie verstanden, warum es diese endlosen Varianten gab. Warum diese Gittermuster? Warum diese ausgekehlten Schuppen, diese dicken Knoten? Das Nichtwissen war letztendlich und in vieler Hinsicht ein Privileg: Eine Muschel zu finden, sie zu fühlen und nur auf eine nicht sagbare Weise zu verstehen, warum sie sich die Mühe machte, so wunderschön zu sein. Was für ein Glück er darin fand, was für ein tiefes Geheimnis.

Alle sechs Stunden warf die Flut auf den Stränden dieser Erde Wälle aus Schönheit auf, und er konnte hingehen, konnte seine Hände hineinstecken, ein Stück davon halten, herumwirbeln. Muscheln zu sammeln (jede von ihnen ein Ding zum Staunen), ihre Namen zu wissen, sie in einen Eimer fallen zu lassen – das erfüllte sein Leben, erfüllte es im Übermaß.

An manchen Morgen, wenn er durch die Lagune ging, während Tumaini gemütlich vor ihm her platschte, fühlte er einen fast unwiderstehlichen Drang, sich zu verneigen.

Aber dann, vor zwei Jahren, war da diese Wendung in seinem Leben, diese Krümmung, die zugleich unvermeidlich und unvorhersehbar war wie die Öffnung einer Hornschnecke. (Man stelle sich vor, man führe mit dem Daumen an einer hinunter, zöge ihre Spirale nach, befühlte ihre flachen, gewundenen Rippen, stieße plötzlich auf ihre gekrümmte Öffnung.) Er war dreiundsechzig, auf dem Weg über den schattenlosen Strand hinter seiner *kibanda* und stupste gerade eine Seegurke mit dem großen Zeh an, als Tumaini aufjaulte und davonschoß, mit klirrendem Halsband den Strand entlang. Als der Muschelsucher den Hund einholte, holte er auch Nancy ein, die einen Sonnenstich hatte und wirres Zeug redete, während sie in einem khakifarbenen Reiseoutfit am Strand umherwanderte, als sei sie vom Himmel gefallen, aus einer 747. Er nahm sie mit hinein, legte sie auf sein Bett und flößte ihr warmen *chai* ein. Sie zitterte furchtbar. Er rief über Funk Dr. Kabiru, der mit dem Boot von Lamu kam.

«Ein Fieber hat sie gepackt», erklärte Dr. Kabiru und goß ihr Meerwasser über die Brust, wodurch er ihre Bluse und den Fußboden des Muschelsammlers unter Wasser setzte. Schließlich fiel ihr Fieber, der Arzt fuhr nach Hause, und sie schlief und wachte erst nach zwei Tagen wieder auf. Zur Überraschung des Muschelsammlers kam niemand sie suchen – niemand sprach vor, keine Wassertaxis mit hektischen amerikanischen Suchtrupps kamen in die Lagune gerast.

Sobald sie sich soweit erholt hatte, daß sie sprechen konnte, redete sie ohne Punkt und Komma, und es ergoß sich ein Sturzbach von persönlichen Problemen, eine Flut privatester Mitteilungen. Nach einer halben Stunde, in der sie zusammenhängend hatte sprechen können, erklärte sie, daß sie Mann und Kinder verlassen habe. In ihrem Swimmingpool nackt auf dem Rücken treibend, war ihr klar geworden, daß dieses Leben – zwei Kinder, ein zweigeschossiges Haus im Tudorstil, ein Audi Avant – nicht das war, was sie wollte. Noch am selben Tag war sie auf und davon gegangen. Irgendwann – in Kairo – lernte sie zufällig einen Neo-Buddhisten kennen, der sie mit Wörtern wie «innerer Frieden» und «inneres Gleichgewicht» bekanntmachte. Sie war auf dem Weg zu ihm, nach Tansania, wollte dort mit ihm leben, als sie an Malaria erkrankte. «Aber sehen Sie!» rief sie, die Hände hochwerfend, aus. «Ich bin hier gelandet!» Als wäre alles klar.

Der Muschelsammler pflegte sie und hörte ihr zu und machte ihr Toast. Alle drei Tage versank sie in einem zitternden Delirium. Er kniete neben ihr und ließ vorsichtig Meerwasser über ihre Brust laufen, wie Dr. Kabiru es angeordnet hatte.

An den meisten Tagen, wenn sie vor sich hinschwatzte und ihre Geheimnisse ausplapperte, schien es ihr gutzugehen. Auf seine schweigsame Art war er vernarrt in sie. In der Lagune rief sie ihn, und dann schwamm er zu ihr hin und zeigte ihr den gleichmäßigen Zug, den ihm seine dreiundsechzig Jahre alten Arme noch gestatteten. In der Küche versuchte er, ihr Pfannkuchen zu machen, und sie versicherte ihm kichernd, daß sie köstlich seien.

Und dann, eines Mitternachts, kletterte sie auf ihn. Bevor er noch völlig wach war, hatten sie sich geliebt. Hinterher hörte er sie weinen. War Sex etwas zum Weinen? «Du vermißt deine Kinder», sagte er.

«Nein.» Ihr Gesicht war ins Kissen gedrückt, und ihre Worte kamen gedämpft. «Ich brauche sie nicht mehr. Ich brauche nur inneres Gleichgewicht.»

«Vielleicht vermißt du deine Familie. Das ist nur natürlich.»

Sie wandte sich ihm zu. «Natürlich? Du scheinst dein Kind nicht zu vermissen. Ich habe die Briefe gesehen, die er schickt. Aber dich sehe ich keine zurückschicken.»

«Er ist schließlich dreißig...», sagte er. «Und ich bin auch nicht weggelaufen.»

«Nicht weggelaufen? Du bist drei Billionen Meilen von zu Hause entfernt! Ein toller Ruhestand. Kein Süßwasser, keine Freunde. Und die Badewanne voller Ungeziefer.»

Er wußte nicht, was er sagen sollte. Und überhaupt, was wollte sie eigentlich? Er ging hinaus, Muscheln sammeln.

Tumaini schien dafür dankbar zu sein, dankbar, im Meer sein zu können, unter dem Mond, vielleicht auch nur dankbar dafür, dem redseligen Gast ihres Herrn zu entkommen. Er ließ sie frei laufen, und sie hielt sich mit ihrer Nase dicht an seine Waden, während er ins Wasser watete. Es war eine schöne Nacht. Eine kühlende Brise umfloß ihre Körper, der wärmere Gezeitenstrom lief gegen sie an, lief ihnen zwischen den Beinen hindurch. Tumaini paddelte zu einem Felsen, auf dem sie sich niederließ, und er fing an umherzustreifen, bückte sich, seine Finger durchforschten den Sand. Ein Marlspieker, ein *Nassarius coronatus*, eine zerbrochene Stachelschnecke, eine *Bullia tranquebarica*, kleine Seereisende, welche die von der Strömung hinterlassenen Rippel im Sand überquerten. Er bewunderte sie und tat sie dorthin zurück, wo er sie gefunden hatte. Kurz vor Anbruch der Dämmerung fand er zwei Schnecken der Gattung *Conus*, die er nicht näher identifizieren konnte, ungefähr siebeneinhalb Zentimeter lang und verwegen, die gerade versuchten, einen kleinen Riffbarsch zu verschlingen, den sie gelähmt hatten.

Als er, Stunden später, zurückkehrte, schien ihm die Sonne warm auf Kopf und Schultern, und er betrat lächelnd die *kibanda*, wo er Nancy starr auf seinem Feldbett vorfand. Ihre Stirn war kalt und feucht. Er klopfte mit den Fingerknöcheln auf ihr Brustbein, und sie zeigte keine Reaktion. Ihr Puls betrug zwanzig, dann achtzehn. Über Funk verständigte er Dr. Kabiru, der mit seiner Barkasse übers Riff kam und sich neben sie kniete, ihr ins Ohr sprach. «Ungewöhnliche Reaktion bei Malaria», murmelte er. «Ihr Herz schlägt kaum noch.»

Der Muschelsammler ging in seiner *kibanda* auf und ab, lief in Stühle und Tische, die seit zehn Jahren an ein und demselben Platz gestanden hatten. Schließlich kniete er auf dem Küchenfußboden nieder – nicht so sehr, um zu beten, sondern weil seine Knie nachgaben. Tumaini, die aufgeregt und verwirrt war, verwechselte Verzweiflung mit Ausgelassenheit, kam angetobt und warf ihn um. Als er dort auf den Fliesen lag und Tumaini ihm auf die Backe sabberte, spürte er das Schneckenhaus und wie sich die Kegelschnecke zentimeterweise vorwärtsschob in Richtung Tür, blind und entschlossen.

Unter dem Mikroskop, so hatte man dem Muschelsammler gesagt, sehen die Zähne bestimmter Giftzüngler lang und scharf aus, wie winzige, durchsichtige Bajonette, wie die rasierklingenscharfen Stoßzähne eines Miniatur-Eisteufels. Der Steckrüssel schlüpft aus dem Siphokanal, entrollt sich, die stachelartigen Zähne springen vor. Bei den Opfern verursacht der Biß eine sich ausbreitende Gefühllosigkeit, eine ansteigende Lähmung. Erst werden die Handflächen schrecklich kalt, dann der

Unterarm, dann die Schulter. Die Kälte erreicht die Brust. Man kann nicht mehr schlucken, nicht mehr sehen. Man brennt. Man friert zu Tode.

«In diesem Fall», sagte Dr. Kabiru mit einem Blick auf die Schnecke, «gibt es nichts, was man tun kann. Kein Gegengift, keine Injektion. Ich kann nichts machen.» Er wickelte Nancy in eine Decke, setzte sich in einen Segeltuchstuhl zu ihr ans Bett und aß mit dem Taschenmesser eine Mango. Der Muschelsammler kochte das Gehäuse in seinem *chai*-Topf und holte die Schnecke mit einer Stahlnadel heraus. Er hielt das Gehäuse in der Hand, befingerte sein warmes, zeltförmiges Dach, befühlte seine mineralischen Windungen.

Zehn Stunden des Wachens, zehn Stunden dieser Starre, ein Sonnenuntergang und Fledermäuse, die fraßen und bei Tagesanbruch mit vollen Bäuchen in ihren Höhlen verschwanden, – und da, plötzlich, kam Nancy zu sich, wie durch ein Wunder, mit strahlenden Augen.

«Das», verkündete sie, indem sie sich vor dem verblüfften Arzt aufsetzte, «war das Unglaublichste, was ich je erlebt habe.» So als hätte sie gerade einen hypnotisierenden zwölfstündigen Zeichentrickfilm gesehen. Sie behauptete, das Meer habe sich in Eis verwandelt, um sie herum sei Schnee gefallen und alles, das Meer, die Schneeflocken und der weiße, gefrorene Himmel, hätte – pulsiert. «Pulsiert!» rief sie. «Still!» schrie sie den Arzt an, den sprachlosen Muschelsammler. «Es pulsiert immer noch! Bamm! Bamm!»

Sie sei, rief sie aus, von ihrer Malaria geheilt, von ihrem Delirium. Sie sei im Gleichgewicht! «Aber», sagte der Muschelsammler, «du bist doch bestimmt noch nicht völlig wiederhergestellt.» Doch noch während er das sagte, kamen ihm Zweifel. Sie roch anders, wie Tauwasser, wie Schneematsch, wie sich im Frühling erweichende Gletscher. Unter Kreischen und Spritzen verbrachte sie den Vormittag schwimmend in der Lagune. Sie aß eine Dose Erdnußbutter, übte am Strand hohe *leg kicks*, kochte ein Festmahl, fegte die *kibanda* und sang mit hoher, kratziger Stimme Neil-Diamond-Songs. Der Arzt fuhr kopfschüttelnd davon. Der Muschelsammler saß auf der Veranda und lauschte den Palmen und dem Meer hinter ihnen.

In der Nacht gab es eine weitere Überraschung. Sie bat darum, noch einmal von so einer Schnecke gebissen zu werden. Sie versprach, anschließend sofort nach Hause zu ihren Kindern zu fliegen. Sie würde am Morgen ihren Mann anrufen und ihn um Verzeihung bitten, aber zuerst müsse er sie noch einmal mit einem dieser unglaublichen Schneckenhäuser stechen. Sie lag auf den Knien. Streckte die Hände nach ihm aus. Sie bettelte: «Bitte!» Sie roch so anders.

Er weigerte sich. Erschöpft und benommen schickte er sie in einem Wassertaxi fort nach Lamu.

Das war nicht die letzte Überraschung. Sein Lebensweg nahm jetzt die entgegengesetzte Richtung, schraubte sich hinab in jenen dunklen, gewundenen Gang. Eine Woche nach Nancys Erholung kam Dr. Kabirus Motorboot wieder über das Riff gestottert. Und hinter ihm kamen andere. Der Muschelsucher hörte die Rümpfe von vier oder fünf Dhauen über die Korallen kommen, hörte das Spritzen, als Leute heraussprangen, um die Boote an Land zu ziehen. Bald war seine *kibanda* voller Menschen. Sie traten auf die Häuser der Wellhornschnecken, die auf der Eingangsstufe trockneten, stiegen über einen Haufen Käferschnecken bei der Toilette hinweg. Tumaini zog sich unter das Bett des Muschelsammlers zurück und legte die Schnauze auf die Pfoten. Dr. Kabiru verkündete, daß ein *mwadhini*, der Muezzin von Lamus ältester und größter Moschee, hier sei, um den Muschelsammler zu besuchen, und bei ihm seien die Brüder des *mwadhini* und seine Schwäger. Der Muschelsammler schüttelte den Männern die Hand, als sie ihm guten Tag sagten, Hände von Dhaubauern, Hände von Fischern.

Der Arzt erklärte ihm, daß die Tochter des *mwadhini* furchtbar krank sei. Sie sei erst acht Jahre alt, und ihre bereits bösartige Malaria habe sich zu etwas entwickelt, das noch viel bösartiger sei, etwas, das er nicht einordnen könne. Ihre Haut sei senfkorngelb geworden, sie müsse sich mehrmals am Tag übergeben, und ihr fielen die Haare aus. Die letzten drei Tage sei sie im Delirium gewesen, sei immer weniger geworden. Sie habe sich die Haut zerkratzt. Man mußte ihr die Handgelenke ans Kopfteil des Bettes binden. Diese Männer, sagte der Arzt, wollten, daß der Muschelsammler sie auf dieselbe Art behandele, wie er die amerikanische Frau behandelt habe. Man würde ihn bezahlen.

Der Muschelsammler spürte sie eng gedrängt im Raum stehen, diese Meeresmoslems in ihren raschelnden weißen *kanzus* und ihren quietschenden Gummisandalen, jeder nach seiner jeweiligen Arbeit stinkend – nach ausgenommenem Flußbarsch, nach Dünger oder Schiffsteer – und jeder vorgebeugt, um seine Antwort zu hören.

«Das ist doch lächerlich», sagte er. «Sie wird sterben. Das mit Nancy war irgendwie ein glücklicher Zufall. Das war keine Behandlung.»

«Wir haben alles versucht», sagte der Arzt.

«Was Sie verlangen, ist unmöglich», wiederholte der Muschelsammler. «Schlimmer als unmöglich. Es ist Wahnsinn.»

Stille trat ein. Schließlich sprach eine Stimme direkt vor ihm, eine laute, volltönende Stimme, eine Stimme, die er fünfmal am Tag hörte, wenn sie aus den Lautsprechern über die Dächer von Lamu schwang und die Menschen zum Gebet rief. «Die Mutter des Kindes», begann der *mwadhini*, «und ich und meine Brüder und die Frauen meiner Brüder und die ganze Insel, wir alle haben für dieses Kind gebetet. Wir haben viele Monate lang gebetet. Manchmal kommt es uns so vor, als hätten wir immer für das Mädchen gebetet. Und heute nun erzählt uns der Arzt von dieser Amerikanerin, die von derselben Krankheit durch eine Schnecke geheilt worden ist. So ein einfaches Mittel. Elegant, würden Sie nicht auch sagen? Eine Schnecke, die fertigbringt, was Laborkapseln nicht schaffen. Bei etwas so Elegantem muß Allah seine Hand im Spiel haben, denken wir. Sie sehen also. Überall um uns herum sind solche Zeichen. Wir dürfen sie nicht ignorieren.»

Der Muschelsammler weigerte sich wieder. «Sie muß klein sein, wenn sie erst acht ist. Ihr Körper wird dem Gift einer Kegelschnecke nicht widerstehen. Nancy hätte sterben können ... sie hätte eigentlich sterben müssen. Es wird Ihre Tochter töten.»

Der *mwadhini* kam näher und legte seine Hände um das Gesicht des Muschelsammlers. «Ist dies nicht», begann er in singendem Tonfall, «ein seltsames und erstaunliches Zusammentreffen? Daß diese Amerikanerin von ihren Leiden geheilt wurde und daß mein Kind ein ähnliches Leiden hat? Daß Sie hier sind und ich hier bin und daß Tiere, die gerade in diesem Augenblick im Sand vor Ihrer Tür herumkriechen, das Mittel dagegen enthalten?»

Der Muschelsammler schwieg eine Weile. Schließlich sagte er: «Stellen Sie sich eine Schlange vor, eine schrecklich giftige Seeschlange. Die Art von Gift, die einen Körper anschwellen läßt, bis er blau wird. Es läßt das Herz stillstehen. Es ruft grauenvolle Schmerzen hervor. Sie wollen, daß diese Schlange Ihre Tochter beißt.»

«Es tut uns leid, das zu hören», sagte eine Stimme hinter dem *mwadhini*. «Es tut uns sehr leid, das zu hören.» Die Hände des *mwadhini* hielten immer noch das Gesicht des Muschelsammlers umfaßt. Nach langen Augenblicken des Schweigens wurde der Muschelsammler beiseite gestoßen. Er hörte, wie Männer – wahrscheinlich Onkel – draußen am Spülbecken herumplanschten.

«Ihr werdet da draußen keinen Giftzüngler finden!» schrie er. Tränen stiegen ihm in die Winkel seiner toten Augenhöhlen.

Wie verstörend dieser Einfall unsichtbarer Männer in sein Haus doch war.

Die Stimme des *mwadhini* fuhr fort: «Meine Tochter ist mein einziges Kind. Ohne sie wird meine Familie leer werden. Sie wird keine Familie mehr sein.»

Die Art, wie seine Stimme die Sätze langsam und schön herausrollte, wie sie jede Silbe einzeln betonte! Der *mwadhini* war davon überzeugt, das wurde dem Muschelsammler klar, daß ein Schneckenbiß seine Tochter heilen würde.

Die Stimme erklärte weiter: «Sie hören meine Brüder in Ihrem Hof zwischen Ihren Muscheln herumklappern. Es sind verzweifelte Männer. Ihre Nichte liegt im Sterben. Wenn sie müssen, dann werden sie hinauswaten auf die Korallen, wie sie es von Ihnen gesehen haben, und werden Felsblöcke hochwuchten und Korallen herausreißen und den Sand mit Schaufeln durchstechen bis sie finden, wonach sie suchen. Natürlich können auch sie, wenn sie es finden, gebissen werden. Sie können anschwellen und sterben. Sie werden – wie haben Sie das ausgedrückt? – grauenvolle Schmerzen haben. Sie wissen nicht, wie man solche Tiere fängt, wie man sie hält.»

Seine Stimme, die Art, wie er das Gesicht des Muschelsammlers hielt, all das hatte etwas von einer Hypnose.

«Sie wollen, daß dies geschieht?» fuhr der *mwadhini* fort. Seine Stimme summte, sang, wurde ein murmelnder Sopran. «Sie wollen, daß meine Brüder ebenfalls gebissen werden?»

«Ich will nur zufriedengelassen werden.»

«Ja», sagte der *mwadhini*, «zufriedengelassen werden. Ein Eigenbrötler, ein Einsiedler, ein *mtawa*. Was immer Sie wollen. Aber vorher werden Sie eine dieser Schnecken für meine Tochter finden und sie damit stechen. Dann lassen wir Sie zufrieden.»

In Begleitung der Brüder des *mwadhini* watete der Muschelsammler zusammen mit Tumaini bei Ebbe hinaus aufs Riff und fing an, Steine umzudrehen und den Sand darunter nach einem Giftzüngler zu durchsuchen. Jedesmal, wenn seine Finger durch den lockeren Sand streiften oder in eine von einem Krebs bewachte Höhle in den Korallen tauchten, durchfuhr ein Stromstoß von Angst seinen Arm und brachte seine Finger zum Kribbeln. *Conus tessulatus*, *Conus obscurus*, *Conus geographus*, wer wußte, was er finden würde. Der wartende Stechrüssel, die vergifteten Spitzen eines lauernden Schnappmessers. Man verbringt sein Leben damit, diesen Dingen auszuweichen, und am Ende sucht man sie.

Er flüsterte Tumaini zu: «Wir brauchen eine kleine, so klein wie möglich», und sie schien ihn zu verstehen, als sie, die Rippen an seine Knie gedrückt, durchs Wasser watete oder, wenn es zu tief wurde, paddelte. Aber diese Männer, die in ihren nassen *kanzus* herumplatschten, umringten ihn und beobachteten ihn vorgebeugt mit dunkler, mahnender Aufmerksamkeit.

Als es Mittag wurde, hatte er einen winzigen, gesprenkelten Giftzüngler, der, so hoffte er, keine Katze lähmen konnte, und er ließ ihn in einen Becher mit Meerwasser fallen.

Sie brachten ihn nach Lamu zum Haus des *mwadhini*, eine zur Brandung gelegene *jumba* mit Marmorböden. Sie führten ihn hindurch, eine gewundene Treppe hinauf, vorbei an einem plätschernden Springbrunnen, in das Zimmer des Mädchens. Er nahm ihre Hand – sie war mit den Handgelenken noch immer an die Bettpfosten gebunden – und hielt sie in der seinen. Sie war klein und feucht, und er konnte durch die Haut den zarten Fächer ihrer Knochen fühlen. Er goß den Inhalt des Bechers auf ihre Handfläche und bog ihre Finger einen nach dem anderen herunter und um die Schnecke. Diese schien dort in der zarten Wölbung der Hand zu pulsieren wie das kleine dunkle Herz in einem Singvogel. Er war imstande, sich in allen Einzelheiten den durchsichtigen Stechrüssel der Schnecke vorzustellen, wie er aus dem Sipho glitt, wie sich die stachelartigen Zähne in die Haut bohrten und das Gift in sie eindrang.

«Wie», fragte er in die Stille hinein, «ist ihr Name?»

Noch etwas Erstaunliches: Das Mädchen, dessen Name Seema war, wurde gesund. Völlig. Zehn Stunden lang war sie kalt und steif. Der Muschelsammler verbrachte die Nacht an einem Fenster und hörte Lamu zu – Esel, die die Straße heraufgetrappelt kamen, Nachtvögel, die irgendwo in der Akazie zu seiner Rechten glucksende Laute ausstießen, in der Ferne Hammerschläge auf Metall und die Brandung, die gegen die Pfosten der Piers schlug. Er hörte, wie in den Moscheen das Morgengebet gesungen wurde. Allmählich fragte er sich, ob man ihn vergessen hatte, ob das Mädchen schon vor Stunden sanft entschlafen war und niemand daran gedacht hatte, es ihm zu sagen. Vielleicht sammelte sich in aller Stille eine Menschenmenge, um ihn davonzuschleppen und zu steinigen – und hätte er nicht jeden einzelnen Stein verdient?

Aber dann begannen die Köche zu pfeifen und zu schnattern, und der *mwadhini*, der die ganze Nacht mit betend erhobenen Händen bei seiner Tochter gehockt hatte, eilte vorüber. «Chapatis!» brach es aus ihm hervor. «Sie will Chapatis!» Er brachte sie ihr selbst, kalte Chapatis, mit Mangomarmelade bestrichen.

Am nächsten Tag wußten bereits alle, daß sich im Haus des *mwadhini* ein Wunder ereignet hatte. Die Nachricht verbreitete sich rasend schnell, wie eine dahintreibende Wolke von Koralleneiern. Sie ließ die Insel hinter sich und lebte eine Zeitlang in der täglichen Unterhaltung der kenianischen Küstenbewohner fort. Die *Daily Nation* brachte eine Story auf der letzten Seite und der Staatssender KBC einen einminütigen Kurzbericht mit Ausschnitten aus einem Gespräch mit Dr. Kabiru: «Nein, ich war mir nicht hundertprozentig sicher, daß es funktionieren würde. Aber auf Grund meiner eingehenden Forschungen war ich zuversichtlich …»

Innerhalb weniger Tage wurde die *kibanda* des Muschelsammlers eine Art Pilgerstätte. Zu nahezu jeder Stunde hörte er das Brummen motorisierter Dhaus oder den Ruderschlag von Booten, wenn Besucher über das Riff in die Lagune kamen. Jeder, so schien es, hatte eine Krankheit, gegen die er ein Mittel brauchte. Es kamen Leprakranke und Kinder mit entzündeten Ohren, und es war nichts Ungewöhnliches, wenn der Muschelsammler auf seinem Weg von der Küche zur Toilette in jemanden hineinstolperte. Seine Muscheln wurden weggeschleppt und der säuberliche Haufen geputzter Napfschnecken. Seine ganze Sammlung von Flinders Vasenmuscheln verschwand ebenfalls.

Tumaini, dreizehn Jahre alt und seit langem an ein fest geregeltes Leben mit ihrem Herrn gewöhnt, ging es nicht gut. Aggressiv war sie ohnehin nie gewesen, aber jetzt jagte ihr so gut wie alles Angst ein – Termiten, Feuerameisen, Steinkrabben. Beim Anblick des aufgehenden Mondes bellte sie sich die Stimme aus dem Leib. Den größten Teil der Zeit verbrachte sie unter dem Bett des Muschelsammlers, zuckte zurück, wenn sie die Krankheiten der fremden Menschen roch, und hob noch nicht einmal den Kopf, wenn sie hörte, wie ihr Futternapf auf den gefliesten Küchenfußboden gestellt wurde.

Es gab schlimmere Probleme. Die Leute folgten dem Muschelsammler hinaus in die Lagune, stolperten und fielen auf die Steine oder die niedrigen Bänke lebender Korallen. Eine Frau von cholerischem Wesen kam mit Feuerkorallen in Berührung und wurde von dem Schmerz ohnmächtig. Andere, die glaubten, sie sei vor Entzücken ohnmächtig geworden, warfen sich auf die Korallen und trugen so böse Verbrennungen davon, daß sie sich weinend davonmachten. Selbst nachts, wenn der Muschelsammler versuchte, sich mit Tumaini den Pfad hinabzustehlen, erhoben sich Pilger aus dem Sand und folgten ihm. Dann platschten in der Nähe unsichtbare Füße, und ungesehene Hände durchsiebten still seinen Sammeleimer.

Der Muschelsammler wußte, daß irgendwann etwas Furchtbares passieren würde, es war nur eine Frage der Zeit. Er hatte Alpträume, in denen er eine von Gift aufgedunsene Leiche in der Brandung schaukeln sah. Manchmal kam es ihm so vor, als wäre das ganze Meer ein einziger Kübel voll Gift, in dem sich Heerscharen von Bösewichtern tummelten – Sandaale, brennende Korallen, Seeschlangen, Krebse, Portugiesische Galeeren, Barrakudas, Mantas, Haifische, Seeigel. Wer konnte wissen, welcher Giftzahn sich als nächster in Haut schlagen würde?

Er hörte mit dem Muschelsammeln auf und suchte sich andere Beschäftigungen. Eigentlich hätte er seiner Universität Muscheln senden sollen (er hatte die Lizenz, alle zwei Wochen eine Kiste voll zu schicken), aber er füllte die Kisten mit alten Exemplaren – Cerithien oder Cephalopoden, die er in Schränken liegen oder in Zeitungspapier eingewickelt hatte.

Und dann waren auch immer Besucher da. Er machte ihnen Kannen voll *chai*, versuchte, ihnen höflich zu erklären, daß er keine Giftzüngler habe und daß sie ernsthaft verletzt oder getötet werden würden, wenn einer sie bisse. Ein Reporter von der BBC erschien und eine wunderbar riechende Frau von der *International Tribune*, und er bat sie, über die Gefährlichkeit der Conus-Schnecken zu schreiben. Aber sie waren mehr an Wundern als an Schnecken interessiert. Sie fragten ihn, ob er versucht habe, ein solches Schneckenhaus auf seine Augen zu pressen, und klangen enttäuscht, als er dies verneinte.

Nach einigen Monaten ohne Wunder ließen die Besuche nach, und Tumaini kam unter dem Bett hervorgekrochen. Trotzdem erschienen immer noch Menschen mit dem Wassertaxi, neugierige Touristen oder cholerische alte Leute, die kein Geld für einen Arzt hatten. Trotzdem ging der Muschelsammler nicht hinaus ins Wasser – aus Angst, man könnte ihm folgen. Und dann war eines Tages in der Post, die zweimal monatlich mit dem Boot kam, ein Brief von Josh.

Josh war der Sohn des Muschelsammlers, ein Camp-Koordinator in Kalamazoo. Wie seine Mutter, die seit dreißig Jahren die Tiefkühltruhe des Muschelsammlers mit tiefgefrorenen Mahlzeiten füllte, obwohl sie seit sechsundzwanzig Jahren von ihm geschieden war, war auch Josh ein Gutmensch. Mit zehn Jahren baute er auf dem Rasen hinter dem Haus seiner Mutter Zucchini an und verteilte diese dann, eine nach der andern, an Suppenküchen in St. Petersburg, Florida. Wo immer er ging, hob er weggeworfenes Papier auf, brachte in den Supermarkt seine eigenen Tüten mit und schickte jeden Monat einen Luftpostbrief nach Lamu, Briefe, die aus einer halben Seite exklamatorischer Brailleschrift bestanden, ohne einen einzigen wesentlichen Satz zu enthalten:

Hallo Paps. Hier in Michigan läuft es einfach super! Ich wette, in Kenia scheint die Sonne! Viel Spaß am Tag der Arbeit! Tausend Grüße!

In diesem Monat war der Brief jedoch anders:

Lieber Paps!
… ich bin ins Friedenskorps eingetreten! Ich werde drei Jahre lang in Uganda arbeiten! Und rate mal, was noch? Vorher werde ich Dich eine Zeitlang besuchen! Ich habe von den Wundern gelesen, die Du vollbracht hast – man berichtet sogar hier davon, z. B. in The Humanitarian! *Ich bin so stolz! Bis bald!*

Sechs Morgen später kam Josh mit einem Wassertaxi angerauscht. Gleich wollte er wissen, warum für die Kranken, die sich im Schatten hinter der *kibanda* zusammendrängten, nicht mehr getan würde. «Gütiger Gott!» rief er aus, während er sich die Arme dick mit Sonnenöl einschmierte. «Diese Menschen *leiden*! Diese armen Waisenkinder!» Er kauerte sich vor drei Kikuyu-Jungen. «Ihre Gesichter sind voller winziger Fliegen!»

Wie komisch es war, seinen Sohn unter seinem Dach zu haben, zu hören, wie er die Reißverschlüsse seiner riesigen Matchsäcke aufmachte, auf seinen Schick-Rasierapparat auf dem

Spülbecken zu stoßen. Seine Rügen zu hören («Du fütterst deinen Hund mit Garnelen!?»), zu hören, wie er Papayasaft in sich hineinschüttete, Pfannen scheuerte, Arbeitsflächen abwischte. Wer war dieser Mensch in seinem Haus? Woher kam er?

Der Muschelsammler hatte schon immer den Verdacht gehabt, daß er seinen Sohn kein bißchen kannte. Josh war von seiner Mutter großgezogen worden. Als Junge hatte er das Baseballfeld dem Strand vorgezogen, das Kochen der Konchologie. Und jetzt war er dreißig. Er schien so energiegeladen zu sein, so gut – so dumm. Er war wie ein Golden Retriever, der apportiert, sabbert, hechelt und es um jeden Preis allen recht machen will. Er verbrauchte zwei Tagesrationen Süßwasser, um die Kikuyu-Jungen zu duschen. Er gab siebzig Schilling für einen Sisalkorb aus, der ihn nur sieben hätte kosten dürfen. Er bestand darauf, Gästen Freßpakete mitzugeben, Kochbananen oder *House of Mangi Tea Biscuits*, in Papier eingewickelt und mit einem Faden verschnürt.

«Dir geht es glänzend, Paps», verkündete er eines Abends bei Tisch. Er war seit einer Woche da. Jeden Abend lud er Fremde, Kranke, zum Essen ein. An jenem Abend war es ein querschnittsgelähmtes Mädchen mit seiner Mutter. Josh tat ihnen große Stücke Currykartoffeln auf. «Du kannst es dir leisten.» Der Muschelsammler sagte nichts. Was konnte er auch sagen? Josh war sein eigen Fleisch und Blut. Dieser dreißigjährige Gutmensch war irgendwie aus ihm entstanden, aus den Spiralen seiner DNA.

Da er Josh nur bedingt ertragen konnte und aus Angst, man könnte ihm folgen, auch nicht Muscheln sammeln konnte, ging er dazu über, sich mit Tumaini wegzustehlen und durch die schattigen Wäldchen, über die sandige Ebene und durch den heißen, kahlen Busch der Insel zu streifen. Es war ungewohnt, sich vom Strand zu entfernen statt zu ihm hinunterzugehen, schmale Pfade hinaufzusteigen, sich in das unaufhörliche Schrillen der Zikaden hineinzubegeben. Dornen zerrissen sein Hemd,

Insekten machten sich über seine Haut her, sein Stock stieß auf nicht zu identifizierende Objekte. War das ein Zaunpfahl? Ein Baum? Bald wurden diese Gänge kürzer. Raschelte da nicht etwas im Gebüsch? Schlangen oder vielleicht wilde Hunde? Wer weiß, was für gräßliche Viecher im Busch dieser Insel ihr Unwesen trieben? Und er schwenkte seinen Stock in der Luft, und Tumaini jaulte auf, und sie machten, daß sie nach Hause kamen.

Eines Tages traf er unterwegs auf eine Conus-Schnecke, die sich einen halben Kilometer vom Meer entfernt durch den Staub schleppte. *Conus textile*, eine durchaus häufig vorkommende Gefahr im Riff, aber sie so weit entfernt vom Wasser anzutreffen war eigentlich unmöglich. Wie konnte ein Giftzüngler so weit heraufkommen? Und warum? Er hob sie vom Weg auf und warf sie ins hohe Gras. Auf seinen späteren Wanderungen traf er immer häufiger auf wandernde Conus-Arten – seine ausgestreckte Hand berührte den Stamm einer Akazie und fand darauf einen wandernden Giftzüngler. Er nahm einen Landeinsiedlerkrebs auf, der zwischen den Mangos umherspazierte, und entdeckte einen Giftzüngler als Schwarzfahrer auf seinem Rücken. Manchmal bekam er einen Stein in die Sandale, und dann fuhr er zusammen und machte entsetzt einen Satz rückwärts, weil er dachte, er würde gestochen. Er hielt einen Kiefernzapfen für einen *Conus gloriamaris*, eine Baumschnecke für einen *Conus spectrum*. Er fing an, seine vorherigen Einordnungen in Zweifel zu ziehen. Vielleicht war die Schnecke, die er auf dem Weg gefunden hatte, überhaupt kein Giftzüngler gewesen, sondern eine *Mitra* oder ein abgerundeter Stein. Vielleicht war es ein leeres Gehäuse, das ein Dorfbewohner hatte fallen lassen. Vielleicht gab es gar keine merkwürdig blühende Population von Kegelschnecken, vielleicht hatte er sich alles nur eingebildet. Das alles nicht zu wissen war schrecklich.

Alles veränderte sich, das Riff, sein Zuhause, die arme, verängstigte Tumaini. Die ganze Insel draußen war unheimlich geworden, bösartig, lähmend. Im Haus war sein Sohn dabei, alles wegzugeben – den Reis, das Toilettenpapier, die Vitamin-B-Kapseln. Vielleicht war es am sichersten, einfach nur dazusitzen, mit gefalteten Händen, auf einem Stuhl, und sich so wenig wie möglich zu bewegen.

Josh war schon drei Wochen da, als er endlich mit der Sache herauskam.

«Bevor ich mich auf den Weg hierher gemacht habe», sagte er, «habe ich mich ein bißchen schlau gemacht. Über Conus-Schnecken.» Es war am frühen Morgen. Der Muschelsammler saß am Tisch und wartete darauf, daß Josh ihm Toast machte. Er sagte nichts.

«Man vermutet, daß das Gift von echtem medizinischem Nutzen sein kann.»

«Wer ist ‹man›?»

«Wissenschaftler. Sie sagen, daß sie bei dem Versuch sind, einige der Toxine zu isolieren, um sie Schlaganfallpatienten zu verabreichen. Gegen die Lähmung.»

Der Muschelsammler wußte nicht so recht, was er sagen sollte. Am liebsten hätte er gesagt, daß ihm die Idee, jemandem, der bereits halbseitig gelähmt war, Conus-Gift zu spritzen, erstaunlich töricht vorkam.

«Wäre das nicht toll, Paps? Wenn das, was du getan hast, dazu führen würde, daß Tausenden von Menschen geholfen werden kann?»

Der Muschelsammler rutschte auf seinem Stuhl hin und her. Versuchte zu lächeln.

«Ich fühle mich erst so richtig lebendig», fuhr Josh fort, «wenn ich Menschen helfe.»

«Es riecht nach verbrennendem Toast, Josh.»

«Auf der Welt gibt es so viele Menschen, denen wir helfen können, Paps. Ist dir klar, was für ein Glück wir haben? Was für ein Wunder es ist, überhaupt gesund zu sein? Die Hand ausstrecken zu können?»

«Der Toast, Junge.»

«Scheiß auf den Toast! Mein Gott, was bist du bloß für ein Mensch! Vor deiner Tür sterben die Leute, und du interessierst dich nur für deinen Toast!»

Er rannte hinaus und schlug die Tür hinter sich zu. Der Muschelsammler saß da und roch, wie der Toast verbrannte.

Josh fing an, Bücher über Muscheln zu lesen. Er hatte die Brailleschrift in seiner Zeit als Baseballspieler in der Kinder-Liga lesen gelernt, während er in seiner Uniform im Laboratorium seines Vaters gesessen und auf seine Mutter gewartet hatte, die ihn zu den Spielen fuhr. Jetzt holte er sich Bücher und Zeitschriften von dem einzigen Bücherbord in der *kibanda* und schleppte sie hinaus unter die Palmen, wo die drei Kikuyu-Waisen ihr Lager aufgeschlagen hatten. Er las ihnen laut vor und holperte durch Artikel in Zeitschriften wie *Indo-Pacific Mollusca* oder *American Conchologist*. «Der Marmorkegel», las er, «hat ein schmales, schlankes Gehäuse mit einer langen Furche. Seine schmale Spindel ist im allgemeinen gerade.» Die Jungs starrten ihn an, wenn er las, und summten unsinnige, fröhliche Lieder.

Der Muschelsammler hörte eines Nachmittags, wie er ihnen etwas über Coniden vorlas. «Die *Conus admirabilis*, eine der seltensten Coniden, ist dick und relativ schwer mit einem spitz zulaufenden Ende. Sie ist weiß mit braunen, spiralförmig verlaufenden Streifen.»

Nachdem die Jungen eine Woche lang jeden Nachmittag vorgelesen bekommen hatten, zeigten sie erstaunlicherweise langsam Interesse. Der Muschelsammler hörte, wie sie die Bänke aus Muschelstücken durchsuchten, welche die Springflut zurückgelassen hatte. «Blasenmuschel!» rief dann wohl einer. «Kafuna hat eine Blasenmuschel gefunden!» Sie fuhren mit den Händen zwischen die Steine und kreischten und schrien und zerrten hemdenweise eßbare Muscheln zur *kibanda* hinauf.

Sie bedachten sie mit erfundenen Namen: «Blaue Schöne! Mbaba Hühnermuschel!»

Eines Abends aßen die drei Jungen mit ihnen zusammen am Tisch, und er hörte zu, wie sie auf ihren Stühlen hin und her rutschten und zappelten und mit ihrem Silberbesteck gegen die Tischkante schlugen wie Schlagzeuger. «Ihr Jungs habt Muscheln gesammelt», sagte der Muschelsammler.

«Kafuna hat eine Schmetterlingsmuschel verschluckt!» schrie einer der Jungen.

Der Muschelsammler ließ sich nicht ablenken. «Wißt ihr, daß einige dieser Muscheln gefährlich sind, daß gefährliche Tiere – böse Tiere – im Wasser leben?»

«Böse Tiere!» kreischte der eine.

«Böse Tiiiere!» fiel der andere ein.

Dann waren sie ruhig und aßen. Der Muschelsammler saß da und dachte nach.

Am nächsten Morgen versuchte er es noch einmal. Josh war damit beschäftigt, auf der Eingangsstufe Kokosnüsse aufzuhakken. «Was ist, wenn die Jungs vom Strand genug haben und hinaus aufs Riff gehen? Was, wenn sie in eine Feuerkoralle fallen? Oder auf einen Seeigel treten?»

«Willst du damit sagen, daß ich nicht auf sie aufpasse?» fragte Josh.

«Ich will damit sagen, daß sie vielleicht darauf aus sind, gebissen zu werden. Diese Jungen sind hierhergekommen, weil sie dachten, ich könnte irgendeine Zaubermuschel finden, die Leute gesund macht. Sie sind hier, um sich von einem Giftzüngler stechen zu lassen.»

«Du hast doch nicht die geringste Ahnung, warum diese Jungen hier sind», entgegnete Josh.

«Aber du schon. Du glaubst, du hast genug über Muscheln und dergleichen gelesen, um ihnen beizubringen, wie man nach Conus-Schnecken sucht. Du willst, daß sie eine finden. Du hoffst, daß sie eine große finden, gebissen und dadurch geheilt werden. Geheilt von was immer sie haben. Ich kann nicht erkennen, daß ihnen überhaupt etwas fehlt.»

«Paps», stöhnte Josh, «diese Jungs sind geistig behindert. Ich glaube keineswegs, daß irgendeine Meeresschnecke sie heilen wird.»

Und so entschloß sich der Muschelsammler, der sich sehr alt und sehr blind fühlte, mit den Jungen Muscheln sammeln zu gehen. Er nahm sie mit in die Lagune, dorthin, wo es flach war und das Wasser warm. Es ging ihnen beim Waten bis fast an die Brust, und er arbeitete neben ihnen und tat sein Bestes, um ihnen zu zeigen, welche Tiere gefährlich waren. «Böse Tiiiere!» kreischten die Jungs dann und brachen in Beifall aus, als der Muschelsammler eine gereizte blaue Krabbe über das Riff hinweg ins tiefe Wasser warf. Auch Tumaini bellte und schien wieder die Alte zu sein – dort draußen mit den Jungen im Meer, das sie so heiß und innig liebte.

Am Ende war es nicht einer der Jungen oder irgendein anderer Besucher, der gebissen wurde, sondern Josh. Er kam, seinen Vater rufend, mit blutleerem Gesicht den Strand entlanggerannt.

«Josh? Bist du das, Josh?» schrie der Muschelsammler. «Ich habe den Jungs gerade dieses Tritonshorn gezeigt. Anmutig, nicht wahr?»

In seiner Faust, deren Finger bereits steif wurden, während sich der Handrücken rötete und anschwoll, hielt Josh das kegelförmige Haus der Schnecke, die ihn gebissen hatte, er hatte es aus dem nassen Sand gezogen, weil er es hübsch fand.

Der Muschelsammler zerrte Josh über den Strand in den Schatten unter den Palmen. Er wickelte ihn in eine Decke und schickte die Jungen nach dem Funkgerät. Joshs Puls ging bereits schwach und schnell, und sein Atem kam in kurzen Stößen. Binnen einer Stunde stand sein Atem still, dann sein Herz, und er war tot.

Sprachlos kniete der Muschelsammler im Sand, und Tumaini lag, den Kopf auf den Pfoten, im Schatten und beobachtete ihn. Hinter ihr kauerten die völlig verängstigten Jungen.

Der Arzt kam zwanzig Minuten zu spät angeschnauft, und hinter ihm traf die Polizei in kleinen Kanus mit riesigen Motoren ein. Sie ging mit dem Muschelsammler in dessen Küche und befragte ihn über seine Scheidung, über Josh, über die Jungen.

Durchs Fenster hörte der Muschelsammler noch mehr Boote kommen und wieder wegfahren. Eine feuchte Brise schwappte herein. Er hätte diesen Männern, diesen halb aggressiven, halb trägen Stimmen in seiner Küche gern gesagt, daß es regnen würde. Es wird in fünf Minuten regnen, wollte er sagen, aber sie forderten ihn auf, das Verhältnis zwischen Josh und den Jungen zu erläutern. Noch einmal (war es zum dritten oder zum fünften Mal?) fragten sie, warum sich seine Frau von ihm habe scheiden lassen. Er konnte die Worte nicht finden. Es war ihm, als würden dicke Wolken zwischen ihn und die Welt geschoben – seine Finger, sein Empfindungsvermögen, das Meer, alles war im Schwinden begriffen. Mein Hund, wollte er sagen, mein Hund versteht das alles nicht. Ich brauche meinen Hund.

«Ich bin blind», sagte er schließlich der Polizei und hob die Hände. «Ich sehe nichts.»

Dann kam der Regen, ein Platzregen, der über das mit Palmenblättern gedeckte Dach herfiel. Frösche, die irgendwo unter den Dielen sangen, beschleunigten ihr Tremolo, schrillten in das Unwetter.

Als der Regen nachließ, hörte er das Wasser vom Dach tropfen, und unter dem Kühlschrank begann ein Heimchen zu zirpen. In der Küche war eine neue Stimme zu hören, eine vertraute

Stimme, die des *mwadhini*. Er sagte: «Man wird Sie jetzt zufriedenlassen. Wie ich es versprochen habe.»

«Mein Sohn ...», begann der Muschelsucher.

«Diese Blindheit», sagte der *mwadhini*, nahm eine Schraubenschnecke, die auf dem Küchentisch lag, und rollte sie über das Holz, «hat sie nicht etwas von einer Muschelschale? So wie eine Schale das Tier in ihrem Innern beschützt? So wie sich ein Tier in sie zurückziehen kann, in ein sicheres Versteck? Natürlich sind die Kranken gekommen, natürlich sind sie gekommen, um etwas zu finden, was sie heilt. Nun, Sie werden jetzt Ihre Ruhe haben. Jetzt wird niemand mehr kommen und sich ein Wunder erhoffen.»

«Die Jungs ...»

«Man wird sie fortbringen. Jemand muß sich um sie kümmern. Vielleicht ein Waisenhaus in Nairobi. Vielleicht Malindi.»

Ein Monat später, und diese Jims waren in seiner *kibanda* und gossen Bourbon in ihren *chai*. Der Muschelsammler hatte ihre Fragen beantwortet, ihnen von Nancy, Seema und Josh erzählt. Nancy, so sagten sie, habe ihnen die Exklusivrechte an ihrer Geschichte übertragen. Der Muschelsammler sah schon, was sie schreiben würden – Sex um Mitternacht, eine blaue Lagune, ein gefährliches Muschelgift als Droge, ein blinder Medizinguru mit seinem Wolfshund. Für alle Welt zum Anstarren: seine mit Muscheln vollgestopfte *kibanda*, seine mitleiderregenden Tragödien.

Als es dunkel wurde, fuhr er mit ihnen nach Lamu. Das Wassertaxi setzte sie an einem Pier ab, und sie stiegen einen Hügel hinauf zur Stadt. Aus dem Gebüsch am Straßenrand und den sich über den Weg neigenden Mangobäumen erklangen Vogelrufe. Die Luft roch süß, wie Kohl mit Ananas. Die Jims mußten sich beim Gehen anstrengen.

In Lamu waren die Straßen voller Menschen, und die Straßenverkäufer grillten Kochbananen oder currygewürztes Ziegenfleisch über Treibholzglut. Man verkaufte Ananas auf Spießchen, und Kinder gingen mit Bauchläden umher, aus denen sie *maadazi* oder mit Ingwermarmelade bestrichene Chapatis verkauften. Die Jims und der Muschelsammler kauften sich Kebab und setzten sich auf einen Treppenabsatz, mit dem Rücken gegen eine geschnitzte Holztür. Es dauerte nicht lange, und ein vorübergehender Teenager bot ihnen Haschisch aus einer Wasserpfeife an, was die Jims annahmen. Der Muschelsammler roch den süßen, klebrigen Rauch und hörte das Wasser in der Pfeife blubbern.

«Gut?» fragte der Teenager.

«Und ob», sagten die Jims hustend. Ihre Sprache war undeutlich.

Der Muschelsammler konnte in den Moscheen Männer beten hören, ihr Sprechgesang erfüllte die engen Gassen mit seinem Pulsieren. Er fühlte sich ein bißchen komisch, als er ihnen zuhörte, so als gehörte sein Kopf nicht mehr zu seinem Körper.

«Es ist das Taraweeh-Gebet», sagte der junge Bursche. «Heute abend bestimmt Allah den Lauf der Welt für das kommende Jahr.»

«Hier, ziehen Sie mal», sagte einer der Jims und hielt dem Muschelsammler die Pfeife vors Gesicht. «Mehr», sagte der andere Jim und kicherte.

Der Muschelsammler nahm die Pfeife und inhalierte.

*

Es war lange nach Mitternacht. Ein Krabbenfänger in einem motorisierten *mtepe* nahm sie mit durchs Inselmeer, vorbei an Mangrovenwäldern, in die Gegend, wo sie wohnten. Der Muschelsammler saß im Bug auf einer Krabbenfalle aus Hühnerdraht und spürte den Fahrtwind im Gesicht. Das Boot wurde langsamer. «Tokeni», sagte der Krabbenfänger, und das taten der Muschelsammler und mit ihm die beiden Jims – sie sprangen vom Boot hinunter ins brusthohe Wasser.

Das Krabbenboot fuhr davon, und die Jims fingen an, leise über die Phosphoreszenz zu reden und die leuchtende Spur des jeweils anderen zu bewundern, die auf seinem Weg durchs Wasser hinter ihm aufschimmerte. Der Muschelsammler zog seine Sandalen aus und watete barfuß. Kletterte von den spitzen Stacheln des Korallenriffs in die tiefere Lagune, wo er die harten Furchen des von den Gezeiten bewegten Sandes und hin und wieder die faserigen, verfilzten Algenmatten unter den Füßen spürte. Das Gefühl der Losgelöstheit hatte nicht aufgehört, war vielmehr durch das Haschisch verstärkt worden, und es fiel ihm nicht schwer, sich vorzustellen, daß seine Beine nicht zu seinem Körper gehörten. Ihm war plötzlich, als schwebe er über dem Wasser und fühle sich hinab in die türkisfarbenen Untiefen und von Korallen gesäumten Wege. Dieses kleine Riff da – die Krabben auf ihren Wanderungen, die Anemonen, die ihre Köpfe zurückwarfen, die Schneestürme winziger Fische, die vorbeistoben, innehielten, davonschossen … er fühlte, wie sich das alles unter ihm einfach entfaltete. Ein Kofferfisch, ein Drückerfisch, ein Picassofisch, ein vorübertreibender Schwamm – alle diese Leben wurden gelebt, Tag für Tag, wie von Anfang an. Seine Sinne wurden übernatürlich scharf – jenseits der Brecher, der gesprenkelten Lagune hörte er Seeschwalben und das Schrillen von Insekten in den Akazien und die schwere Bewegung der Blätter auf den Avocadobäumen, die Ortungslaute der Fledermäuse, das trockene Schaben der Rinde am Schopf der Kokospalmen, stachelige Kletten, die von Büschen in den heißen Sand fielen, und das gleichmäßige Tosen der Meeresküste in einer leeren Trompetenmuschel, roch den faulen Geruch von Muscheleiern, die in ihren schwarzen Beuteln auf den Strand gesetzt worden waren, und weit hinten auf der Insel, am Horizont (er könnte zu Fuß dorthin gehen), würde er den flossenlosen Rumpf eines Delphins finden, den die anbrandenden

Wellen hin und her rollten und dessen Fleisch bereits Stück für Stück von Steinkrabben davongeschafft wurde.

«Wie», fragten die Jims, deren Stimmen weit entfernt und ineinander verschmolzen klangen, «fühlt es sich an, wenn man von einem Giftzüngler gebissen wird?»

Was für seltsame Visionen der Muschelsammler gerade eben gehabt hatte! Ein toter Delphin? Ein übernatürlich scharfes Gehör? Wateten sie wirklich in Richtung *kibanda*? Waren sie auch nur irgendwo in der Nähe?

«Das könnte ich Ihnen zeigen», sagte er zu seiner eigenen Überraschung. «Ich könnte Ihnen ein paar kleine Schnecken suchen, winzige. Sie würden kaum merken, daß Sie gebissen worden sind. Sie könnten darüber schreiben.»

Er begann, nach Conus-Schnecken zu suchen. Er watete, ging im Kreis, verlor langsam die Orientierung. Er bewegte sich hinaus, aufs Riff zu, suchte sich vorsichtig seinen Weg zwischen den Steinen hindurch. Er war wie ein Stelzvogel, ein Kranich auf der Jagd, bereit, mit dem Schnabel jeden Augenblick zuzustoßen, um eine Schnecke oder einen unberechenbaren Fisch aufzuspießen.

Das Riff war nicht dort, wo er es vermutet hatte, es war hinter ihm, und bald fühlte er den Schaum der Wellenkämme, lange Brecher, die ihn im Rücken trafen und die Muschelstückchen unter seinen Füßen aufwirbelten, und er ahnte den Algenstreifen direkt vor sich, den steilen Küstensockel, die sich aufbäumenden, strudelnden Wellen. Eine Wellhornschnecke, eine Stachelschnecke, eine Olivenschnecke – sie alle wurden an ihm vorbeigetrieben. Hier, das fühlte sich wie ein Pfeilzüngler an. So leicht zu finden. Er drehte die Schnecke um, balancierte sie mit der Spitze auf seinem Handteller. Eine unerwartete Welle brachte ihn aus dem Gleichgewicht, brach über seinem Kinn. Er spuckte Salzwasser. Eine andere Welle warf ihn mit dem Schienbein gegen die Steine.

Er dachte: Heute nacht schreibt Gott den Plan für die Welt im kommenden Jahr. Er versuchte, sich Gott vorzustellen, wie er über Pergament gebeugt in Gedanken verloren dasaß, die verschiedenen Möglichkeiten durchdachte. «Jim!» rief er und bildete sich ein, die großen Männer auf sich zuplatschen zu hören. Aber sie kamen nicht. «Jim!» rief er. Keine Antwort. Sie waren bestimmt in der *kibanda*, hockten am Tisch und rollten sich die Ärmel hoch. Warteten darauf, daß er mit diesem Giftzüngler kam, den er gefunden hate. Er würde ihnen die Schnecke in die Armbeuge pressen und das Gift in ihr Blut schießen lassen. Dann würden sie Bescheid wissen. Dann hätten sie ihre Geschichte.

Halb schwamm er, halb kletterte er mühsam zurück zum Riff, wo er auf einen Korallenfelsen stieg, fiel und unterging. Dabei verlor er seine Sonnenbrille, die, hin und her schwebend, versank. Er tastete mit den Fersen nach ihr, gab es aber schließlich auf. Er würde sie später suchen.

Die *kibanda* war bestimmt irgendwo in der Nähe. Halb schwimmend drang er in die Lagune vor. Sein Hemd und seine Haare waren völlig naß. Wo waren seine Sandalen? Er hatte sie in der Hand gehalten. Egal.

Das Wasser wurde flacher. Nancy hatte gesagt, es gäbe einen Pulsschlag. Er sei langsam und laut. Sie meinte, daß sie ihn auch nach dem Aufwachen noch hören konnte. Der Muschelsammler stellte ihn sich als den Puls eines Giganten vor, als das dreitausend Pfund schwere Herz eines Grönlandwals. Gallonen von Blut bei jedem Schlag. Vielleicht war es das, was er jetzt hörte, dieses Trommeln, das in seinen Ohren begonnen hatte.

Er bewegte sich jetzt auf die *kibanda* zu, das wußte er. Er spürte die festen Rippen des Lagunensands unter seinen Sohlen. Er hörte, wie die Wellen auf den Strand zusammenfielen, wie die Kokospalmen oberhalb raschelten. Er brachte ein Tier an Land, das zwei Journalisten aus New York lähmen, vielleicht sogar töten sollte. Sie hatten ihm nichts getan, aber er plante ihren Tod. War es das, was er wollte? War es das, worauf Gottes Plan für seine sechzig und ein paar Jahre hinauslief?

Sein Herz hämmerte. Wo war Tumaini? Er sah die Jims deutlich vor sich, die feuchten Körper ausgestreckt in den Schlafsäcken, Alkohol und Haschisch ausatmend, während ihnen winzige *siafu* die Gesichter zerstachen. Es waren Männer, die einfach nur ihre Arbeit taten.

Er nahm die Conus-Schnecke und warf sie so weit er konnte zurück in die Lagune. Er würde die beiden nicht vergiften. Es war ein wundervolles Gefühl, eine solche Entscheidung getroffen zu haben. Er hätte gerne noch mehr Muscheln zum Zurückwerfen gehabt, mehr Gift zum Loswerden. Seine Schultern kamen ihm schrecklich steif vor.

Und plötzlich wußte er mit einer Klarheit, die ihn überwältigte, einer Klarheit, die ihn überflutete wie eine Welle, daß er gebissen worden war. Er hatte sich in jeder Beziehung verirrt – in dieser Lagune, in dem Schneckenhaus seiner eigenen Dunkelheit, in den Tiefen und Windungen des Giftes, das bereits sein Nervensystem lähmte. Ganz in der Nähe landeten Möwen, riefen sich etwas zu, und er war von einem Giftzüngler vergiftet worden.

Über ihm zogen die Sterne herauf in myriadenfachem Erschauern. Sein Leben hatte seine letzte Windung vollführt und tauchte hinab, dorthin, wo es nicht mehr weiterging, wo es am dunkelsten war, wo sich das Schneckenhaus im Schattenhaften verlor. Woran erinnerte er sich, als er, zu guter Letzt vergiftet, in der Flut verging? An seine Frau, seinen Vater, Josh? Lief zuerst seine Kindheit vor ihm ab wie ein Film, als er ein Junge unter nördlichem Himmel war und in den Hubschrauber seines Vaters kletterte? Was war dort, was war sein eigentlicher, lebendiger Kern unendlicher Erfahrung? Ein träumerischer Tod im Wasser, Gift, Verschwinden, Auflösung, der kalte Anblick seiner nördlichen Herkunft oder fünfzig Jahre Blindheit? Der Donner einer Karibujagd, als er von einem Hubschrauber aus Kugeln in die Herde jagte? Stieß er in seinem Kern auf Vertrauen, Bedauern, auf eine große Blase trauriger Leere, seinen nie gesehenen, unbekannten Sohn oder bloß auf einen von Joshs schönen, unbeantworteten Briefen?

Nein. Dazu war keine Zeit. Das Gift hatte seine Brust erreicht. Er erinnerte sich an eins: Blau. Er erinnerte sich, wie einer der Jims an jenem Morgen einen blauen Riffbarsch bewundert hatte. «Dieses Blau!» hatte er gesagt. Der Muschelsammler erinnerte sich daran, wie er in Whitehorse als Junge Blau in Eisfeldern gesehen hatte. Selbst jetzt, fünfundfünfzig Jahre später, nachdem alle visuellen Erinnerungen schwächer geworden waren, sogar in seinen Träumen, und das Aussehen der Welt und das seines Gesichts seit langem verblaßt war, wußte er noch, wie es unten in einem tiefen Spalt aussah – kobaltblau und wunderbar. Er erinnerte sich, wie er mit dem Fuß Schnee über den Rand gestoßen hatte und winzige Splitter in der eisigen Tiefe verschwunden waren.

Dann verließ ihn sein Körper. Er fühlte, wie er sich auflöste und in diesem mit Farben so verschwenderischen Ort aufging – in den dunkel über dem Horizont aufsteigenden Wolken, den Sternen, die auf ihren lichtlosen Bahnen strahlten, den Bäumen, die aus dem Sand emporwuchsen, dem ablaufenden, lebendigen Wasser. Was er gefühlt haben muß, was für eine schreckliche, eiskalte Einsamkeit.

Am Morgen fand ihn das Mädchen Seema, die Tochter des *mwadhini*. Sie war diejenige, die – seit ihrer Genesung – jede Woche gekommen war, um sein Regal mit Reis und getrocknetem Rindfleisch aufzufüllen, um ihm Toilettenpapier und Brot und was er an Post hatte sowie Tütenmilch zu bringen. Wenn sie mit ihren neunjährigen Armen von Lamu gerudert kam und von den Inseln und anderen Booten nicht zu sehen war, nur noch von den Mangroven, dann löste sie manchmal ihr schwarzes Umschlagtuch und ließ die Sonne auf Schultern, Nacken und Haare scheinen.

Sie fand ihn mit dem Gesicht nach oben auf einem Stück weißem Sand, auf gleicher Höhe mit dem Wasser, einen Kilometer von zu Hause entfernt. Bei ihm war Tumaini, hatte sich klitschnaß auf seine Brust gelegt und winselte leise.

Er war barfuß. Seine linke Hand war böse angeschwollen, die Fingernägel waren schwarz. Sie hob ihn auf, diesen Körper, der so sehr nach Meer roch, nach den Tausenden von gekochten Gastropoden, die er mit der Pinzette aus ihren Häusern gezogen hatte, und hievte ihn in ihr kleines Boot. Dann ruderte sie ihn zu seiner *kibanda*. Tumaini raste am Ufer entlang, blieb stehen und wartete auf das Boot, um dann, aufjaulend, wieder loszurennen.

Als die Jims das Mädchen und den Hund zum Haus heraufkommen hörten, kamen sie mit verfilzten Haaren und roten Augen eilig aus ihren Schlafsäcken gekrochen und halfen, so gut sie konnten. Sie trugen den Muschelsammler hinein und riefen mit Hilfe des Mädchens über Funk Dr. Kabiru. Sie wischten das Gesicht des Muschelsammlers mit einem Waschlappen ab und lauschten auf seinen flachen, langsamen Herzschlag. Zweimal hörte er auf zu atmen, und beide Male legte einer der beiden dicken Journalisten seinen Mund auf den des Muschelsammlers und blies ihm Leben in die Lunge.

Eine Ewigkeit lang lag er starr und gefühllos. Wie viele Stunden verstrichen, ohne daß er es wahrnahm, wie viele Wochen und Monate – er wußte es nicht. Er träumte von Glas, von kleinen Glasbläsern, die Giftzünglerzähne herstellten so winzig wie winzige Schneenadeln, wie die allerdünnsten Fischgräten, wie ein Zacken in einem Eiskristall. Er träumte von einem Meer, das mit einer dicken Eisschicht überzogen war, über die er auf Schlittschuhen dahinglitt und hinunter aufs Riff schaute, auf seine sich verändernde, gefährliche Skulptur, seine gewaltigen Miniaturkönigreiche. All das – die schlaffen Tentakeln einer Koralle, der angefressene, dahintreibende Körper eines Clownfischs – war grau und verlassen, demoliert. Ein eiskalter Wind fuhr ihm in den Kragen, und die langgezogenen, zerfetzten

Wolken strömten in entsetzlicher Eile vorbei. Er war das einzige lebende Wesen auf der ganzen Welt, und es gab nichts, nichts zu sehen, keinen Boden unter den Füßen.

Manchmal erwachte er davon, daß ihm *chai* in den Mund gegossen wurde. Er fühlte, wie sein Körper ihn zu Eis erstarren ließ, wie Eisbrocken durch seine Därme klirrten.

Es war Seema, die ihn schließlich erwärmte. Sie besuchte ihn täglich, kam von der *jumba* ihres Vaters unter der weißen Sonne über das türkisfarbene Wasser zur *kibanda* des Muschelsammlers. Sie pflegte ihn, brachte ihn dazu aufzustehen, jagte die *siafu* von seinem Gesicht fort, fütterte ihn mit Toast. Sie fing an, mit ihm nach draußen zu gehen, und saß mit ihm in der Sonne. Er zitterte unaufhörlich. Sie erkundigte sich nach seinem Leben, nach den Muscheln und Schneckenhäusern, die er gefunden hatte, und nach der Conus-Schnecke, die ihr das Leben gerettet hatte. Schließlich fing sie damit an, ihn bei den Handgelenken zu fassen und mit ihm hinaus in die Lagune zu gehen, und immer, wenn seine nasse Haut mit der Luft in Berührung kam, zitterte er.

Der Muschelsammler watete durchs Wasser und tastete mit den Zehen nach Schneckenhäusern. Es war ein Jahr her, daß er gebissen worden war.

Tumaini saß auf einem Stein und blickte schnuppernd zum Horizont, wo unter aufgetürmten Haufenwolken Vögel in langer Reihe flogen. Seema war bei ihnen auf dem Riff, so wie fast jeden Tag. Ihr Umschlagtuch hatte sie abgelegt, und ihr Haar, das für gewöhnlich zurückgebunden war, hing ihr bis auf die Schultern und warf die Sonne zurück. Wie wohl es tat, mit jemandem zusammenzusein, der nicht sehen konnte und dem es sowieso egal war.

Seema beobachtete einen Schwarm winziger, speerförmiger Fische, die direkt unter der Wasseroberfläche vorbeiblitzten. Sie starrten mit zehntausend runden Augen zu ihr hinauf und änderten dann träge ihre Richtung. Ihre Schatten glitten über den gefurchten Sand, über eine farnförmige Kolonie von Korallen. Das da sind Seenadeln, dachte sie, und das ist *Xenia*, eine Weichkoralle. Ich kenne ihre Namen. Ich kenne ihre Namen, weiß, wie sie sich aufeinander verlassen.

Der Muschelsammler bewegte sich ein paar Meter vorwärts, blieb stehen und beugte sich hinunter. Er war auf etwas gestoßen, was er für eine *bullia* hielt – eine blinde Schnecke mit einem gefurchten, hohen und spitzen Haus. Er ließ seine Hand darauf ruhen, zwei Finger leicht auf der Spitze des Gehäuses. Nach einer Weile des Wartens, des Zögerns, schob die Schnecke ihren Fuß aus der Öffnung und fuhr fort, sich über eine Sandriffel zu schleppen. Der Muschelsammler folgte ihr ein Stück mit dem Finger, dann richtete er sich auf. «Wunderbar», murmelte er. Die Schnecke zu seinen Füßen ließ nicht locker, tastete sich voran, paßte ihren Körper dem Sand an und schleppte ihr Haus weiter zu ihrem eigenen dunklen, gewundenen Horizont.

Die Frau des Jägers

Es war das erste Mal, daß der Jäger Montana verlassen hatte. Er erwachte, noch immer erfüllt von dem einige Stunden zurückliegenden Aufsteigen durch rosafarbene Kumuluswolken, dem Anblick der Häuser und Stallgebäude wie Tupfen in den verschneiten Tälern, all des wogenden, dezemberlichen Landes – braune und schwarze Berge, streifig von Schnee, das Aufblitzen zugefrorener Seen, die langen Tressen eines Flusses, der am Grunde einer Schlucht schimmerte. Über dem Flügel hatte sich der Himmel zu einem so reinen Blau vertieft, daß er wußte, es würde ihm die Tränen in die Augen treiben, wenn er nur lange genug hinschaute.

Jetzt war es dunkel. Das Flugzeug befand sich im Landeanflug auf Chicago mit seiner Galaxie elektrischer Lichter. Die riesige Stadtlandschaft wurde immer deutlicher erkennbar, als die Maschine auf den Flughafen zuschwebte – Straßenlaternen, Autoscheinwerfer, Gebäudekomplexe, Eisbahnen, ein an einer Ampel wendender Lastwagen, Schneereste auf einem Lagerhaus und blinkende Antennen auf fernen Bergen, schließlich die langen, aufeinanderzulaufenden Parallelen der blauen Landebahnbefeuerung – und sie waren unten.

Er ging ins Flughafengebäude, vorbei an den Wällen der Monitore. Schon jetzt fühlte er sich, als hätte er etwas verloren – eine schöne Aussicht oder einen wunderbaren Traum, der aufgehört hatte. Er war nach Chicago gekommen, um sich mit seiner Frau zu treffen, die er schon zwanzig Jahre nicht mehr gesehen hatte. Sie hielt sich dort auf, um an der Staatsuniversität vor hohen Tieren ihre Zauberkunst vorzuführen. Offensichtlich waren selbst Universitäten interessiert an dem, was sie konnte.

Draußen vor dem Terminal war der Himmel trübe, grau und windbewegt. Es würde schneien. Eine Mitarbeiterin der Universität holte ihn ab und brachte ihn zu ihrem Jeep. Er schaute die ganze Zeit aus dem Fenster.

Sie saßen fünfundvierzig Minuten im Auto, fuhren zuerst an den hohen, erleuchteten Gebäuden der Innenstadt vorbei, dann an kahlen Vorstadteichen, an Haufen beiseitegeschobenen Schnees, an Tankstellen, Umspannstationen und Telefondrähten. Die Frau sagte: «Sie nehmen also regelmäßig an den Vorführungen Ihrer Frau teil?»

«Nein», antwortete er. «Heute zum ersten Mal.»

Sie parkte den Wagen in der Zufahrt eines raffiniert gebauten modernen Hauses mit quadratischen Balkonen, die verkantet über zwei trapezförmigen Garagen hingen, mit großen, dreieckigen Fenstern, schlanken Säulen, gewölbten Fensterscheiben und einem steilen Schieferdach.

Hinter der Eingangstür waren auf einem Tisch ungefähr dreißig Namensschildchen ausgelegt. Seine Frau war noch nicht da. Wie es schien, war überhaupt noch niemand da. Er fand sein Namensschild und steckte es sich an seinen Pullover. Ein Mädchen in Bedienstetenuniform erschien wortlos, nahm ihm den Mantel ab und verschwand damit.

Das Foyer war ganz aus Granit, gesprenkelt und glatt. An der hinteren Seite befand sich eine stattliche Treppe, die am Fuß sehr breit war und sich nach oben hin verjüngte. Eine Frau kam herunter. Sie blieb auf der vierten oder fünften Stufe von unten stehen und sagte: «Hallo, Anne» zu der Frau, die ihn hergebracht hatte, und: «Sie müssen Mr. Dumas sein» zu ihm. Er ergriff ihre Hand, ein blasses, knöchernes Etwas, gewichtslos, wie ein Vogel ohne Federn.

Ihr Mann, der Kanzler der Universität, binde sich gerade seine Schleife, sagte sie und lachte traurig vor sich hin, als wären Schleifen etwas, was sie mißbilligte. Auf der anderen Seite des Foyers befand sich ein riesiger Salon mit hohen Fenstern und

Teppichboden. Der Jäger begab sich zu einer Fensterreihe, zog die Gardine ein Stück zurück und sah hinaus.

In dem schwachen Licht konnte er eine Holzveranda sehen, die die ganze Hausseite einnahm, lauter Winkel und Stufen aufwies, von stets wechselnder Breite war und ein niedriges Geländer besaß. Jenseits davon, in den blauen Schatten, lag ein kleiner, von Sträuchern umgebener Teich mit einer marmornen Vogeltränke in seiner Mitte. Hinter diesem Teich standen blattlose Bäume – Eichen, Ahorne, eine Platane so weiß wie ein Knochen. Ein Hubschrauber tuckerte mit grünblinkendem Licht vorbei.

«Es schneit», sagte er.

«Wirklich?» fragte die Gastgeberin mit besorgter Miene, die nicht echt sein mußte. Es war unmöglich zu sagen, was ernst gemeint war und was nicht. Die Frau, die ihn hergefahren hatte, war zur Bar gegangen, wo sie einen Drink umklammert hielt und auf den Teppich starrte.

Er ließ die Gardine zurückfallen. Der Kanzler kam die Treppe herunter. Weitere Gäste schneiten herein. Ein Mann in grauem Cord, auf dessen Namensschild BRUCE MAPLES stand, trat zu ihm. «Mr. Dumas», sagte er. «Ihre Frau ist noch nicht da?»

«Sie kennen sie?» fragte der Jäger zurück. «O nein», erwiderte der Mann und schüttelte den Kopf. «Nein.» Er stellte die Beine auseinander und schwang in der Hüfte, als machte er Dehnübungen vor einem Laufwettbewerb. «Aber ich habe über sie gelesen.»

Der Jäger beobachtete, wie ein großgewachsener, bemerkenswert hagerer Mann zur Haustür hereinkam. Höhlungen über dem Kiefer und unter den Augen ließen ihn alt und skelettartig aussehen – als wäre er aus einer anderen, magereren Welt zu Besuch gekommen. Der Kanzler ging zu dem dürren Mann hin, umarmte ihn und hielt ihn einen Augenblick lang umschlungen.

«Das ist Präsident O'Brien», sagte Maples. «Ein berühmter Mann für Leute, die sich mit so etwas wie dem hier beschäftigen. Schrecklich, was seiner Familie widerfahren ist.» Maples stach mit dem Strohhalm nach den Eiswürfeln in seinem Glas.

Der Jäger nickte, nicht sicher, was er sagen sollte. Zum ersten Mal dachte er, daß er vielleicht nicht hätte herkommen sollen.

«Haben Sie die Bücher Ihrer Frau gelesen?» erkundigte sich Maples.

Der Jäger nickte.

«In ihren Gedichten ist ihr Mann ein Jäger.»

«Ich führe Jäger.» Er blickte durchs Fenster dorthin, wo sich Schnee auf den Sträuchern sammelte.

«Macht Ihnen das nichts aus?»

«Was?»

«Tiere zu töten. Als Broterwerb, meine ich.»

Der Jäger beobachtete, wie die Schneeflocken verschwanden, sobald sie die Fensterscheibe berührten. War es das, was die Menschen in der Jagd sahen? Das Töten von Tieren? Er legte die Finger an die Scheibe. «Nein», sagte er. «Es macht mir nichts aus.»

*

Der Jäger hatte seine Frau in Great Falls, Montana, im Winter 1972 kennengelernt. Jener Winter brach unvermittelt an, übergangslos – man konnte ihn kommen sehen. Ein Vorhang aus Weiß erschien im Norden, ein Weiß bis hinauf in den Himmel, und trieb nach Süden wie das Ende aller Dinge. Er trieb den Wind vor sich her, und der rannte wie Wölfe, rann wie Hochwasser durch einen gebrochenen Deich. Das Vieh lief brüllend an den Zäunen entlang. Bäume stürzten um. Ein Scheunendach rutschte über die Straße. Der Fluß änderte seine Richtung. Der Wind schleuderte schreiende Drosseln in die Schlucht und spießte sie in grotesken Haltungen auf Dornen.

Sie war die Gehilfin eines Zauberers, hübsch, sechzehn Jahre alt, eine Waise. Es war keine neue Geschichte – ein glitzerndes rotes Kleid, lange Beine, eine fahrende Zaubershow, die im Versammlungsraum der Central Christian Church Station machte. Der Jäger war gerade mit einem Arm voller Einkäufe an dem Gebäude vorbeigekommen, als der Sturm ihn am Weitergehen hinderte und in die Gasse hinter der Kirche trieb. Er hatte so einen Sturm noch nie zu spüren bekommen – der Wind hatte ihn regelrecht festgenagelt. Sein Gesicht wurde gegen ein tiefliegendes Fenster gedrückt, und durch dieses Fenster konnte er die Vorstellung verfolgen. Der Zauberer war ein kleiner Mann in einem schmutzigen blauen Umhang. Über ihm stand auf einem durchhängenden Spruchband DER GROSSE VESPUCCI. Aber der Jäger sah nur das Mädchen – es war anmutig, jung und lächelte. Wie ein Ringer hielt ihn der Wind am Fenster fest.

Der Zauberer schnallte das Mädchen in einem Sperrholzsarg fest, der grell mit roten und blauen Blitzen bemalt war. Kopf und Hals ragten am einen Ende heraus, Knöchel und Füße am andern. Sie strahlte. Noch nie hatte sich jemand so erfreut darüber gezeigt, daß man ihn in einen Sarg eingeschlossen hatte. Der Zauberer schaltete eine elektrische Säge an, ließ sie sich geräuschvoll durch die Mitte des Kastens arbeiten und zersägte das Mädchen in zwei Hälften. Diese schob er sodann auseinander – die mit ihren Beinen in die eine Richtung, ihren Rumpf in die andere. Ihr Kopf fiel zurück, das Lächeln verschwand, die Augen zeigten nur noch Weiß. Das Licht wurde schummerig. Ein Kind schrie. «Bewege deine Zehen!» befahl der Zauberer, seinen Zauberstab schwingend, und sie tat es – ihre vom Körper abgetrennten Zehen wackelten in glitzernden hochhackigen Pumps. Das Publikum kreischte vor Vergnügen.

Der Jäger beobachtete ihr rosiges, zartes Gesicht, ihr herabhängendes Haar, ihren gestreckten Hals. Ihre Augen glänzten im Licht des Scheinwerfers. Sah sie ihn an? Sah sie, wie sein Gesicht gegen die Scheibe gedrückt wurde, wie der Sturm seinen Nacken peitschte, wie seine Einkäufe – Zwiebeln, eine Tüte Mehl – zu Boden fielen? Ihr Mund zuckte – war es ein Lächeln, die Andeutung eines Grußes?

Sie war schön für ihn auf eine Art, in der noch nie etwas schön für ihn gewesen war. Schnee sickerte in seinen Kragen und trieb um seine Stiefel. Der Sturm hatte nachgelassen, aber der Schnee fiel dicht, und immer noch stand der Jäger wie festgenagelt am Fenster. Nach einer Weile schob der Zauberer die beiden auseinandergesägten Sarghälften wieder zusammen, öffnete die Verschlüsse, schwang seinen Zauberstab – und sie war wieder ganz. Sie kletterte aus dem Kasten und verbeugte sich in ihrem geschlitzten Glitzerkleid. Sie lächelte, als wäre dies die Auferstehung selbst.

Dann warf der Sturm eine Kiefer vor dem Gerichtsgebäude um, und der Strom fiel aus, Straßenlaterne um Straßenlaterne, in der ganzen Stadt. Noch ehe sie sich bewegen konnte, noch ehe die Platzanweiser begonnen hatten, mit Taschenlampen die Zuschauer nach draußen zu geleiten, stahl sich der Jäger in den Saal, lief zur Bühne und rief nach ihr.

Er war dreißig, doppelt so alt wie sie. Sie lächelte ihn an, beugte sich auf der Bühne im roten Schein der Notausgangsbeleuchtung vor und schüttelte den Kopf. «Die Show ist zu Ende», sagte sie. Er folgte in seinem Pick-up dem Wohnwagen des Zauberers durch den Sturm zu ihrem nächsten Auftritt, einer Veranstaltung zugunsten der Bücherei von Butte. Am nächsten Abend folgte er ihr nach Missoula. Nach jeder Vorstellung lief er zur Bühne. «Geh nur mit mir essen», flehte er sie an. «Sag mir bloß deinen Namen.» Es war eine Jagd mit den Mitteln der Ausdauer. In Bozeman erklärte sie sich schließlich einverstanden. Ihr Name war einfach, sie hieß Mary Roberts. Sie aßen in einem Hotelrestaurant Rhabarberkuchen.

«Ich weiß, wie du das machst», sagte er. «Die Füße in dem durchgesägten Sarg sind Attrappen. Du ziehst die Beine bis zur Brust an und läßt die Dummyfüße mit einer Schnur wackeln.»

Sie lachte. «Ist es das, was du tust?» fragte sie. «Einem Mädchen in vier Orte nachfahren, um ihm zu sagen, daß seine Zauberei nicht echt ist?»

«Nein», antwortete er. «Ich jage.»

«Du jagst. Und wenn du nicht jagst?»

«Dann träume ich vom Jagen.»

Sie lachte wieder. «Das ist nicht komisch», sagte er.

«Du hast recht», sagte sie und lächelte. «Es ist nicht komisch. Mir geht's so mit der Zauberei. Ich träume davon. Ich träume die ganze Zeit davon. Selbst wenn ich nicht schlafe.»

Er starrte erregt auf seinen Teller. Er suchte nach etwas, das er sagen könnte. Sie aßen. «Aber weißt du, ich träume größere Träume», sagte sie hinterher, nachdem sie zwei Stück Kuchen sorgfältig mit einem Löffel gegessen hatte. Ihre Stimme war ruhig und ernst. «Ich habe Magie in mir drin. Ich werde mich nicht mein ganzes Leben lang von Tony Vespucci durchsägen lassen.»

«Daran zweifle ich nicht», meinte der Jäger.

«Ich wußte, daß du mir glauben würdest», sagte sie.

Aber im nächsten Winter brachte Vespucci sie wieder nach Great Falls und zersägte sie in demselben Sperrholzsarg. Und im Winter darauf. Nach beiden Vorstellungen nahm der Jäger sie in das Bitterroot Diner mit und sah zu, wie sie zwei Stück Kuchen aß. Das Zusehen war das, was er am liebsten tat – ein Rucken in ihrer Kehle, wenn sie schluckte, die Art, wie der Löffel sauber zwischen ihren Lippen wieder hervorglitt, die Art, wie ihr das Haar übers Ohr fiel.

Dann war sie achtzehn und ließ sich nach dem Kuchen von ihm zu seiner Hütte fahren, vierzig Meilen von Great Falls entfernt, den Missouri hinauf und dann nach Osten ins Tal des Smith River. Sie hatte nur eine kleine Vinylhandtasche bei sich. Als er den Pick-up über die ungeräumten Straßen steuerte, schleuderte und rutschte er und kam in dem tiefen Schnee nur langsam vorwärts, aber sie schien keine Angst zu haben und sich auch keine Sorgen zu machen, wohin er sie bringen würde oder daß der Pick-up in einer Schneewehe versinken und sie in ihrem dünnen Mäntelchen und dem Glitzerkleid der Zaubermeistersgehilfin erfrieren könnte. Ihr Atem bildete kleine Wölkchen vor ihrem Mund. Es waren zwanzig Grad unter Null. Bald würden die Straßen zugeschneit sein und bis zum Frühling unpassierbar.

Bei seiner Einzimmerhütte mit Fellen und alten Gewehren an der Wand angekommen, entriegelte er die Tür zu dem niedrigen Raum darunter und zeigte ihr seine Wintervorräte – hundert geräucherte Forellen, gerupfte Fasanen und Hirschviertel, die gefroren an Haken hingen. «Genug für zwei wie mich», sagte er. Sie blätterte vor dem Kamin seine Bücher durch, eine Monographie über die Lebensgewohnheiten der Waldhühner, eine Reihe von Zeitschriften über das Federwild des Hochlandes, einen dicken Band mit dem schlichten Titel *Der Bär*. «Bist du müde?» erkundigte er sich. «Möchtest du mal was sehen?» Er gab ihr einen gefütterten Overall, schnallte ihre Stiefel in ein Paar lederne Schneeschuhe und ging mit ihr den Grizzly belauschen.

Sie war nicht schlecht auf Schneeschuhen, nur ein bißchen unbeholfen. Sie liefen in der fast unerträglichen Kälte knirschend über den vom Wind geriffelten Schnee. Der Bär zog sich zum Überwintern immer in die gleiche hohle Zeder zurück, deren Spitze vom Sturm weggeschlagen worden war. Schwarz, dreifingrig und riesig, glich sie im Sternenlicht der nach oben gereckten Hand eines Skeletts, eines schaurigen Besuchers, der sich gerade aus der Unterwelt heraufarbeitete.

Sie knieten sich hin. Über ihnen die Sterne waren Messerspitzen, hart und weiß. «Leg dein Ohr hier dran», flüsterte er. Der Atem, der seine Worte trug, kristallisierte und wehte davon, als hätten die Wörter selbst eine sichtbare Gestalt angenommen, dann jedoch auf Grund der Anstrengung ihr Leben ausgehaucht. Sie lauschten, dicht nebeneinander, die Ohren auf Spechtlöcher im Stamm gedrückt. Nach einer Minute hörte sie es auch, stellte ihr Gehör ein auf so etwas wie einen schläfrigen Seufzer, ein langes Ausatmen im Schlummer. Ihre Augen wurden groß. Eine ganze Minute verging. Sie hörte es wieder.

«Wir können ihn auch sehen», flüsterte er, «aber wir müssen mucksmäuschenstill sein. Grizzlys haben nämlich einen leichten Winterschlaf. Manchmal tritt man nur auf einen Zweig vor ihrer Höhle, und schon sind sie wach.»

Er fing an, Schnee wegzuschieben. Sie sah mit offenem Mund und aufgerissenen Augen zu. Vornübergebeugt schaufelte er den Schnee zwischen seinen Beinen hindurch hinter sich. Er grub einen Meter tief und stieß dann auf eine glatte Eiskruste, die ein großes Loch im Fuß des Baumstamms bedeckte. Sachte löste er Stücke davon los und hob sie zur Seite. Die Öffnung war dunkel, und es sah aus, als wäre er zu einer dunklen Höhle, in eine Unterwelt durchgestoßen. Aus dem Loch stieg der Bärengeruch zu ihr auf – wie naß gewordener Hund, wie Waldpilze. Der Jäger entfernte ein paar Blätter. Darunter lag eine zottige Flanke, ein Stück braunes Fell.

«Er liegt auf dem Rücken», flüsterte der Jäger. «Das ist sein Bauch. Seine Vorderbeine müssen irgendwo hier sein.» Er zeigte auf eine Stelle weiter oben am Stamm.

Sie legte eine Hand auf seine Schulter und kniete sich in den Schnee neben der Öffnung. Ihre Augen waren weit aufgerissen und starr. Ihr Mund stand offen. Über ihrer Schulter löste sich ein Stern aus der Milchstraße und zerging am Himmel. «Ich möchte ihn berühren», sagte sie. Ihre Stimme klang laut und fehl am Platz in diesem Wald, unter den kahlen Zedern.

«Still», flüsterte er. Er schüttelte den Kopf. «Du mußt leise sprechen.»

«Nur einen Augenblick.»

«Nein!» zischte er. «Du bist verrückt!» Er zerrte an ihrem Arm. Sie zog sich den Handschuh der anderen Hand mit den

Zähnen aus und langte nach unten. Er zerrte erneut an ihr, verlor aber das Gleichgewicht und fiel nach hinten, einen leeren Fäustling in der Hand. Er sah entsetzt zu, wie sie sich umdrehte und beide Hände mit gespreizten Fingern auf das dichte Fell der Bärenbrust legte. Dann beugte sie ihr Gesicht hinab, als tränke sie aus der Grube im Schnee, und drückte die Lippen auf die Brust des Bären. Ihr ganzer Kopf war jetzt im Baum. Sie spürte, wie die weichen, silbrigen Haarspitzen des Fells ihre Wangen streiften. Vor ihrer Nase die Biegung einer gewaltigen Rippe. Sie hörte, wie sich die Lungen füllten und wieder leerten, sie hörte, wie sich das Blut träge durch die Adern wälzte.

«Möchtest du wissen, was er träumt?» fragte sie. Ihre Stimme hallte durch den Baum und drang oben aus den Stümpfen der weggebrochenen, ausgehöhlten Äste. Der Jäger zog sein Messer aus der Jacke. «Sommer», hallte ihre Stimme. «Blaubeeren. Forellen. Wie er seine Flanken über Kieselsteine im Wasser schleppt.»

Später, wieder in der Hütte, sagte sie, während er Holz in den Kamin schichtete: «Ich wäre gern ganz zu ihm hinuntergekrochen. In seine Arme. Ich würde ihn an den Ohren fassen und auf die Augen küssen.»

Der Jäger sah ins Feuer, sah zu, wie die Flammen zerschnitten und zersägten. Jedes Scheit war eine brennende Brücke. Drei Jahre hatte er auf diesen Augenblick gewartet. Drei Jahre lang hatte er von diesem Mädchen an seinem Kamin geträumt. Aber irgendwie war jetzt alles anders, als er es sich vorgestellt hatte. Er hatte gemeint, es würde wie eine Jagd sein – wie das stundenlange Warten an einer Suhle, den Gewehrlauf auf dem Rucksack, um den riesigen Kopf eines Wapiti mit seinem Geweih vor dem Himmel aufragen zu sehen, zu hören, wie die ganze Herde hinter ihm Luft holte, bevor sie sich dann den Hang hinunter zerstreute. Wenn man die Gelegenheit bekam, dann schoß man, spürte das Tier auf – und das war es. Alle Unsicherheit war vorbei. Dies war jedoch anders, war, als hätte er keine Entscheidung zu treffen, keine Gewalt über Kugeln, die er abfeuern konnte oder zurückhalten. Es war genauso wie damals vor drei Jahren, als ihn der Sturm oder eine andere, stärkere Macht vor der Central Christian Church aufgehalten und gegen ein niedriges Fenster getrieben hatte.

«Bleib bei mir», flüsterte er ihr, flüsterte er dem Feuer zu. «Bleib über den Winter.»

Bruce Maples stand neben ihm und stach mit dem Strohhalm nach dem Eis in seinem Glas.

«Ich vertrete das Fach Leichtathletik», bemerkte er. «Ich leite hier das Sportinstitut.»

«Ja, das erwähnten Sie schon.»

«Wirklich? Ich kann mich nicht erinnern. Ich habe früher Läufer trainiert. Hürdenlauf.»

«Hürdenlauf», wiederholte der Jäger.

«Genau.»

Der Jäger betrachtete ihn prüfend. Was tat Bruce Maples hier? Welche seltsame Neugier, welche Ängste trieben ihn her, trieben all die andern Leute her, die jetzt zur Eingangstür hereinkamen, angetan mit dunklen Anzügen und Kleidern? Er beobachtete den hageren, schwer heimgesuchten Mann, Präsident O'Brien, der in einer Ecke des Empfangsraumes stand. Alle paar Minuten trat ein Gästepaar zu ihm und ergriff seine Hände.

«Sie wissen wahrscheinlich», sagte der Jäger zu Maples, «daß Wölfe Hürdenläufer sind. Manchmal kommen die Leute, die die Tiere verfolgen, an ein Hindernis, und die Fährte ist plötzlich weg. Als wäre das ganze Rudel in einen Baum hineingesprungen und verschwunden. Schließlich finden sie die Fährte wieder, zehn oder zwölf Meter weiter. Die Leute glaubten früher, es handele sich um Zauberei – fliegende Wölfe. Aber sie sind nur gesprungen. Haben alle zusammen einen großen Satz gemacht.»

Bruce sah sich im Raum um. «So?» sagte er. «Das wußte ich nicht.»

Sie blieb. Als sie sich zum ersten Mal liebten, schrie sie so laut, daß Kojoten aufs Dach sprangen und in den Schornstein hineinheulten. Er wälzte sich schwitzend von ihr herunter. Die Kojoten husteten und kicherten die ganze Nacht, wie Kinder, die im Garten plappern, und er hatte Alpträume. «Vergangene Nacht hast du drei Träume gehabt und jedesmal geträumt, du wärst ein Wolf», flüsterte sie. «Du warst außer dir vor Hunger und bist im Mondlicht umhergelaufen.»

Hatte er das geträumt? Er konnte sich nicht erinnern. Vielleicht redete er im Schlaf.

In diesem Dezember wurde es nie wärmer als minus fünfzehn Grad. Der Fluß fror zu – das hatte er noch nie erlebt. Heiligabend fuhr er ganz bis nach Helena, um ihr Schlittschuhe zu kaufen. Am Morgen hüllten sie sich von Kopf bis Fuß in Pelze und gingen hinaus, um auf dem Fluß Schlittschuh zu laufen. Sie hielt sich an seinen Hüften fest, und dann glitten sie durch die blaue Morgendämmerung, folgten den zugefrorenen Flußschleifen und umfuhren die felsigen Stellen unter blattlosen Erlen und Pappeln, während von den Bachweiden nur die blanken Spitzen aus dem Schnee ragten. Vor ihnen verschwammen lange, weiße Flächen des Flusses in der Dunkelheit. Eine Eule saß mit aufgeplustertem Gefieder auf einem Ast und beobachtete sie mit ihren riesigen Augen. «Fröhliche Weihnachten, Eule!» rief das Mädchen in die Kälte. Der Vogel breitete seine gewaltigen Schwingen aus, ließ sich vom Ast fallen und verschwand im Wald.

In einer vom Wind glattpolierten Biegung des Flusses stießen sie auf einen toten Reiher, der mit den Füßen im Eis festgefroren war. Der Vogel hatte versucht, sich zu befreien, indem er mit dem Schnabel zunächst auf das die Füße umschließende Eis und dann auf seine dünnen, schuppigen Beine eingehackt hatte. Schließlich war er verendet, aufrecht stehend, die Flügel zusammengelegt, den Schnabel zu einem letzten, verzweifelten Schrei geöffnet. Seine Beine wurzelten im Eis wie zwei Schilfrohre.

Sie sank vor dem Vogel auf die Knie. Sein Auge war erstarrt und trübe. «Er ist tot», sagte der Jäger sanft. «Komm, sonst erfrierst du auch.»

«Nein», erwiderte sie. Sie zog den Handschuh aus und schloß den Schnabel des Reihers in ihrer Faust. Fast augenblicklich verdrehte sie die Augen. «Wahnsinn!» stieß sie hervor. «Ich kann sie fühlen!» Minutenlang blieb sie so, während der Jäger neben ihr stand und spürte, wie die Kälte in seinen Beinen hochkroch. Er traute sich nicht, das vor dem Vogel kniende Mädchen zu berühren. Ihre Hand wurde im Wind erst weiß, dann blau.

Schließlich stand sie auf. «Wir müssen das Tier begraben», sagte sie. Er hackte den Vogel mit dem Schlittschuh aus dem Eis und begrub ihn in einer Schneewehe.

In jener Nacht lag sie steif da und konnte nicht schlafen. «Es war doch nur ein Vogel», sagte er, nicht sicher, was ihr zu schaffen machte, und trotzdem selbst bedrückt. «Für einen toten Vogel können wir nichts mehr tun. Es war gut, daß wir ihn begraben haben, aber morgen wird ihn ein anderes Tier finden und wieder ausgraben.»

Sie wandte sich ihm zu. Ihre Augen waren weit offen – er erinnerte sich daran, wie sie ausgesehen hatten, als sie die Hände auf den Bär gelegt hatte. «Als ich sie berührte, konnte ich sehen, wohin sie ging.»

«Was?»

«Ich sah, wohin sie ging, als sie starb. Sie war mit anderen Reihern am Ufer eines Sees, mit Hunderten, die alle in die gleiche Richtung blickten und zwischen Steinen dahinwateten.

Der Morgen dämmerte, und sie alle sahen zu, wie die Sonne über den Bäumen auf der andern Seite des Sees emporstieg. Ich habe es so deutlich gesehen, als wäre ich dort gewesen.»

Er drehte sich auf den Rücken und beobachtete Schatten, die sich über die Decke bewegten. «Der Winter macht dir zu schaffen», sagte er. Am Morgen beschloß er, dafür zu sorgen, daß sie jeden Tag nach draußen ging. Es war dies etwas, wovon er schon seit langem überzeugt war: Wenn man im Winter nicht täglich hinausgeht, verliert man allmählich den Verstand. Jeden Winter war die Zeitung voll von Berichten über Farmersfrauen, die, eingeschneit und vom Hüttenkoller überkommen, ihre Männer mit Beilen oder Ahlen umgebracht hatten.

Am nächsten Abend fuhr er mit ihr Richtung Norden bis nach Sweetgrass an der kanadischen Grenze, damit sie das Polarlicht sehen konnte. Große violette, gelbe und blaßgrüne Lichtflächen stiegen fern am Himmel auf. Über den Bergen wogten Formen wie der Kopf eines Falken, ein Halstuch oder ein sich leicht bewegender Flügel. Sie saßen im Fahrerhaus des Pickups, die Heizung blies auf ihre Knie. Hinter dem Polarlicht flammte die Milchstraße.

«Das da ist ein Falke!» rief sie aus.

«Zu Polarlicht kommt es», erklärte er, «auf Grund des Magnetfeldes der Erde. Ein Wind weht von der Sonne her an der Erde vorbei und bewegt aufgeladene Teilchen. Das ist das, was wir sehen. Das gelbgrüne Zeug ist Sauerstoff, das rote und purpurne da unten Stickstoff.»

«Nein», sagte sie und schüttelte den Kopf, «das Rote ist ein Falke. Siehst du seinen Schnabel? Seine Flügel?»

Der Winter stürzte sich auf die Hütte. Der Jäger ging täglich mit dem Mädchen ins Freie. Er zeigte ihr unzählige Marienkäfer, die als orangefarbene Kugel in einer Höhle am Flußufer überwinterten. Ein Paar Winterschlaf haltende Frösche, die in gefrorenem Schlamm eingegraben waren, das Blut bis zum Frühling erstarrt. Er nahm eine Kugel Honigbienen aus ihrem Stock – sie summten leise, waren ganz benommen von der plötzlichen Kälte und vibrierten, um warm zu werden. Als er ihr die Kugel in die Hand gab, verdrehte sie die Augen und wurde ohnmächtig. Sie lag da und sah die Träume all dieser Bienen auf einmal, die Winterträumereien Dutzender Arbeiterinnen, sah jeden einzelnen Traum überdeutlich – helle Pfade durch Dornensträucher zu einer Gruppe wilder Rosen hin, Honig, der säuberlich hundert Waben füllte.

Mit jedem Tag erfuhr sie mehr darüber, was ihr möglich war. Sie spürte eine fremde und starke Empfindsamkeit in ihrem Blut brodeln, so als ob ein vor langer Zeit gelegtes Samenkorn gerade jetzt aufginge. Je größer das Tier, desto gewaltiger konnte es sie erschüttern. Die erst vor kurzem verendeten Tiere waren eine wahre Fundgrube von Bildern – sie gaben diese mit einer nur ganz allmählich nachlassenden Intensität ab, so als würde eine lange Reihe von Halteseilen eins nach dem anderen durchgeschnitten. Sie zog die Handschuhe aus und berührte, was sie nur konnte – Fledermäuse, Salamander, ein Kardinaljunges, das aus dem Nest gefallen und noch warm war. Zehn überwinternde Strumpfbandnattern lagen zusammengerollt unter einem Felsblock, die Augen versiegelt, die Zungen stillgelegt. Jedesmal, wenn sie ein erfrorenes Insekt, einen schlummernden Lurch, irgendein soeben verendetes Tier berührte, dann verdrehten sich ihre Augen, und die Visionen dieser Wesen, ihr Himmel, liefen durch ihren Körper.

So verging ihr erster Winter. Wenn er aus dem Fenster der Hütte schaute, sah er Wolfsfährten über den Fluß führen, sah Eulen, die von den Bäumen aus jagten, sah zwei Meter hohen Schnee wie eine Bettdecke, die jeden Augenblick abgeworfen werden konnte. Sie sah verkrochene Träumer, die sich unter den Wurzeln gegen das lange Dämmerlicht eingekuschelt hatten und deren Träume in kleinen Wellen in den Himmel aufstiegen wie Polarlichter.

Die Liebe steckte noch immer wie ein Splitter in seinem Herzen, als er sie während der ersten Tauwettertage des Frühlings heiratete.

Bruce Maples hielt die Luft an, als die Frau des Jägers schließlich eintraf. Sie kam zur Tür herein wie ein Paradepferd, mit zurückhaltend gesenktem Blick, aber sicherem Schritt – sie setzte die Bleistiftabsätze deutlich hörbar auf den Granitfußboden auf. Der Jäger hatte seine Frau seit zwanzig Jahren nicht mehr gesehen, und sie hatte sich verändert – sie war jetzt kultivierter, weniger wild, was ihr in den Augen des Jägers nicht zum Vorteil gereichte. Ihr Gesicht zeigte um die Augen herum Falten, und sie bewegte sich, als wollte sie den Kontakt mit allem vermeiden, was in ihrer Nähe war – so als könnte sich der Tisch in der Eingangshalle oder die Schranktür plötzlich auf sie stürzen und am Revers packen. Sie trug keinen Schmuck, keinen Ehering, nur ein einfaches schwarzes, zweireihiges Kostüm.

Sie fand auf dem Tisch ihr Namensschildchen und steckte es sich ans Revers. Alle im Raum schauten zu ihr hin, dann wieder weg. Dem Jäger wurde klar, daß sie der Ehrengast war und nicht Präsident O'Brien. In gewissem Sinn machten sie ihr den Hof. Das war ihre Art, die Art des Kanzlers – ein schweigender Barkeeper, uniformierte Garderobefrauen, große eisgekühlte Drinks. Gebt ihr Kuchen, dachte der Jäger. Rhabarberkuchen. Zeigt ihr einen schlafenden Grizzly.

Sie setzten sich zum Essen an eine schmale, sehr lange Tafel – auf jeder Seite etwa fünfzehn hochlehnige Stühle und jeweils einer an den Kopfenden. Der Jäger saß nach der Tischordnung einige Plätze von seiner Frau entfernt. Sie sah schließlich zu ihm herüber. Ein Blick des Erkennens, der Wärme, und dann sah sie wieder weg. Er mußte ihr alt vorgekommen sein – er mußte ihr schon immer alt vorgekommen sein. Sie sah ihn nicht noch einmal an.

Die Küchenmannschaft in gestärktem Weiß servierte Zwiebelsuppe, Scampi, pochierten Lachs. Um den Jäger herum unterhielten sich Gäste halb flüsternd über Leute, die er nicht kannte. Er hielt den Blick auf die Fenster und den draußen wirbelnden Schnee gerichtet.

*

Der Fluß taute auf und trieb riesige Eisschollen in Richtung Missouri. Das Glucksen und Plätschern des fließenden Wassers, das Geräusch der Befreiung, des Schmelzens drang durch die offenen Fenster der Hütte herein. Der Jäger spürte die alte Erregung, spürte, wie seine Seele auflebte. Er stand wieder in der weiten, rosafarbenen Morgendämmerung auf, nahm seine Angel und lief hinunter zum Fluß. Forellen sprangen bereits aus dem kalten braunen Wasser, um die ersten Insekten des Frühlings zu fangen. Schon bald klingelte in der Hütte das Telefon und Kunden riefen an – seine Jagdführersaison hatte begonnen.

Gelegentlich verlangte ein Kunde einen Löwen oder eine Jagd mit Hunden auf Vögel, aber das späte Frühjahr und der Sommer gehörten den Forellen. Er war jeden Morgen, bevor es hell wurde, draußen, fuhr, versehen mit einer Thermoskanne voll Kaffee, los, um einen Anwalt, einen Witwer oder einen Politiker mit einer Vorliebe für heimische Fluß- und Seeforellen abzuholen. Wenn er die Kunden abgesetzt hatte, machte er, daß er zurückkam, um den nächsten Jagdausflug vorzubereiten. Er erkundete die Gegebenheiten bis zum Dunkelwerden und manchmal länger, kniete in Weidengebüschen am Fluß und wartete auf das Beißen einer Forelle. Wenn er nach Hause kam, stank er nach Fischgedärm und weckte sie mit seinen aufgeregten Berichten – von kalifornischen Flußforellen, die fünf Meter hohe Stromschnellen überwunden hatten, von einer störrischen Regenbogenforelle, die sich unter einen Baumstumpf im Wasser gezwängt hatte.

Es wurde Juni, und sie war gelangweilt und einsam. Sie wanderte durch die Wälder, doch nie sehr weit. Die Sommerwälder waren dicht und voller Geschäftigkeit – nichts mehr von dem stillen Friedhofsgefühl des Winters. Im Sommer konnte man keine sieben Meter weit sehen. Nichts schlief sehr lange, alles kam aus Kokons heraus, flatterte umher, summte, vermehrte sich, hatte Junge, nahm zu. Junge Bären planschten im Fluß. Jungvögel schrien nach Würmern. Sie sehnte sich nach der Stille des Winters, nach dem langen Schlummer, dem leeren Himmel, dem Geräusch von Knochen auf Knochen, das entstand, wenn Wapitihirsche ihr Geweih gegen Bäume schlugen. Im August ging sie zum Fluß, um dabei zuzusehen, wie ihr Mann und ein Kunde die Angeln auswarfen, wobei ihr die Schleifen, die seine Angelschnur beschrieb, vorkamen wie ein übers Wasser geworfener Zauberbann. Der Jäger brachte ihr bei, wie man Fische im Wasser ausnahm, damit der Geruch nicht haften blieb. Sie schlitzte die Bäuche auf, sah zu, wie sich die Eingeweide in der Strömung entwirrten, wie die letzten ekstatischen Visionen der Forellen langsam ihre Handgelenke hinauf verblaßten, in den Fluß hinausströmten.

Im September kamen die Großwildjäger. Jeder Kunde verlangte etwas anderes – einen Wapiti, eine Gabelantilope, einen Elchbullen, einen Weißwedelhirsch. Sie wollten Grizzlys sehen, einen Vielfraß aufspüren, ja sogar Kanadakraniche schießen. Sie wollten die Geweihe kapitaler Vierzehnender für ihre Arbeitszimmer haben. Alle paar Tage kam er, nach Blut riechend, heim und erzählte von blöden Kunden – von dem Texaner, der keuchend dagesessen und es nicht den Hügel hinauf geschafft hatte, um zum Schuß zu kommen. Von einem blutrünstigen New Yorker, der angeblich Schwarzbären nur hatte fotografieren wollen, aber dann plötzlich eine Pistole aus dem Stiefel zog und auf zwei Bärenjunge und ihre Mutter ballerte. Allabendlich schrubbte sie Blut aus den Overalls des Jägers, sah zu, wie es im Fluß von Rostrot zu Rot zu Rosa verblaßte.

Er war sieben Tage in der Woche fort, von morgens bis abends, daheim nur lange genug, um Wurst zu machen oder Bratenstücke zurechtzuschneiden, sein Gewehr zu reinigen, seinen Fleischrucksack auszuwaschen und zu telefonieren. Sie verstand sehr wenig von dem, was er tat, wußte nur, daß er das Tal liebte und darin umherstreifen mußte, um die Raben zu beobachten, die Eisvögel und die Reiher, die Kojoten und die Rotluchse, und um so gut wie alles andere zu jagen. «In der Welt da draußen herrscht keine Ordnung», sagte er einmal zu ihr und deutete vage in die Richtung, in der Great Falls und die Städte im Süden lagen. «Aber hier ja. Hier kann ich Dinge sehen, die ich dort unten niemals zu sehen bekommen würde, Dinge, für die die meisten Leute keine Augen haben.» Sie brauchte ihre Phantasie nicht besonders anzustrengen, um ihn in fünfzig Jahren vor sich zu sehen – wie er noch immer seine Stiefel schnürte, sein Gewehr holte und, obwohl er die ganze Welt hätte bereisen können, zufrieden damit starb, nur dieses Tal gesehen zu haben.

Sie fing an zu schlafen, machte lange Nachmittagsschläfchen, drei Stunden oder auch länger. Das Schlafen war, wie sie herausfand, eine Fertigkeit wie jede andere auch, etwa wie die, sich zersägen und wieder zusammensetzen zu lassen oder die Träume eines toten Rotkehlchens zu erahnen. Sie brachte sich bei, trotz Hitze, trotz Lärms zu schlafen. Insekten warfen sich gegen den Fliegendraht, Hornissen kamen durch den Schornstein herabgebrummt, die Sonne schien heiß und zudringlich durch die Fenster an der Südseite herein – sie schlief. Wenn er an den Herbstabenden nach Hause kam, erschöpft und die Unterarme blutverschmiert, dann schlief sie schon seit Stunden. Draußen riß der Wind bereits Blätter von den Pappeln – zu früh, dachte er. Er legte sich dann zu ihr und nahm ihre schlafende Hand in die seine. Sie lebten beide im Griff von Mächten, über die sie keinerlei Kontrolle hatten – des Novemberwinds, der Umdrehungen der Erde.

Dann kam der schlimmste Winter, den er je erlebt hatte – vom Thanksgiving-Tag an waren sie im Tal eingeschneit, war der Pick-up unter einer zwei Meter hohen Schneewehe begraben. Die Telefonleitung kam im Dezember herunter und blieb bis in den April hinein kaputt. Der Januar fing mit einem Chinook, einem warmen Wind, an, dem ein furchtbarer Frost folgte, so daß eine sechs Zentimeter dicke Eiskruste den Schnee bedeckte. Auf den Farmen im Süden brachen die Rinder ein und verbluteten bei dem Versuch, sich freizustrampeln. Rotwild durchbohrte mit seinen winzigen Hufen das Eis und erstickte in dem tiefen Schnee darunter. Blutspuren äderten die Berge.

Morgens früh fand er immer wieder Kojotenspuren im Schnee vor der Tür zum Vorratsraum – nur fünf Zentimeter Hartholz trennte sie von seinen Wintervorräten, die dort gefroren unter den Dielenbrettern der Hütte hingen. Er verstärkte die Tür mit Backblechen, nagelte sie auf das Holz und über die Scharniere. Zweimal erwachte er von dem Geräusch an Metall kratzender Krallen und stürzte hinaus, um die Kojoten durch lautes Gebrüll zu vertreiben.

Wohin er auch blickte, starb etwas ohne jede Anmut, versank ein Tier in einer Wehe, kippte ein Wapiti um, tappte ein ausgezehrter Weißwedelhirsch auf dem Eis umher wie ein betrunkenes Skelett. Das Radio berichtete über enorme Verluste auf den Rinderfarmen im Süden. Jede Nacht träumte er von Wölfen, träumte, daß er mit ihnen lief, über Zäune setzte und seine Zähne in die dampfenden, schneeverkrusteten Leiber von Rindern grub.

Es schneite weiter. Im Februar wachte er dreimal von Kojoten unter der Hütte auf, und beim dritten Mal waren sie nicht mehr durch bloßes Brüllen zu vertreiben – er schnappte sich seinen Bogen und sein Messer und stürmte barfuß in den Schnee hinaus, wobei seine Füße schon taub wurden. Diesmal waren sie unter der Tür hindurch in den Vorratsraum gelangt, indem sie die gefrorene Erde unter dem Fundament weggebissen und -gegraben hatten. Er entriegelte das, was von der Tür noch übrig war, und zog sie auf.

Ein Kojote hustete, hatte sich an irgend etwas verschluckt. Andere schlichen umher und japsten. Es waren vielleicht zehn. Elkpfeile waren alles, was er hatte, Aluminiumschäfte mit schmalen Stahlspitzen. Er hockte im dunklen Zugang zum Vor-ratsraum (ihr einziger Ausweg) und hatte den Bogen gespannt, einen Pfeil eingelegt. Oben konnte er die Füße seiner Frau leise über die Dielen tappen hören. Ein Kojote gab ein husten-des Geräusch von sich. Er fing an, Pfeile in die Dunkelheit zu schießen, einen nach dem anderen. Er hörte, wie ein paar in die hölzernen Stützpfeiler im hinteren Teil des Vorratsraums ein-drangen, andere sich in Fleisch bohrten. Er verschoß den gan-zen Köcher – ein Dutzend Pfeile. Das Gejaule der getroffenen Kojoten wurde lauter. Ein paar griffen ihn an, und er hieb mit dem Messer nach ihnen. Er fühlte, wie Zähne bis auf den Kno-chen in seinen Arm eindrangen, spürte heißen Atem auf seinen Backen. Er schlug mit dem Messer auf Rippen, Ruten, Schädel ein. Seine Muskeln schrien auf. Die Kojoten waren außer sich. Blut schimmerte auf seinem Handgelenk, auf seinem Ober-schenkel.

Oben in der Hütte hörte sie die unirdischen Schreie verletz-ter Kojoten durch die Dielenbretter, hörte sein Ächzen und seine Flüche beim Kampf. Es klang so, als wäre von ganz unten aus der Hölle ein Ausstieg bis unter ihre Behausung gegraben worden – und es ergösse sich jetzt daraus die schlimmste Ge-walt, die jener Ort heraufsenden konnte. Sie kniete vor dem Kamin und spürte die Seelen der Kojoten, die auf dem Weg himmelwärts durch die Bretter des Fußbodens kamen.

Er war blutverschmiert und hungrig, und sein Oberschenkel war schlimm zerbissen worden, aber er arbeitete den ganzen Tag, um den Pick-up auszugraben. Wenn er nicht an Nahrungs-mittel kam, würden sie verhungern, und er versuchte, den Gedanken an den Pick-up in seinem Kopf festzuhalten. Er schleifte Schieferplatten und Baumrinde herbei, um sie unter die Reifen zu schieben, schaufelte einen ganzen Berg Schnee von der Ladefläche des Pick-ups. Schließlich – es war schon dunkel geworden – gelang es ihm, den Motor anzulassen und den Pick-up auf den gefrorenen, vom Wind verkrusteten Schnee hinauszubekommen. Einen kurzen, wunderbaren Augenblick lang konnte er mit dem Wagen über das Eis schliddern – das Sternenlicht drang durch die Scheiben, die Räder drehten sich, der Motor lief, und was nach der Straße aussah, spulte sich vor ihm im Scheinwerferlicht ab. Dann brach er ein. Er machte sich daran, den Pick-up langsam und unter Mühen wieder auszugraben.

Es war hoffnungslos. Er bekam den Wagen zwar frei, aber ein paar Kilometer weiter brach er wieder ein. So gut wie nirgends war die Eisdecke auf dem Schnee dick genug, um das Gewicht des Pick-up zu tragen. Zwanzig Stunden lang trieb er das Auto mit hochtourig laufendem Motor fahrend und rutschend über meterhohe Verwehungen voran, brach drei weitere Male ein und versank bis zu den Scheiben. Schließlich ließ er den Wagen stehen. Er war fünfzehn Kilometer von der Hütte entfernt, noch fast fünfzig von der Stadt.

Er machte mit von den Bäumen abgeschlagenen Ästen ein schwächliches, qualmendes Feuer, legte sich daneben und versuchte zu schlafen, aber es ging nicht. Die Wärme des Feuerchens ließ Schnee schmelzen, und kleine Rinnsale liefen auf ihn zu, gefroren jedoch, bevor sie ihn erreichten. Die Sterne, die sich am Himmel in ihren Konstellationen drehten, waren ihm noch nie weiter entfernt oder kälter erschienen. In einem Zustand, der weder Schlafen noch Wachen war, beobachtete er Wölfe, die gerade außerhalb des Lichtscheins geifernd und mager um sein Feuer liefen. Ein Rabe fiel durch den Rauch und hopste auf ihn zu. Zum ersten Mal kam ihm der Gedanke, daß er sterben müßte, wenn ihm nicht wärmer würde. Es gelang ihm, sich hinzuknien, sich umzudrehen und sich kriechend auf den Heimweg zu machen. Überall um sich herum konnte er die Wölfe spüren, Blut an ihnen riechen, die Krallen ihrer Pfoten über das Eis kratzen hören.

Die ganze Nacht und den nächsten Tag bewegte er sich voran, kurz vor der Katatonie, manchmal aufrecht gehend, öfter jedoch auf Ellbogen und Knien. Manchmal dachte er, er sei ein Wolf, manchmal, er sei tot. Als er schließlich die Hütte erreichte, waren keinerlei Spuren auf der Veranda, keine Anzeichen dafür zu entdecken, daß sie irgendwann hinausgegangen war. Die Tür des Vorratsraumes stand noch immer weit offen, und Stücke der Seitenwandung und des Rahmens lagen verstreut umher, als hätte sich ein verletzter Teufel mit seinen Klauen aus dem Unterbau der Hütte befreit und wäre in die Nacht davongerast.

Sie kniete auf dem Boden, Eis im Haar und in so etwas wie eine hypothermische Erstarrung verfallen. Mit allerletzter Kraft machte er im Kamin Feuer und flößte ihr einen Becher warmes Wasser ein. Als er einschlief, sah er sich selbst wie von fern, sah sich weinen und seine beinah erfrorene Frau an sich drücken.

Sie hatten lediglich Mehl, ein Glas gefrorene Kronsbeeren und ein paar Cracker im Speiseschrank. Er ging nur hinaus, um Holz zu hacken. Als sie wieder sprechen konnte, klang ihre Stimme ruhig und weit weg: «Ich habe die erstaunlichsten Dinge geträumt», murmelte sie. «Ich habe die Orte gesehen, wo die Kojoten hingehen, wenn sie gestorben sind. Ich weiß, wohin Spinnen gehen und Gänse …»

Es schneite unaufhörlich. Er fragte sich, ob über die gesamte Erde eine Eiszeit gekommen sei. Die Nacht hielt sich, das Tageslicht war von kurzer Dauer. Bald würde der ganze Planet eine gleichförmige weiße Kugel werden, die verloren durch den Raum wirbelte. Immer, wenn er aufstand, bewegten sich vor seinen Augen langsame, Übelkeit erregende Farbstreifen.

Vom Hüttendach hingen Eiszapfen bis auf die Veranda hinunter, versperrten als Eissäulen die Tür. Wenn er hinaus wollte, mußte er sich mit der Axt den Weg freischlagen. Er ging mit Laternen los, um zu angeln, schaufelte sich einen Weg frei hinunter zum zugefrorenen Fluß, machte mit dem Handbohrer ein Loch ins Eis, saß bibbernd davor und bewegte ein Teigkügelchen an einem Haken auf und ab. Manchmal brachte er eine Forelle mit, die auf dem kurzen Schneeschuhweg vom Fluß zur Hütte steifgefroren war. Ein anderes Mal verzehrten sie ein Eichhörnchen, einen Hasen, einmal auch ein verhungertes Stück Rotwild, dessen Knochen er zerbrach, auskochte und schließlich zu Mehl zermahlte, oder nur ein paar Hagebutten. An den ärgsten Tagen des März grub er Rohrkolben aus und schälte und dünstete die Knollen.

Sie aß kaum etwas, schlief täglich achtzehn bis zwanzig Stunden. Wenn sie aufwachte, dann nur, um etwas auf Notizzettel zu kritzeln, bevor sie wieder in den Schlaf zurücksank und dabei die Decken umklammert hielt, als gäben sie ihr Nahrung. Sie machte die Erfahrung, daß im Zentrum der Schwäche Stärke verborgen lag, daß auch das tiefste Loch einen Boden hatte. Mit leerem Magen und ruhiggestelltem Körper, unbelastet von den täglichen Forderungen des Lebens, meinte sie, wichtige Entdeckungen zu machen. Sie war erst neunzehn und hatte seit ihrer Heirat zwanzig Pfund abgenommen. Ohne Kleider war sie nur noch Haut und Knochen.

Er las ihre hingekritzelten Träume, aber sie wirkten wie sinnlose Gedichte und verrieten ihm nichts über sie. *Schnecke,* schrieb sie,

> *gleitet langsam Halme hinab im Regen.*
> *Eule: richtete ihren Blick auf Hasen, stürzte herab wie vom Mond.*
> *Pferd: zieht über die Ebenen mit seinen Brüdern …*

Schließlich haßte er sich selbst, weil er sie dorthin gebracht, sie den ganzen Winter über in seiner Hütte isoliert hatte. Dieser Winter ließ sie verrückt werden – ließ sie beide verrückt werden. An allem, was ihr widerfuhr, trug er die Schuld.

Im April stieg die Temperatur erst über Null, dann über zwanzig Grad. Er schnürte die Ersatzbatterie an seinen Rucksack und ging los, um den Pick-up auszugraben. Das dauerte einen ganzen Tag. Bei Mondlicht fuhr er ihn auf der schlammigen Straße zurück, ging in die Hütte und fragte sie, ob sie am nächsten Morgen gern in die Stadt fahren würde. Zu seiner Überraschung sagte sie ja. Sie machten Wasser für Bäder heiß und zogen Sachen an, die sie seit sechs Monaten nicht mehr getragen hatten. Sie zog einen starken Bindfaden durch die Gürtelschlaufen, damit die Hose oben blieb.

Hinter dem Steuer sitzend, erfüllte ihn Freude darüber, daß sie bei ihm war, daß sie zusammen ins Land hinausfuhren, daß er die Sonne über den Bäumen sah. Der Frühling kam – das Tal putzte sich heraus. Schau mal da, wollte er sagen, die Gänse dort über der Straße. Das Tal lebt. Selbst nach einem solchen Winter!

Sie bat ihn, sie bei der Bücherei abzusetzen. Er kaufte Lebensmittel ein – ein Dutzend tiefgefrorene Pizzen, Kartoffeln, Eier, Mohrrüben. Er brach beinah in Tränen aus, als er Bananen sah. Er saß auf dem Parkplatz und trank zwei Liter Milch. Als er sie von der Bücherei abholte, hatte sie einen Leserausweis beantragt und zwanzig Bücher ausgeliehen. Sie hielten beim Bitterroot Diner und aßen Hamburger und Rhabarberkuchen. Sie verzehrte drei Stücke. Er sah ihr beim Essen zu, wie der Löffel aus ihrem Mund herausglitt. Das war besser. Es entsprach weit eher dem, was er sich erträumt hatte.

«Mary, ich glaube, wir haben's geschafft», sagte er.

«Ich liebe Kuchen», sagte sie.

Sobald die Leitungen repariert waren, fing das Telefon an zu klingeln. Er ging mit seiner Anglerkundschaft zum Fluß hinunter. Sie saß auf der Veranda und las und las.

Bald konnte ihr Lesehunger nicht mehr durch die Stadtbücherei von Great Falls gestillt werden. Sie wollte andere Bücher haben, Aufsätze über Zauberei, Leitfäden zur Praxis des Zauberns und der Beschwörung, was alles per Postversand aus New Hampshire, New Orleans und sogar Italien besorgt werden mußte. Einmal wöchentlich fuhr der Jäger in die Stadt, um beim Postamt ein Bücherpaket abzuholen – *Arcana Mundi. The Seer's Dictionary. Paragon of Wizardry. Occult Science Among the Ancients.* Er öffnete eines der Bücher an einer beliebigen Stelle und las: ... *bring Wasser herbei, schlinge ein weiches Band um deinen Altar, verbrenne es auf frischen Zweigen und Weihrauch ...*

Sie wurde wieder gesund, gewann an Energie und lag nicht mehr den ganzen Tag träumend unter Fellen. Sie stand vor ihm auf und kochte Kaffee, die Nase schon wieder in einem Buch. Dank einer regelmäßigen, aus Fleisch und Gemüse bestehenden Ernährung blühte sie wieder auf, glänzte ihr Haar, strahlten ihre Augen und röteten sich ihre Wangen. Nach dem Abendessen beobachtete er sie, wie sie beim Licht des Kaminfeuers las – sie hatte sich Amselfedern ins Haar gesteckt, zwischen ihren Brüsten hing ein Reiherschnabel.

Im November nahm er sich einen Sonntag frei, und sie liefen mit Skiern über Land. Sie stießen auf einen Wapitibullen, der in einem Entwässerungsgraben erfroren war. Raben krächzten sie an, als sie zu dem verendeten Tier hinliefen. Sie kniete neben ihm nieder und legte die Hand auf den mit Striemen übersäten Schädel. Sie verdrehte die Augen. «Da», stöhnte sie, «ich fühle ihn.»

«Was fühlst du?» fragte er, hinter ihr stehend. «Was?»

Sie stand auf, zitterte. «Ich fühle, wie sein Leben hinausfließt», sagte sie. «Ich sehe, wohin er geht, was er sieht.»

«Aber das ist unmöglich», entgegnete er. «Ebensogut könntest du sagen, du weißt, was ich träume.»

«Das weiß ich auch», sagte sie. «Du träumst von Wölfen.»

«Aber dieser Wapiti ist schon mindestens einen Tag lang tot. Er geht nirgendwo hin. Er geht in die Kröpfe dieser Raben da.»

Wie konnte sie es ihm erklären? Wie konnte sie von ihm

erwarten, daß er so etwas verstand? Wie konnte das überhaupt jemand verstehen? Die Bücher, die sie las, sagten ihr dazu nichts.

Klarer denn je erkannte sie, daß es eine feine Linie zwischen dem Wachen und dem Träumen gab, zwischen dem Leben und dem Sterben, eine Linie so hauchdünn, daß sie manchmal gar nicht vorhanden war. Am deutlichsten wurde ihr das immer im Winter. Im Winter, in diesem Tal, waren Leben und Tod nicht mehr gar so verschieden. Das Herz eines im Winterschlaf liegenden Molchs war vollkommen durchgefroren, aber sie konnte ihn in ihrer Hand erwärmen und aufwachen lassen. Für den Molch existierte keinerlei Linie, kein Zaun, kein Styx, nur eine Zone zwischen Leben und Sterben wie ein Schneefeld zwischen zwei Seen – ein Gebiet, wo die Seebewohner sich manchmal auf ihrem Weg zur anderen Seite trafen, wo es nur einen Seinszustand gab, der weder Leben noch Tod war, wo der Tod nur eine Möglichkeit war und Traumvisionen schimmernd zu den Sternen aufstiegen wie Rauch. Alles, was es brauchte, war eine Hand, die Wärme einer Handfläche, die Berührung von Fingern.

*

In diesem Februar schien tagsüber die Sonne, und nachts bildete sich Eis – eine glatte Schicht, die die Weizenfelder, die Dächer und Straßen überzog. Er setzte sie bei der Bücherei ab, und die Ketten auf den Reifen rasselten, als er weiterfuhr, wieder zurück und den Missouri hinauf Richtung Fort Benton.

Um die Mittagszeit rutschte Marlin Spokes, ein Schneepflugfahrer, den der Jäger noch aus der Grundschulzeit kannte, mit seinem Pflug von der Brücke über dem Sun River und stürzte zwölf Meter tief in den Fluß. Er konnte nicht mehr lebend aus dem Fahrzeug geborgen werden. Sie saß einen Häuserblock entfernt lesend in der Bücherei und hörte den Schneepflug in den Fluß krachen wie tausend Trägerbalken. Als sie in Jeans und T-Shirt zur Brücke gerannt kam, waren Männer schon im Wasser – ein Fernmeldetechniker aus Helena, der Juwelier, der Schlachter in seiner Schürze. Sie waren die Böschung hinuntergeklettert, durch die Fluten gewatet und hatten die Tür aufgestemmt. Die Frau des Jägers rutschte die schneebedeckte Böschung unter der Brücke hinunter und watete zu ihnen. Die Männer hoben Marlin aus dem Führerhaus und trugen ihn, immer wieder stolpernd, ans Ufer. Von ihren Schultern und der zerdrückten Kühlerhaube des Schneepflugs stieg Dampf auf. Die Frau des Jägers legte eine Hand auf den Arm des Juweliers und drückte ein Bein an das des Schlachters. Mit der anderen Hand griff sie nach Marlins Knöchel.

Als ihre Finger den Körper des Verunglückten berührten, verdrehten sich sofort ihre Augen, und sie sah plötzlich ein Bild vor sich: Marlin, auf einem Fahrrad fahrend, das einen auf den Gepäckträger montierten Kindersitz hatte, in dem ein kleiner Junge mit Helm angeschnallt saß – Marlins Sohn. Lichtpünktchen schwebten über den beiden, als sie unter riesigen, weit ausladenden Bäumen einen Weg entlangfuhren. Der Junge griff mit seiner kleinen Hand nach Marlins Haar. Abgefallene Blätter wurden vom Fahrtwind herumgewirbelt. Im Glas einer Schaufensterscheibe sauste ihr Spiegelbild vorbei. Dieses stille Bild lief wie ein Band aus schwerer Seide – langsam und fließend und eine große Kraft ausstrahlend – vor ihr ab und ließ sie erschauern. Sie war es, die auf dem Fahrrad fuhr. Die Finger des Jungen kämmten durch ihr Haar.

Die Männer, die mit ihr Marlin berührten, sahen, was sie sah, fühlten, was sie fühlte. Sie versuchten, nicht darüber zu sprechen, aber nach der Beerdigung, nach einer Woche, konnten sie es nicht mehr für sich behalten. Zuerst sprachen sie nur nachts im Kellergeschoß darüber, aber Great Falls war keine große Stadt, und die Geschichte war keine, die man in einem Keller unter Verschluß hielt. Bald schon sprach man überall darüber, im Supermarkt, vor den Zapfsäulen. Leute, die weder Marlin Spokes noch seinen Sohn, noch die Frau des Jägers oder einen der Männer, die Marlin aus dem Fluß geborgen hatten, kannten, ließen sich bald wie Fachleute über das Ereignis aus. «Man mußte sie bloß berühren», sagte ein Friseur, «und schon sah man es auch.» – «Der schönste Weg, den man je gesehen hat», schwärmte der Besitzer eines Delikatessenladens. «Riesige Bäume, größer, als man sie sich vorstellen kann.» – «Du hast nicht einfach nur seinen Sohn spazierengefahren», flüsterten Platzanweiserinnen im Kino, «sondern du hast ihn geliebt.»

Er konnte es überall gehört haben. Er schichtete in der Hütte Feuerholz im Kamin auf, blätterte müßig in einem Stapel ihrer Bücher. Er verstand kein Wort – eins war nicht einmal in Englisch.

Nach dem Abendessen brachte sie die Teller zur Spüle.

«Du liest jetzt Spanisch?» fragte er.

Ihre Hände in der Spüle hielten in der Bewegung inne. «Es ist Portugiesisch», antwortete sie. «Ich verstehe es nur ein bißchen.»

Er drehte die Gabel in der Hand. «Warst du dort, als Marlin Spokes ums Leben kam?»

«Ich habe geholfen, ihn aus dem Schneepflug zu ziehen. Ich glaube, ich war keine große Hilfe.»

Er blickte auf ihren Hinterkopf. Am liebsten hätte er die Gabel in die Tischplatte gejagt. «Was für ein Spiel hast du getrieben? Hast du die Leute hypnotisiert?»

Ihre Schultern strafften sich. «Warum kannst du …», stieß sie wütend hervor, vollendete den Satz jedoch nicht. «Das war kein Spiel», murmelte sie. «Ich habe geholfen, ihn zu tragen.»

Als die ersten Anrufe für sie kamen, legte er einfach wieder auf. Sie waren jedoch erbarmungslos – eine trauernde Witwe, der Anwalt einer Waise, ein Reporter der *Great Falls Tribune*. Ein weinender Vater kam den ganzen Weg zu ihr herausgefahren, um sie zu bitten, mit ihm zur Leichenhalle zu kommen, und schließlich entsprach sie seinem Wunsch. Der Jäger bestand darauf, sie hinzufahren. Es sei, so erklärte er, nicht recht, wenn sie allein fahre. Er wartete auf dem Parkplatz im Pick-up auf sie, bei laufendem Motor und dumpf rauschendem Radio.

«Ich fühle mich so lebendig», sagte sie hinterher, als er ihr in den Wagen half. Ihre Kleidung war vollkommen durchgeschwitzt. «Als ob das Blut regelrecht durch meinen Körper sprudelte.» Zu Hause lag sie die ganze Nacht wach, war weit weg.

Sie wurde gerufen, immer wieder gerufen, und jedesmal brachte er sie hin. Manchmal fuhr er sie, nachdem er den ganzen Tag lang nach Waipiti-Fährten gesucht hatte, und verlor vor Erschöpfung das Bewußtsein, wenn er im Pick-up auf sie wartete. Wenn er dann wieder aufwachte, saß sie neben ihm und hielt seine Hand. Ihr Haar war feucht, ihr Blick wild.

«Du hast geträumt, du wärst bei den Wölfen und äßest Lachs», sagte sie. «Sie waren auf Sandbänke gespült worden und verendeten dort. Direkt bei der Hütte.»

Es war schon weit nach Mitternacht, und er mußte vor vier schon wieder auf den Beinen sein. «Der Lachs pflegte früher bis hier heraufzukommen», sagte er. «Als ich noch ein Junge war. Es waren so viele, daß man die Hand in den Fluß halten und einen berühren konnte.» Er fuhr sie durch die dunklen Felder nach Hause. Er versuchte, seine Stimme zu dämpfen. «Was machst du dort drin? Was genau?»

«Ich spende ihnen Trost. Ich lasse sie von ihren Verstorbenen Abschied nehmen. Ich helfe ihnen dabei, etwas zu erfahren, was sie sonst nicht erfahren würden.»

«Nein», sagte er, «ich meine die Tricks. Wie machst du es?»

Sie drehte die Handflächen nach oben. «Solange sie mich berühren, sehen sie das, was ich sehe. Komm doch beim nächsten Mal mit. Komm mit und reihe dich ein. Dann weißt du es.»

Er sagte nichts. Die Sterne über der Windschutzscheibe schienen sich nicht von der Stelle zu rühren.

Angehörige wollten sie bezahlen – die meisten ließen sie erst wieder gehen, wenn sie das Geld akzeptiert hatte. Sie kam dann mit fünfzig, hundert, einmal sogar mit vierhundert Dollar zurück zum Pick-up, trug die Scheine gefaltet in ihrer Tasche. Sie ließ ihr Haar wachsen, legte sich Talismane zu, um ihre Auftritte dramatischer zu gestalten – den Flügel einer Fledermaus, den Schnabel eines Raben, eine Handvoll Falkenfedern, mit ein bißchen *cheroot* zusammengebunden. Eine Pappschachtel voller Kerzenstummel. Dann fuhr sie ganze Wochenenden weg, verschwand mit dem Pick-up, bevor er auf war, eine furchtlose Fahrerin. Sie hielt bei überfahrenen Tieren und kniete bei ihnen nieder – ein zerquetschtes Stachelschwein, ein zerschmetterter Weißwedelhirsch. Sie drückte die Handflächen auf den Kühlergrill, wo die Überreste unzähliger Insekten rauchten. Die Jahreszeiten kamen und gingen. Sie war den halben Winter über fort. Beide waren einsam. Sie sprachen nie miteinander. Bei längeren Fahrten war sie manchmal in der Versuchung, einfach immer weiter zu fahren und nie mehr zurückzukehren.

Bei erstem Tauwetter ging er an den Fluß und versuchte, sich auf den Rhythmus des Angelauswerfens, auf das Geräusch der flußabwärts getriebenen, aneinanderstoßenden Kiesel zu konzentrieren. Aber selbst das Angeln war für ihn etwas Einsames geworden. Wie es schien, war ihm alles aus der Hand genommen – sein Pick-up, seine Frau, der Fortgang seines eigenen Lebens.

Als die Jagdsaison begann, war er nicht bei der Sache. Er verpfuschte manche Situation – verhinderte nicht, daß ein Wapiti Witterung erhielt, oder riet einem Kunden, die Sache dranzugeben, worauf dreißig Sekunden später ein Fasan aus der Deckung brach und langsam und unbehelligt davonflog. Als ein Kunde danebenschoß und eine Antilope am Hals traf, warf ihm der Jäger Nachlässigkeit vor, kniete bei der Fährte nieder und griff in den blutigen Schnee. «Wissen Sie, was Sie angerichtet haben?» schrie er. Ob der Kunde sich klarmache, daß der Schaft des Pfeils gegen die Bäume schlagen, das Tier unablässig weiterhetzen würde, daß die Wölfe ihm auf den Fersen bleiben würden, um es am Ausruhen zu hindern? Das Gesicht des Kunden lief vor Verärgerung rot an. «Wölfe?» fragte er. «Wölfe hat es hier schon seit zwanzig Jahren keine mehr gegeben!»

Sie war gerade in Butte oder in Missoula, als er in einem Stiefel ihr Geld entdeckte – sechstausend Dollar und Kleingeld. Er sagte alle Touren ab, zwei Tage lang brodelte es in ihm, er lief auf der Veranda hin und her, wühlte in ihren Sachen herum, legte sich seine Argumente zurecht. Als sie ihn erblickte, als sie das Bündel Geldscheine aus seiner Brusttasche ragen sah, blieb sie auf halbem Weg zur Tür stehen, die Reisetasche über der Schulter, das Haar zurückgestrichen. Das Licht fiel über seine Schultern auf den Hof.

«Es ist nicht recht», sagte er.

Sie ging an ihm vorbei ins Haus. «Ich helfe Menschen. Ich mache, was mir Freude bereitet. Merkst du nicht, wie gut ich mich danach fühle?»

«Du nutzt sie aus. Sie trauern, und du nimmst ihr Geld.»

«Sie wollen mich doch unbedingt bezahlen!» schrie sie. «Ich helfe ihnen dabei, etwas zu sehen, was sie unbedingt sehen wollen.»

«Es ist Gaunerei. Betrug.»

Sie kam wieder auf die Veranda heraus. «Nein», sagte sie. Ihre Stimme war jetzt ruhig und stark. «Das ist etwas Wirkliches. Ist so wirklich wie alles andere auch, das Tal, der Fluß, die Bäume, deine Forellen, die im Vorratsraum hängen. Ich habe ein Talent. Eine Gabe.»

Er schnaubte verächtlich. «Eine Begabung für Hokuspokus. Dafür, Witwen ihre Ersparnisse abzuluchsen.» Er warf das Geld in hohem Bogen auf den Hof. Der Wind ergriff die Scheine und verstreute sie auf dem Schnee.

Sie schlug ihm ins Gesicht, nur einmal, aber kräftig. «Wie kannst du es wagen?» rief sie. «Gerade du solltest es doch verstehen können. Du, der du jede Nacht von Wölfen träumst.»

Am nächsten Abend ging er alleine fort, und sie folgte seiner Spur im Schnee. Er saß, in eine Decke gehüllt, auf einem Hochsitz. Er trug einen weißen Tarnanzug, hatte mit Farbe schwarze Streifen auf sein Gesicht gemalt. Sie kauerte vier Stunden lang oder länger etwa hundert Meter hinter seinem Ansitz durchnäßt und zitternd im Schnee. Sie dachte schon, er sei vielleicht eingenickt, als sie einen Pfeil von der Plattform herabzischen und eine Hirschkuh in die Brust treffen hörte, die sie überhaupt nicht bemerkt hatte. Das Tier sah sich ganz überrascht um und sprang dann ab, sprang durch die Bäume davon. Sie hörte, wie der Aluminiumschaft des Pfeils gegen Äste schlug, hörte die Kuh durch ein Dickicht stürzen. Der Jäger saß noch einen Augenblick lang da, dann kam er von dem Hochsitz heruntergestiegen und nahm die Verfolgung auf. Sie wartete, bis er außer Sichtweite war, und ging ihm nach.

Sie mußte nicht sehr weit gehen. Auf dem Boden war so viel Blut, daß sie dachte, er müsse noch andere Tiere weidwund geschossen haben, die alle, ihr Leben verströmend, auf diesem Pfad entlanggehetzt waren. Die Hirschkuh lag keuchend zwischen zwei Bäumen. Der dünne Pfeil ragte aus ihrer Schulter. Blut von einer so dunklen Röte, daß es schon schwarz erschien, rann pulsierend ihre Flanke hinunter. Der Jäger stand über das Tier gebeugt und schlitzte ihm die Kehle auf.

Mary sprang mit eingeschlafenen Beinen aus ihrer kauernden Haltung auf und hastete in ihrem Parka durch den Schnee. Sie machte einen letzten Satz und ergriff mit einer Hand einen Vorderlauf des noch warmen Tiers. Mit der anderen packte sie das Handgelenk des Jägers und hielt es fest. Sein Messer steckte noch im Hals der Hirschkuh, und als er es herauszog, strömte das Blut in den Schnee und breitete sich dort aus. Die Vision

des Tiers brandete schon durch ihren Körper – fünfzig Weiß-
wedelhirsche, die, bis zu den Bäuchen im Wasser, in einem glitzernden Bach wateten und die Hälse reckten, um Blätter von
überhängenden Erlenzweigen zu rupfen. Licht umfloß ihre
Leiber, ein Hirsch hob seinen geweihgekrönten Kopf wie ein
König. Eine silberne Wasserperle hing an seinem Maul, fing das
Sonnenlicht ein und fiel dann herab.

«Was?» keuchte der Jäger. Er ließ das Messer fallen. Er versuchte, sich loszureißen, stemmte sich mit aller Kraft gegen
ihren Zug. Sie hielt ihn fest – umklammerte mit der einen
Hand sein Gelenk, mit der anderen den Vorderlauf der Hirschkuh. Er zerrte sie über den Schnee und mit ihr das Tier, das
eine Blutspur hinterließ. «Oh!» flüsterte er. Er konnte spüren,
wie die Welt von ihm abfiel – die Schneekörnchen, die ent-
blößten Zweige der Bäume. In seinem Mund war der Geschmack von Erlenblättern. Ein goldener Bach rauschte unter
seinem Körper dahin, Licht ergoß sich über ihn. Der Hirsch
hob seinen Kopf, sah ihm in die Augen. Alles war bernsteinfar-
ben getönt.

Der Jäger zerrte ein letztes Mal und kam frei. Das Traumbild
verschwand augenblicklich. «Nein!» murmelte er. «Nein!» Er
rieb sich das Handgelenk, wo ihre Finger es umklammert gehalten hatten, und schüttelte den Kopf, als schüttelte er einen
Schlag ab. Er floh.

Mary lag lange im blutbeschmierten Schnee, und die Wärme
der Hirschkuh strömte ihren Arm hinauf, bis die Wälder schließlich kalt geworden waren und sie allein war. Sie nahm die
Hirschkuh mit seinem Messer aus, schnitt den Rumpf des Tieres in vier Teile und schleppte diese über die Schulter gehängt
zur Hütte. Ihr Mann lag im Bett. Das Kaminfeuer war ausgegangen. «Komm mir nicht nahe!» sagte er. «Faß mich nicht an!» Sie
machte Feuer und schlief auf dem Fußboden ein.

In den folgenden Monaten verließ sie die Hütte immer häufiger und für immer längere Zeit, fuhr zu Hinterbliebenen, Un-

fallstellen und Leichenhallen in ganz Zentralmontana. Schließlich steuerte sie den Pick-up nach Süden und kehrte nicht zurück. Sie waren fünf Jahre verheiratet gewesen.

Zwanzig Jahre später sah er im Bitterroot Diner zu dem unter der Decke hängenden Fernseher hinauf – und da war sie, wurde gerade interviewt. Sie lebte jetzt in Manhattan, hatte die ganze Welt bereist, zwei Bücher geschrieben. Sie war im ganzen Land gefragt. «Kommunizieren Sie mit den Toten?» fragte der Interviewer. «Nein», antwortete sie, «ich helfe den Lebenden. Ich kommuniziere mit den Lebenden. Ich gebe den Menschen Frieden.»

«Also», sagte der Interviewer, sich der Kamera zuwendend, «ich glaube das.»

Der Jäger kaufte sich ihre Bücher und las sie in einer Nacht. Sie hatte Gedichte über das Tal geschrieben, hatte dabei die Tiere angesprochen: Du sprungbereiter Kojote, du prächtiger Bulle. Sie war in den Sudan gereist, um das Rückgrat eines versteinerten Stegosauriers zu berühren, und schrieb über ihre Frustration, weil sie dabei keinerlei Vision gehabt hatte. Ein Fernsehsender hatte sie nach Kamtschatka geflogen, damit sie den riesigen zottigen Vorderfuß eines Mammuts berühre, der gerade aus dem Permafrost geborgen wurde. Mit dem hatte sie größeres Glück gehabt – sie schilderte, wie eine ganze Herde großfüßig durch einen schlammigen Strom stapfte, Seegras rupfte und es mit dem Rüssel zum Maul führte. In ein paar Gedichten gab es sogar vage Bezugnahmen auf ihn – ein vor sich hin brütendes, bluttriefendes Wesen, das unsichtbar auf der Lauer lag wie ein heraufziehendes Unwetter, wie ein im Keller versteckter Killer.

Der Jäger war achtundfünfzig Jahre alt. Zwanzig Jahre waren eine lange Zeit. Das Tal hatte langsam, aber unübersehbar verloren – Straßen waren hineingebaut worden, die Grizzlys hatten es verlassen und sich höher gelegenes Land gesucht. Die

Holzfäller hatten so gut wie jeden erreichbaren Baumbestand ausgedünnt. Jeden Frühling färbte bei Regen die von den Holzabfuhrwegen geschwemmte Erde den Fluß schokoladenbraun. Er hatte es aufgegeben, in diesem Land nach Wölfen zu suchen, obwohl sie ihm immer noch im Traum erschienen und ihn bei Mondlicht über die zugefrorenen Ebenen mitlaufen ließen. Er war nie mehr mit einer anderen Frau zusammengewesen. In seiner Hütte schob er ihre Bücher beiseite, nahm einen Bleistift zur Hand und schrieb ihr, über den Tisch gebeugt, einen Brief.

Eine Woche später fuhr ein FedEx-Wagen den ganzen Weg bis zur Hütte hinaus. Der Umschlag enthielt auf Briefpapier mit geprägtem Kopf ihre Antwort. Die Schrift verriet Zeitmangel und Effizienz. *Ich werde übermorgen in Chicago sein*, schrieb sie. *Beigefügt ist ein Flugticket. Komm, wenn Du magst. Danke, daß Du geschrieben hast.*

*

Nach dem Eis schlug der Kanzler mit dem Löffel an ein Glas und bat seine Gäste in das Empfangszimmer. Die Bar war abgebaut worden, und an ihre Stelle hatte man drei Särge auf dem Teppich abgesetzt. Die Särge waren aus auf Hochglanz poliertem Mahagoni. Der in der Mitte war größer als die beiden andern. Auf ihren Deckeln lag ein wenig Schnee (sie mußten draußen gestanden haben), der jetzt schmolz, so daß Tropfen auf den Teppich liefen, wo sie dunkle Flecken hinterließen. Um die Särge hatte man auf dem Boden Kissen ausgelegt. Ein Dutzend Kerzen brannte auf dem Kaminsims. Man hörte, wie im Speisesaal abgeräumt wurde. Der Jäger lehnte am Türpfosten und beobachtete, wie die Gäste voller Beklommenheit langsam den Raum füllten. Einige hielten Kaffeetassen in der Hand, andere tranken aus tiefen Gläsern Gin oder Wodka. Schließlich ließen sich alle auf dem Boden nieder.

Dann kam – elegant in ihrem schwarzen Kostüm – die Frau des Jägers herein. Sie kniete nieder und bedeutete O'Brien, sich neben sie zu setzen. Sein Gesicht war hager und verschlossen. Wieder hatte der Jäger den Eindruck, daß er nicht von dieser Welt war, sondern von einer etwas magereren.

«Präsident O'Brien», sagte die Frau des Jägers, «ich weiß, daß dies nicht leicht für Sie ist. Der Tod kann so endgültig erscheinen, wie eine Klinge mitten ins Herz. Aber der Tod ist seinem Wesen nach alles andere als endgültig, er ist nicht wie ein dunkler Felsen, von dem wir in die Tiefe springen. Ich hoffe, Ihnen zeigen zu können, daß der Tod nur so etwas ist wie ein Nebel, etwas, in das wir hinein- und aus dem wir hinausschauen können, etwas, mit dem wir vertraut sein, dem wir uns stellen können und das wir nicht notwendigerweise fürchten müssen. Jedes Leben, das von unserem kollektiven Leben fortgenommen wird, ist ein Verlust. Aber selbst am Tod ist manches, was Anlaß zur Freude ist. Er ist nur ein Übergang unter vielen anderen.»

Sie schob sich in den Kreis und öffnete die Deckel der Särge. Von da, wo der Jäger saß, konnte er nicht in sie hineinschauen. Die Hände seiner Frau umflatterten wie Vögel ihre Taille. «Denken Sie nach», sagte sie. «Denken Sie ganz fest an etwas, was Sie gern geklärt sehen würden, irgendeine Sache, die geschehen ist und die Sie gern rückgängig machen würden – vielleicht etwas im Zusammenhang mit Ihren Töchtern, an einen Augenblick, eine verlorengegangene Empfindung, einen Herzenswunsch.»

Der Jäger schloß die Augen. Er ertappte sich dabei, daß er an seine Frau dachte, an ihr langes Zerwürfnis, daran, wie er sie und eine verblutende Hirschkuh durch den Schnee geschleift hatte. «Denken Sie jetzt an einen wunderbaren Augenblick», sagte seine Frau, «an eine schöne und sonnige Zeit, die Sie miteinander verbracht haben, Ihre Frau und Ihre Töchter, Sie alle zusammen.» Ihre Stimme lullte ein. Unter seinen Lidern erzeugte das Kerzenlicht ein gleichmäßiges Orangerot. Er wußte, daß ihre Hände nach dem griffen, was in den Särgen lag, wer oder was immer es auch sein mochte. Irgendwo in seinem Innern fühlte er, wie sie sich über den ganzen Raum ausbreitete.

Seine Frau sprach weiter darüber, daß Schönheit und Verlust ein und dasselbe seien, darüber, wie sie die Welt ordneten, und er spürte, wie etwas geschah: eine seltsame Wärme, eine flüchtige Gegenwart, etwas Undeutliches und Beunruhigendes streifte über seinen Nacken wie eine Feder. Von beiden Seiten griffen Hände nach den seinen. Finger schlossen sich um seine Finger. Er fragte sich, ob sie ihn wohl hypnotisierte, aber das spielte keine Rolle. Er hatte nichts abzuwehren, nichts, wovon er sich hätte frei machen müssen. Sie war jetzt in ihm. Sie hatte herübergelangt und tastete herum.

Ihre Stimme wurde immer leiser, und er hatte ein Gefühl, als würde er hochgehoben, als stiege er zur Decke empor. Luft flutete leicht in seine Lungen hinein und wieder hinaus, Wärme pulsierte in den Händen, die die seinen hielten. In seinem Kopf sah er ein Meer aus dem Nebel auftauchen. Die Wasserfläche war ausgedehnt und glatt und schimmerte wie poliertes Metall. Er konnte an seinen Schienbeinen Strandhafer fühlen und wie der Wind über seine Schultern strich. Das Meer glänzte hell. Um ihn herum summten überall Bienen über den Dünen hin und her. Weit draußen tauchte ein Strandvogel nach Krabben. Er wußte, daß ein paar hundert Meter entfernt zwei kleine Mädchen Strandburgen bauten – er konnte ihr Singen hören, leise und fröhlich. Ihre Mutter war bei ihnen, ruhte unter einem Sonnenschirm, ein Bein angewinkelt, das andere gestreckt. Sie trank eisgekühlten Tee, und er konnte ihn in seinem Mund schmecken, süß und, mit einer Spur Minze, bitter. Jede einzelne Zelle seines Körpers schien zu atmen. Er wurde zu den Mädchen, dem tauchenden Vogel, den hin und her fliegenden Bienen. Er war die Mutter der Mädchen und der Vater. Er konnte fühlen, wie er sich verströmte, sich in unendlich viele

Teile auflöste, in die Welt hinauspaddelte wie die allererste Zelle in das große blaue Meer …

Als er die Augen öffnete, sah er Leinenvorhänge, kniende Frauen in Abendkleidern. Vielen Leuten liefen Tränen über die Wangen – O'Brien, dem Kanzler, Bruce Maples. Seine Frau hatte den Kopf gesenkt. Der Jäger löste sanft seine Hände aus denen seiner Nachbarn und ging hinaus in die Küche, vorbei an den Spülbecken mit schaumigem Wasser, an den Stapeln schmutzigen Geschirrs. Er verließ das Haus durch einen Seiteneingang und fand sich auf der Holzveranda wieder, die die ganze Hausseite einnahm und auf der schon ein paar Zentimeter Schnee lagen.

Er fühlte sich zu dem Teich, der Vogeltränke und dem Buschwerk hingezogen. Er ging zum Teich hinunter und blieb an seinem Rand stehen. Der Schnee fiel leicht und langsam, und die Unterseite der Wolken wurde vom Licht der Stadt gelb gefärbt. Im Haus waren alle Lampen ausgeschaltet, und nur die Kerzen auf dem Kaminsims brannten noch – ihr Schein zitterte und zwinkerte durch die Fenster wie ein winzigkleines, eingefangenes Sternbild.

Wenig später trat seine Frau auf die Veranda hinaus, ging durch den Schnee und kam hinunter zum Teich. Er hatte sich vieles zurechtgelegt, was er sagen wollte – etwas über einen unwiderruflichen Glauben, über die Treue, die er ihr gehalten hatte, ein paar Worte des Dankes dafür, daß sie ihm einen Grund geliefert hatte, das Tal zu verlassen, und sei es nur für eine Nacht. Er wollte ihr sagen, daß die Wölfe, auch wenn sie fort waren, vielleicht schon immer fort gewesen waren, nach wie vor im Traum zu ihm kamen. Daß sie dort frei und ungehindert umherlaufen konnten, das reichte doch bestimmt schon. Sie würde es verstehen. Sie hatte es lange vor ihm verstanden.

Aber er hatte Angst zu sprechen. Er begriff, daß Reden so wäre, als zerrisse man ein zartes Band, als träte man gegen eine Pusteblume, deren fedrige, zarte Kugel dann im Wind zerstreut wurde. Und so standen sie schweigend nebeneinander. Der Schnee rieselte aus den Wolken herab, um mit dem Wasser zu verschmelzen, auf dem ihre Spiegelbilder zitterten, als stünden dort zwei andere, hinter der Glaswand einer parallelen Welt gefangene Menschen. Und endlich nahm er ihre Hand.

So viele Chancen

Dorotea San Juan, eine Vierzehnjährige in einer braunen Strickjacke. Die Tochter des Hausmeisters. Geht mit gesenktem Kopf, trägt billige Turnschuhe, niemals Lippenstift. Stochert beim Mittagessen im Salat. Heftet Landkarten an die Wände ihres Zimmers. Hält den Atem an, wenn sie nervös wird. Die Jahre als Tochter des Hausmeisters haben sie gelehrt, unauffällig zu sein, zu Boden zu blicken, niemand zu sein. Wer ist das? Niemand.

Doroteas Vater sagt gerne folgendes: Man kriegt nicht so viele Chancen im Leben. Er sagt es jetzt, nach Einbruch der Dunkelheit, in Youngstown, Ohio, auf Doroteas Bettkante sitzend. Und sagt auch das noch: «Dies ist eine echte Chance für uns.» Seine Hände öffnen und schließen sich. Greifen nach der Luft. Dorotea fragt sich, was «uns» heißen soll.

«Schiffsbau», sagt er. «Man kriegt nicht so viele Chancen im Leben», sagt er. «Wir ziehen um. Ans Meer. Nach Maine. Harpswell heißt der Ort. Sobald die Schule zu Ende ist.»

«Schiffsbau?» fragt Dorotea.

«Mama ist ganz dafür», sagt er. «Glaube ich wenigstens. Wer wäre nicht ganz dafür?»

Dorotea sieht zu, wie sich die Tür hinter ihm schließt, und denkt, daß ihre Mutter noch nie ganz für irgendwas gewesen ist. Daß ihr Vater noch niemals irgendeine Art von Wasserfahrzeug besessen, gemietet oder auch nur erwähnt hat.

Sie schnappt sich ihren Weltatlas. Betrachtet eingehend das fleckenlose Blau, das Atlantischer Ozean bedeutet. Ihr Blick fährt zerklüftete Küstenlinien entlang. Harpswell – ein winziger grüner Finger, der auf Blau zeigt. Sie versucht, sich Ozean vorzustellen, und beschwört blütenblattblaues Wasser herauf, in dem sich Kiemen an Kiemen die Fische drängen. Sie selbst hat sich in Maine Dorotea verwandelt, ein barfüßiges Mädchen mit einer Kokosnußkette um den Hals. Neues Haus, neue Stadt, neues Leben. Nueva Dorotea. Neue Dorothy. Sie hält den Atem an, zählt bis zwanzig.

Dorotea erzählt es niemand, und niemand fragt. Am letzten Schultag brechen sie auf. An dem Nachmittag. Es ist wie ein Davonstehlen. Der holzverkleidete Kombi spritzt über nassen Asphalt – Ohio, Pennsylvania, New York, Massachusetts, dann nach New Hampshire. Ihr Vater fährt hohläugig, Hände mit weißen Knöcheln am Lenker. Ihre Mutter sitzt streng und schlaflos hinter regelmäßig hin und her gehenden Scheibenwischern. Ihre herabgezogenen Lippen gleichen zwei ertrunkenen Regenwürmern, ihre kleine Gestalt ist angespannt, als wäre sie von hundert Eisenbändern umschlossen. Als zermalmte sie Felsen in ihrer knochigen Faust. Sie schneidet auf dem Schoß eine Paprikaschote in Scheiben. Reicht trockene, übertrieben in Plastik eingewickelte Tortillas nach hinten.

Sie sehen Portland bei Sonnenaufgang, nach Meilen von Kiefern, die sich über Asphalt neigen. Die Sonne lugt über Wolkensockel von der Farbe eines Lachsfilets.

Dorotea zittert bei dem Gedanken, daß der Ozean immer näher kommt. Zappelt auf ihrem Sitz herum. Die Energie einer eingesperrten Vierzehnjährigen häuft sich an wie Murmeln auf einem Teller. Schließlich macht die Fernstraße eine Biegung, und Casco Bay glänzt vor ihnen. Von jenseits der Bucht wirft ihr die Sonne ein glitzerndes Band zu. Sie bringt ihre Nase näher ans Fenster, ist sicher, daß es dort unten Tümmler gibt. Sucht das Geglitzer sorgfältig nach Schwanzflossen ab.

Sie wirft einen Blick auf den Nacken ihrer Mutter, um zu sehen, ob sie es bemerkt, ob sie es auch fühlt, um zu sehen, ob ihre Mutter von einer schimmernden Meeresfläche berührt werden kann. Ihre Mutter, die sich in einem Zug nach Ohio vier Tage lang in einem Güterwagen unter Zwiebeln versteckt hatte. Die ihren Mann in einer Stadt kennengelernt hatte, die über einem Sumpf errichtet worden war, mit Bürgersteigen voller Risse, mit Pfeifsignale ausstoßenden Eisenbahnen, Matschwintern. Ihre Mutter, die sich ein Zuhause geschaffen, es niemals verlassen hatte. Die beim Anblick grenzenlosen Wassers schäumen müßte. Dorotea sieht keine Anzeichen dafür.

Harpswell. Dorotea steht in der Tür des gemieteten Hauses. Dieser Schwelle zum Paradies. Das Meer eine neblige Kulisse hinter leise rauschenden Kiefern und Brombeergeranke.

Ihr Vater steht in der winzigen Küche inmitten von Basteleien aus Muscheln, die an Fäden von Schrankgriffen hängen, und ausgeblichenen Flaschen auf dem Fensterbrett, schiebt seine Brille hoch, öffnet und ballt seine Fäuste. Als hätte er erwartet, Handbücher zum Schiffsbau, glänzendes Messing und Bullaugen vorzufinden. Als hätte er mit diesem Teil nicht gerechnet – mit dieser Küche und den Muschelschalen an den Schränken. Ihre Mutter steht kerzengerade im Wohnzimmer. Starrt auf die ausgeladenen Kisten, Taschen und Koffer. Die Haare in einen großen Knoten gezwängt.

Dorotea reckt die Arme, stellt sich auf die Zehen. Sie zieht ihre braune Strickjacke aus. Kreisende Möwen kreischen gleich hinter den Kiefern, der Schatten eines Fischadlers gleitet vorüber.

Ihre Mutter sagt: «*Ponte el sueter, Dorotea. No estás en puesta al sol.*»

Als wäre hier die Sonne eine völlig andere. Dorotea geht einen Sandweg durch braunes Gras zum Meer. Der Pfad endet an einem Felsen, rostfarben, ausgekerbt, vor langer Zeit aus der Erde geschoben. Zu beiden Seiten verliert er sich im Dunst. Nichts außer Meer und windgebeugten Kiefern und Morgennebel. Sie sieht zu, wie am Meeressaum winzige grüne Wellen eine glitschige Felsenschräge hinauflaufen und ein zurückweichendes Band aus Schaum vor sich her stupsen. Kommen, zurückziehen. Kommen, zurückziehen.

Sie dreht sich um und sieht das kleine weiße Haus durch die Kiefernstämme schimmern. Schwerköpfiger Löwenzahn, sandiger Hof, abblätternde Farbe. Das Haus eingesackt und von unten her naß. Ihr Vater redend in der Tür, zeigt auf ihre Mutter, das Auto, auf das gemietete Haus. Will überzeugen. Sie sieht, wie sich die Hände ihres Vaters öffnen, schließen. Sieht, wie ihre Mutter in den Kombi steigt, die Tür hinter sich zuknallt, auf dem Beifahrersitz sitzt und geradeaus starrt. Ihr Vater zieht sich ins Haus zurück.

Dorotea dreht sich wieder um, hält die Hand über die Augen, sieht, daß sich der Nebel auflöst. Zu ihrer Linken etwas Gleitendes, grün Strömendes, eine Flußmündung. Zu ihrer Rechten Bäume, die den Meeresrand säumen. Etwa fünfhundert Meter die Küste hinunter sieht sie eine Felsspitze.

Sie geht darauf zu, ihre Turnschuhe biegen sich auf steilem Felsen. Hin und wieder muß sie ins Meer, wo Wasser um ihre Knie strudelt, kaltes Salz ihre Schenkel sticht. Unter ihren Füßen glitschiger Schlamm. Ein Nebelfetzen senkt sich herab, und sie verliert die Felsspitze aus den Augen. An einer Stelle ist der Felsen steil, und sie watet durchs Wasser, um die Stelle zu umgehen. Das Wasser geht ihr bis über die Taille, ein Schock für ihren Bauch. Schließlich wird der Felshang wieder flacher, sie stößt sich ab und klettert hinauf, mit schlammigen Händen, während das Salz auf ihrer Haut bereits trocknet, und schafft es triefend auf die Felsplatte. Die Felsspitze ist noch immer teilweise von Nebel bedeckt.

Wieder hält sie die Hand über die Augen, blickt übers Meer. Gibt es da draußen Delphine? Haie? Segelboote? Sie sieht nichts dergleichen. Sieht überhaupt nichts. Besteht Ozean bloß aus Felsen und Tang und Wasser? Schlamm? Sie hatte nicht mit Leere gerechnet, zitterndem Licht, einem verschleierten Hori-

zont. Aus irgendeinem fernen Dunst kommen die Wellen an-
marschiert. Einen entsetzlichen Augenblick lang kann sie sich
vorstellen, das einzige Lebewesen auf dem Planeten zu sein.
Und sie will schon umkehren.

Dann sieht sie den Angler. Direkt zu ihrer Linken. Watend.
Ganz plötzlich aufgetaucht. Wie aus dem Nichts. Aus dem
Meer.

Sie beobachtet ihn. Findet, sie hat Glück, daß sie das kann.
Die Welt versunken, und sie allein mit diesem Anblick. Diese
stille fliegende Zauberei. Die Rute scheint eine Verlängerung
seines Arms zu sein, ein zusätzliches und vollkommenes Glied.
Seine Schulter dreht sich, seine nackte, braune Brust, seine Beine
verjüngen sich zu Waden, die das Meer verbirgt. Das ist also
Maine, so kann es sein, denkt sie. Dieser Angler. Diese Anmut.

Er lehnt sich mit seiner Angelrute zurück und schwingt die
Schnur in großen, sich entrollenden Schlingen weit nach hinten, dann weit nach vorne. Wenn sich die Schnur so weit entrollt
hat, daß sie eine Parallele zum Meer bildet, führt er seine An-
gelspitze zurück, und die Schnur schießt in die entgegengesetzte Richtung, über die Felsen hinweg fast bis zu den Bäumen, so daß es aussieht, als müßte sie sich gleich um ein paar
niedrige Äste wickeln, aber noch ehe sie das kann, schleudert
sie der Angler wieder nach vorne, hinaus übers Meer. Dann wieder zurück. Jeder Wurf länger, in immer gefährlichere Nähe zu
den Bäumen. Schließlich, als man schon den Eindruck hat, sein
Wurf lande weit zurück im Gestrüpp, schleudert er die Schnur
gerade hinaus, über die Wellenkämme hinweg, ins Meer. Dann
klemmt er den Griff seiner Angelrute unter die Achsel und
holt die Schnur mit beiden Händen ein. Dann wirft er sie wieder aus, diese hypnotisierenden Angelschnurschlingen, die vor-
und zurückschwingen wie die brechenden Wellen selbst, und
schließlich läßt er die Schnur hinausschießen über das Meer, wo
sie sich über die kaum merkliche Dünung legt. Und zieht sie
wieder ein.

Das Mädchen steht auf dem Felsen, spürt die zusammengepreßten Reihen von Fossilien unter ihren Füßen. Hält die Luft an. Zählt bis zwanzig. Und dann steigt sie von ihrem Felsvorsprung ins Meer, steht mit ihren Turnschuhen wieder auf Entenmuscheln und glitschigem Tang. Geht hundert Meter, mit erhobenem Kopf. Hin zu dem Angler.

Es ist ein Junge, wie sich herausstellt, vielleicht sechzehn Jahre alt. Haut wie Kalbsleder. Eine Kette aus kleinen weißen Muscheln um den Hals. Schaut sie durch ziegelrote Haare an. Augen wie grüne Medizin.

Er sagt: «Komisch. Einen Pullover an so einem Morgen!»

«Was?»

«Warm für einen Pullover.»

Wieder wirft er die Angel aus. Sie beobachtet die Schnur, sieht zu, wie er sie aus den säuberlichen Windungen, die um seine Waden auf dem Wasser schwimmen, in den Wurf gibt. Sieht zu, wie die Schnur zurückschwingt und vorwärts und zurück und vorwärts und schließlich hinaus ins Meer schießt. Er zieht sie ein und sagt: «Gezeitenwechsel. Die Flut kommt bald.»

Dorotea nickt, weiß nicht genau, was diese Mitteilung bedeutet.

Sie fragt: «Was ist denn das für eine Angel? So eine hab’ ich noch nie gesehen.»

«Das ist keine Angel für Leute, die mit echten Ködern fischen. Das ist eine zum Fischen mit Fliegen.»

«Du benutzt keinen Köder?»

«Köder», sagt er. «Nein … niemals. Köder, die machen es zu leicht.»

«Machen es zu leicht?»

Der junge Angler holt seine Schnur ein, wirft sie wieder aus. «Das hier. Das Angelauswerfen. Klar, ein Streifenbarrel oder ein Blaubarsch wird bei einem Stück Tintenfisch anbeißen.

Natürlich wird eine Makrele einen roten Köderwurm annehmen. Was ist das schon? Ein Spiel ohne Regeln. Ohne Eleganz.»

Eleganz. Dorotea denkt darüber nach. Hat gar nicht gewußt,
daß Eleganz etwas mit Angeln zu tun hat. Aber sieh nur, wie er
die Angel auswirft! Schau, wie schnell der Nebel aus den Kiefern steigt.

Der Junge fährt fort: «Leute, die mit Ködern angeln, die werfen einen Hering da raus, bewegen ihn ein bißchen hin und her,
ziehen einen Streifenbarrel raus. Das ist kein Angeln. Das ist
kriminell.»

«Oh.» Dorotea müht sich, die Grobschlächtigkeit des Köder-
angelns zu verstehen.

Er zieht seine Schnur ein, nimmt das Vorfach zwischen die
Finger. Hält Dorotea die Fliege hin. Weiße Haare, die mit
einem Faden in säuberlichen Wicklungen an einem Stahlhaken
befestigt sind. Ein winziger angemalter Kopf aus Holz. Zwei
runde Augen.

«Ist das ein Köder?»

«Eine Angelfliege mit langen Federn. Die weißen Haare da
sind gefärbt. Von einem Hirschwedel.»

Dorotea hält die Fliege vorsichtig in der Hand. Der Hals in
winzigen, perfekten Wicklungen. «Hast du das gemalt? Die
Augen?»

«Klar. Hab' das ganze Ding gemacht.» Er langt in die Tasche,
holt eine Papiertüte heraus. Schüttet den Inhalt in ihre Hand.
Dorotea sieht drei weitere Fliegen, eine gelbe, eine blaue, eine
braune. Stellt sich vor, wie sie im Wasser aussehen müssen, in
den Augen eines Fischs. Lang und dünn. Wie kleine Fische.
Wie ein Happen zu essen. Perfekt. Wunderbar. Sanfte Schönheit an scharfen Stahl gebunden.

Wieder wirft er die Angel aus, watet dabei am Ufer entlang.

Dorotea folgt ihm. Das Wasser reicht ihr höher die Schien-
beine hinauf als vorher.

«Warte», sagt sie. «Deine Haken. Deine Fliegen.»

«Behalt sie», sagt er. «Ich mache neue.»

Sie lehnt ab. Aber wendet nicht den Blick von ihnen.

Er wirft die Angel aus. «Klar», sagt er. «Ein Geschenk.»

Sie schüttelt den Kopf, steckt sie jedoch in die Tasche. Die brechenden Wellen umspülen ihre Knie. Sie betrachtet eingehend das Meer, sucht es nach Zeichen von Lebewesen ab. Sich bewegende Flossen? Springende Meerestiere? Sie sieht nur, wie die Sonne Goldmünzen auf die Wellen legt, sieht den sich immer weiter zurückziehenden Nebel. Als sie aufblickt, ist der Junge fast um die Felsspitze verschwunden. Sie watet hinterher. Sieht zu, wie er seine Angel auswirft. Die Wellen rauschen im Zusammenfallen.

«Hey», sagt sie. «Da draußen gibt's doch Fische, nicht wahr? Sonst würdest du ja nicht angeln.»

Der Junge lächelt. «Klar. Ist schließlich der Ozean.»

«Irgendwie hab' ich gedacht, da wäre mehr. Mehr so Sachen im Ozean. Mehr Fische. Wo ich herkomme, da ist gar nichts, und ich habe gehofft, daß es hier vielleicht anders sein würde, und erst habe ich das auch gedacht, aber jetzt kommt mir das Meer riesig und leer vor.»

Der Junge dreht sich zu ihr um. Lacht. Läßt seine Schnur durchhängen, bückt sich, greift ins Wasser und holt eine Handvoll Schlamm heraus.

«Schau mal», sagt er.

Zuerst sieht Dorotea gar nichts in der dunklen Masse. Tropfende Schlammklümpchen. Muschelstückchen. Wassertröpfchen. Dann nimmt sie eine winzigkleine Bewegung wahr, sich windende, durchsichtige Punkte. Ein Hüpfen wie von Flöhen. Der Junge schüttelt den Schlamm in seiner Hand. Eine winzige Venusmuschel erscheint. Ihr Fuß schaut zur Hälfte aus der Schale heraus wie eine Zunge zwischen zusammengebissenen Zähnen. Und auch eine Schnecke, die falsch herum an einem Erdklümpchen klebt und mit ihrem winzigen Einhornschnekkenhaus nach unten zeigt. Und ein kleiner durchsichtiger Krebs. So etwas wie ein sich windender kleiner Aal.

Dorotea berührt den Schlamm mit dem Finger. Der Junge lacht wieder, spült sich die Hand im Meer ab.

Er wirft die Angel aus. Sagt: «Du bist zum ersten Mal hier.»

«Ja.» Sie blickt übers Meer. Denkt an all die Geschöpfe, die unter ihren Füßen sein müssen. Denkt, wieviel sie noch lernen muß. Sieht den Jungen an. Fragt ihn, wie er heißt.

Nach Einbruch der Dunkelheit steht Dorotea in ihrem winzigen neuen Zimmer und schaut sich um. Sie heftet eine Landkarte an die Wand. Sitzt auf ihrem Schlafsack und zeichnet mit den Augen den Staat Maine nach. Das Land mit seinen Grenzen und Hauptstädten und Namen. Ihr Blick wird immer wieder von dem Blau angezogen, das in die ausgefransten Ränder vordringt.

Ein Nachtfalter wirft sich gegen ihr Fenster. In den Bäumen draußen schnarren und schrillen Insekten. Dorotea meint, das Meer zu hören. Sie holt die Angelfliegen aus der Tasche und bewundert sie.

Ihr Vater steht in der Tür, klopft leise an den Türrahmen, sagt hallo und setzt sich neben sie auf den Fußboden. Er sieht hohläugig aus vor fehlendem Schlaf. Sitzt mit krummem Rücken da.

«Hi, Daddy.»

«Was meinst du?»

«Es ist noch so neu, Daddy. Es dauert eine Weile. Bis man sich dran gewöhnt hat.»

«Sie redet nicht mit mir.»

«Sie redet doch kaum mit jemand. Das ist ihre Art.»

Ihr Vater sackt in sich zusammen. Deutet mit dem Kinn auf die Angelfliegen in Doroteas Hand. «Was ist das?»

«Fliegen. Zum Angeln. Mit Federn dran.»

«Oh.» Er versucht gar nicht zu verbergen, daß er mit den Gedanken woanders ist.

«Ich möchte angeln gehen, Daddy. Darf ich morgen?»

Die Hände ihres Vaters öffnen und schließen sich. «Natürlich kannst du angeln gehen, Dorotea. Angeln. *Claro que sí.*»

Die Tür geht hinter ihm zu. Dorotea hält die Luft an. Zählt bis zwanzig. Hört im Nebenzimmer ihren Vater langsam atmen. Als ob er nach jedem Atemzug kaum den Mut zu einem neuen aufbringt.

Sie zieht sich ihre braune Strickjacke über, macht das Fenster auf und klettert hinaus. Sie steht auf dem nassen Hof. Atmet aus. Über den Kiefern kreist die Milchstraße.

Das Lagerfeuer ist in einem Wäldchen in der Nähe der Felsspitze. Der Wind ist rein, das Gras voller Tau. Reihen von Wolken ziehen unter den Sternen hin. Doroteas Turnschuhe sind völlig durchnäßt. An ihrer Strickjacke klebt Waldboden. Sie kauert zwischen Kiefernnadeln außerhalb des Feuerscheins, sieht dunkle, sich bewegende Gestalten, deren verzerrte Schatten gegen Kiefern geworfen werden. Sie sitzen auf Stämmen, auf Baumstümpfen. Sie lachen. Sie hört Flaschen klirren.

Unter den Leuten sieht sie den Jungen auf einem Stück Baumstamm. Sein Lächeln im Licht des Feuers orange. Weiß seine Kette. Er lacht. Setzt eine Flasche an den Mund. Sie hält lange den Atem an, fast eine Minute. Steht auf, wendet sich zum Gehen, tritt auf einen trockenen Zweig, der zerbricht.

Das Lachen verstummt. Sie rührt sich nicht.

«He, Dorothy?» ruft der Junge.

Dorotea dreht sich um, tritt hinaus in den Schein des Feuers, geht mit gesenktem Kopf und setzt sich neben den Jungen.

«Dorothy. Hört mal alle her, das ist Dorothy.»

Die vom Feuer beschienenen Gesichter wenden sich ihr zu, wenden sich wieder ab. Die Unterhaltung setzt wieder ein.

«Ich wußte, daß du kommen würdest», sagt der Junge.

«Wirklich?»

«Sicher.»

«Woher hast du das gewußt?»

«Ich hab's einfach gewußt. Gefühlt. Ich hab' dir ja erzählt, daß wir jeden Abend so ein Feuer haben, so gut wie. Ich hab' zu mir gesagt, wart's ab. Das Mädchen kommt bestimmt. Dorothy wird kommen. Und da bist du.»

«Hast du heute irgendwas gefangen? Als ich weg war?»

«Ein paar. Ich hab' sie schwimmen lassen.»

«Mein Vater hat eine Anstellung beim Hüttenwerk. Er konstruiert Schiffskörper.»

«Wirklich?»

«Na ja, er wird es tun.»

Er hält ihre Hand, und ihre Handfläche ist schweißnaß, aber sie läßt nicht los, und sie verschränken die Finger, und sie kann seine starke Hand fühlen, die rauhen Fingerspitzen. So sitzen sie eine Weile, und sie sitzt so still, wie sie kann. Sie reden nicht. Der Rauch des Feuers steigt bis hoch in die Bäume. Die Sterne blinken und flackern. Es ist ein schönes Gefühl, die Tochter eines Schiffsbauers zu sein.

Später versucht er, sie zu küssen. Beugt sich ungeschickt zu ihr rüber, und sie spürt seinen heißen Atem auf ihrem Kinn. Sie kneift die Augen zu. Denkt an ihre Mutter, ihre winzige Mutter unter Zwiebeln im Eisenbahnwaggon. Sie reißt sich von dem Jungen los, steht auf und läuft mit gesenktem Kopf zwischen den tief sich herabneigenden Kiefern nach Hause. Sie klettert durchs Schlafzimmerfenster. Zieht ihre nassen Turnschuhe aus, hängt die braune Strickjacke auf. Horcht, ob sie das Meer hört. Denkt an Augen wie grüne Medizin. In ihr ist alles in Aufruhr.

Am Morgen zerrt sie ihre Mutter am Handgelenk zum Strand. Um sie mit dem in Nebel gehüllten Meer zu konfrontieren. Um ihr zu zeigen, daß es nicht leer ist. Dunstflügel ziehen durch die Baumwipfel. Überall zerreißt der Nebel, und darüber blitzt reines Blau auf. Das Meer beim Entkleiden. Ein Hut mit breiter Krempe auf das Haar der Mutter gestülpt. Möwen in hohen, geräuschvollen Kreisen über der flachen Dünung. Kormorane tauchen nach ihrem Frühstück.

Sie stehen auf dem Fels. Dorotea sieht ihre Mutter prüfend an, sucht in ihrem Gesicht nach Zeichen der Veränderung. Des Erwachens. Sie hält den Atem an. Zählt bis zwanzig. Ihre Mutter steht unzugänglich und starr.

«Du irrst dich», sagt ihre Mutter. «Dein Vater versteht nicht das Geringste von Schiffen. Er hat sein ganzes Leben lang als Hausmeister gearbeitet. Er hat alle belogen. Sogar sich selbst. Sie werden ihn heute oder morgen feuern.»

«Nein, Mama, Daddy ist gescheit. Er findet einen Weg. Er wird es bei der Arbeit aufschnappen. Das muß er einfach. Er hat seine Chance gesehen und sie ergriffen. Wir schaffen es. Schau nur, wie schön es ist. Sieh dich doch mal um.»

«Das Leben kann auf alle mögliche Art und Weise laufen, Dorotea.» Ihre Mutter spricht Englisch, als ob sie Steine ausspuckt. «Aber auf eine Weise läuft es nie, nämlich so, wie du es dir erträumst. Du kannst träumen, was du willst, aber so sein wird es nie. Es ist immer anders als deine Träume. Dein Traum ist das einzige, was nie wahr werden kann. Alles andere …»

Sie schweigt und zuckt mit den Achseln.

Dorotea betrachtet ihre nassen Turnschuhe. Das Leder geht kaputt. Sie klettert die steilen Felsen hinab, hält sich an Unkraut fest, um nicht das Gleichgewicht zu verlieren. Faßt ins Wasser und in den Schlamm darunter. Hält die schlammgefüllte Hand hoch.

«Schau, Mama. Was hier drin alles lebt. In einer einzigen Handvoll.»

Die Mutter wirft einen schnellen Blick auf ihre Tochter. Ihre Tochter, die Meeresschlamm zum Himmel emporhält wie eine Opfergabe.

Und dann kommt durch den Nebel ein grünes Kanu geglitten. Ein einsamer paddelnder Fischer, dessen Angel quer über dem Heck liegt. Ein Angler mit einer weißen Kette um den Hals.

Der Junge hält mitten in der Bewegung inne. Von seinem Paddel tropft Wasser. Er mustert die beiden Gestalten auf den Felsen, die dünne, zerbrechliche Mutter mit einer Hand auf dem Hut, als hielte sie sich auf dem Felsen nieder. Und das Mädchen, naß bis zur Taille, das einen Teil des Meeres in die Höhe hält.

Er hebt die Hand. Lächelt. Ruft Doroteas Namen.

Man bekommt Angelgerät hinten in einem Geschäft für Haushaltswaren in Bath. Ein Riese mit einem Bart und gewaltigen runden Knien sitzt auf einem Hocker und knüpft Vorfächer. Ihr Vater blickt hoch zu dem Ständer mit Angeln und schiebt mit dem Daumen seine Brille nach oben.

Der Riese fragt: «Was darf's denn sein?»

«Meine Tochter hier möchte gern eine Angel haben.»

Der Riese langt in einen Schrank und zieht einen Karton mit einer Spinnangel-Komplettausrüstung von Zebco hervor. Reicht ihn Dorotea und sagt: «Das ist genau das Richtige. Enthält so ziemlich alles, was du je brauchen könntest. Komplett mit Spinnern und allem.»

Dorotea hält den Karton auf Armeslänge von sich weg, betrachtet die Rolle, die stumpfe, zweiteilige Rute. Die verchromten Führungsringe. Die Plastikhülle. Auf dem Etikett erhebt sich ein sich windender Cartoon-Barsch aus einem Cartoon-Teich, um einen Drillingshaken zu verschlingen. Ihr Vater legt seine Hand auf ihren Kopf und fragt sie, wie ihr die Angel gefällt.

Sie gefällt ihr ganz und gar nicht – sie ist stumpf, sieht plump aus. Keine Angelschnurwindungen. Keine Eleganz. Sie stellt sich auf den Haken geklumpte Fleischbatzen vor und wie ihre Rolle verrostet und wie der Junge sie auslacht.

«Daddy», sagt sie, «ich will eine Flugangel. Die hier ist für Angler mit echten Ködern.»

Der Riese brüllt vor Lachen. Ihr Vater reibt sich das Kinn.

Der Riese tippt Doroteas Flugangel in eine schwarze Registrierkasse ein. Seine riesigen Finger zählen Wechselgeld.

«Kenne kein einziges Mädchen, das mit einer Flugangel fischt», sagt der Riese. «Hab' eigentlich noch nie gehört, daß Mädchen mit Flugangeln fischen.» Er sagt das nett. Sieht Dorotea dabei an. Finger wie dicke, rosa Zigarren.

«Ich selbst hab' auch schon hin und wieder eine Fliege ausgeworfen. Bin noch am Lernen. Schätze, wir sind alle noch am Lernen. Du lernst und lernst, und dann stirbst du und hast noch nicht mal die Hälfte gelernt.»

Er zuckt mit den hügeligen Schultern und gibt ihrem Vater das Wechselgeld.

«Du bist neu hier.» Er redet nur mit Dorotea.

«Wir sind gerade erst nach Harpswell gezogen», sagt sie. «Daddy arbeitet in dem Eisenwerk in Bath. Er konstruiert Schiffe. Heute war sein erster Tag.»

Der Riese nickt, blickt hinunter auf ihren Vater. Dessen Hände öffnen sich, schließen sich.

«Wir haben in Ohio gewohnt», murmelt er. «Ich habe Schiffsrümpfe für Binnenseefrachter gemacht. Dachte, wir kommen mal hier rauf, einfach auf gut Glück. Man kriegt nicht so viele Chancen, denk' ich mir.»

Wieder ein Schulterzucken des Riesen. Lächeln. Zu Dorotea sagt er: «Vielleicht können wir ja mal zusammen angeln gehen. Wir könnten Popham Beach versuchen. Die sind da unten ganz schön aufgeregt. Bei Stauwasser rasen die Schwärme im Flachwasser rum. Von denen einer an deiner kleinen Angel, und dann geht's ab.»

Der Riese lächelt und setzt sich wieder auf seinen Hocker. Dorotea und ihr Vater verlassen den Laden, fahren an der Eisenhütte vorbei, an der Werft und den riesigen Eisenlagern, an einem hohen Zaun aus Stahldraht, an sich drehenden Kränen und einem Schlepper im Trockendock mit grünem Rumpf, von dem der Rost tropft. Oben von der Mill Street kann Dorotea den Kennebec River sehen, der sich schwerfällig in den Atlantik wälzt.

Am Abend sitzt Dorotea auf ihrem Schlafsack und setzt ihre Angel zusammen. Die beiden Teile zusammenfügen, die Plastikrolle anschrauben, die Angelschnur durch die Laufringe führen. Das Vorfach anbinden.

Ihr Vater in der Tür.

«Gefällt dir die Angel, Dorotea?»

«Sie ist wunderschön, Daddy. Danke.»

«Gehst du morgen früh angeln?»

«Morgen früh.»

«Hat deine Mutter irgendwas gesagt?»

Dorotea schüttelt den Kopf. Sie glaubt, er wird noch etwas sagen, tut er aber nicht.

Nachdem er gegangen ist, hält sie die Luft an, nimmt ihre neue Angel und klettert aus dem Fenster. Sie geht unter den dunklen Kiefern hin, sucht ihren Weg durch die mondlose Nacht. Sie kommt zum Feuer, hört eine Gitarre und Gesang, sieht den Jungen auf seinem Baumstamm. Sie kauert unter den Kiefern und schaut zu. Denkt daran, wie ihr Vater gesagt hat, man kriege nicht so viele Chancen. Faßt in ihre Tasche. Fühlt dort die drei Fliegen, ihre spitzen Haken, ihre Federn. Sie macht die Augen zu. Ihre Hände zittern. An einem Haken sticht sie sich den Finger.

Sie steht auf, hält inne, dreht sich um und wendet sich nach links, zum Meer. Klettert über Felsen, schattenhaft unter Schatten. Steht am Meeresrand, saugt einen Blutstropfen von ihrer Fingerspitze. Zittert am ganzen Körper. Hält den Atem an, damit es aufhört.

Sie hält die Luft in der Lunge zurück und steht bewegungslos da und lauscht. Die Stille Harpswells steigt in ihren Ohren empor wie eine Woge und löst sich dann in unzählige kleine Geräusche auf – in den Ruf einer Eule, in das leise Lachen vom

Lagerfeuer her, das Knarren der Kiefern, das immer wieder unterbrochene Schrillen der Zikaden. In das Rascheln kleiner Nagetiere im Brombeergebüsch. In das Aneinanderstoßen von Kieseln, die Bewegung der Blätter. Sogar in das Ziehen der Wolken. Und zu ihren Füßen das Rauschen des Meeres im Nebel. Dies ist in der Tat eine volle Welt, Dorotea. Sie läuft über. Dorotea holt Atem, schmeckt den salzigen Meereskreislauf von Fäulnis und Geburt. Nimmt ihre Angel auf und fädelt die Schnur ungeschickt durch die Ringe. Schleudert sie hinter sich. An irgend etwas bleibt sie hängen. Dorotea dreht sich um.

Da steht der Junge. Seine Fingerspitzen liegen auf ihrer Schulter, den Ärmeln ihrer Strickjacke. Auge in Auge mit ihr.

Die Mutter steht im Dunkeln in Doroteas Zimmer. Die Hände auf den Hüften, als versuche sie, ihr Becken zu zermalmen. Die schwarzen Schuhe fest auf dem Boden. Dorotea rittlings im offenen Fenster, ein Bein drinnen, eins draußen. Die Angel halb im Zimmer. Ihre taudurchnäßten Turnschuhe voller Kiefernnadeln.

«Ich dachte, ich hätte dir verboten, dich mit dem Jungen zu treffen.»

«Mit was für einem Jungen?»

«Der dich Dorothy genannt hat.»

«Der Junge in dem Kanu?»

«Du weißt, welcher Junge.»

«Aber du nicht. Du kennst ihn nicht. Ich auch nicht.»

Ihre Mutter starrt sie an. Sie zittert. Die Sehnen in ihrem Hals stehen hervor. Dorotea hält den Atem an. Hält ihn so lange an, bis ihr übel wird.

«Ich war nicht mit ihm zusammen, Mum, ich war angeln. Das heißt, ich hab's versucht. Meine Schnur hat sich furchtbar verheddert. Ich war nicht mit ihm zusammen.»

«Pescador. Pescadora.»

«Ich war angeln.»

Von da an ist Dorotea nach Einbruch der Dunkelheit eine Gefangene. Ihre Mutter macht es selbst – sie schraubt lange Riegel in Doroteas Fenster, hämmert es zu. Nachts wird Doroteas Tür abgeschlossen. Dorotea starrt auf ihre Landkarte.

Der Sommer vergeht schweigsam. Das gemietete Haus ist eng und knarrt. Ihr Vater geht jeden Morgen bei Tagesanbruch weg und kommt spät nach Hause. Beim Abendessen wird nicht gesprochen. Das Gesicht ihrer Mutter zieht sich in sich selbst zurück wie eine angestupste Seeanemone. Besteck klappert, ein Servierteller auf dem Tisch. Zu Tode gekochte Bohnen. Ausgewrungene Tortillas. «Bitte reich mir den Paprika, Mama.» Das Haus knarrt. Die Kiefern flüstern. «Ich bin heute angeln gegangen, Daddy. Hab' einen Hummer gefunden, so lang wie mein Fuß. Wirklich.»

Dorotea verläßt das Haus kurz nach ihrem Vater und bleibt den ganzen Tag über weg. Angelnd. Redet sich selbst ein, daß sie angelt und nicht Ausschau nach dem Jungen hält. Sie trampt mit schlammverschmierten Knöcheln bis nach South Harpswell, geht am Strand entlang, dreht Muscheln um, sticht mit Stöcken nach Seeanemonen, lernt dort die kleinen Tricks des Lebens an der Küste. Niemals eine Seegurke drücken. Die Schalen der Kammuscheln zerbrechen leicht. Steinkrabben verstecken sich unter Treibholz. Untersuche Meerschnecken nach Einsiedlerkrebsen. Die Stachelschnecken bleiben in ihren Häusern versteckt. Auf einen Pfeilschwanzkrebs zu treten ist nicht ratsam. Entenmuscheln haben eine große Anziehungskraft. Aus dreißig Meter Höhe hört ein Kormoran, wenn man eine Muschel öffnet. Dann dreht er um, kommt im Sturzflug herunter, landet und bettelt darum. Das Meer, lernt Dorotea, blüht und gedeiht. Sie lernt es immer wieder aufs neue.

Aber meistens angelt sie. Lernt die Knoten, bekommt eine Fliege mit Widerhaken ins Haar, kauert auf Treibholz, um die verheddderte Angelschnur zu glätten oder die verknotete Leitschnur zu richten. Ihre Angelschnur bleibt im Brombeergebüsch hängen, an Ästen, einmal an einer treibenden Plastikflasche. Sie lernt, mit ihrer Angelrute zu gehen, sie durch Strauchwerk und über Felsen zu führen. Wußte noch nicht einmal, daß sie eine Darmschnur brauchte. Der Korkgriff ihrer Angel wird dunkel von Schweiß und Salzwasser. Ihre braunen Schultern nehmen die Farbe alter Cent-Stücke an. Die Turnschuhe faulen ihr von den Füßen. Sie geht barfuß am Meeressaum entlang, mit erhobenem Kopf. Diese neue Dorotea. Diese See-Dorotea.

Sie fängt nichts. Sie versucht Popham Beach, diese lange, spitz zulaufende ausgeblichene Sandbank dort, die Mündung bei Ebbe, bei Stillwasser. Sie wirft die Angel von Felsspitzen aus und von einem hölzernen Pier. Sie watet bis zum Hals hinein und wirft die Angel aus. Nichts. Sieht, wie Männer in Booten zwanzig, dreißig Fische hereinziehen. Wunderschöne Streifenbarsche mit kohlschwarzen Streifen und durchsichtigen, nach Luft schnappenden Mäulern. Und für ihre eigenen Fliegenhaken nichts außer Färberginster und Treibgut. Und immer diese gräßliche verhedderte Leitschnur. Die Angelschnur wickelt sich um ihre Knöchel, unerklärliche Knoten verderben alles.

Von dem Jungen keine Spur.

Sie sieht Fische außerhalb des Wassers, sieht einen Stör springen. Sieht die Gewalttätigkeit des Meeres. Sieht eine Meute Blaubarsche wütend aus einer Welle hervorschießen, sich durch einen in Panik geratenen Heringsschwarm winden, angefressenen, bebenden Stint auf den Sand treiben. Sieht einen toten Kabeljau, der sich weiß und fett in den anbrandenden Wellen dreht. Sieht einen von der Flut angespülten Rochen, der von Baßtölpeln zerpflückt wird, einen Fischadler, der einen Dorsch von einem Wellenkamm greift.

Eines Mittags wandert sie zu der Stelle, wo immer das Lagerfeuer ist. Der Himmel hängt grau und niedrig, berührt fast die Baumwipfel. In großen Tropfen fällt langsam warmer Regen. Die Vertiefung fürs Feuer schwarz und naß und eingeebnet. An

Baumstämmen und auf Baumstümpfen leere Bierflaschen. Sie geht hinaus auf die Landspitze, zieht ihren Pullover aus, watet ins Meer. Wellen schlagen gegen ihren Hals. Ihr Haar schwimmt neben ihr. Sie denkt an den Jungen, an seinen heißen Atem. Seine rauhen Fingerspitzen. An diese grünen Augen, die im Dunkeln schwarz waren.

Tagelang redet sie mit niemandem. Jedesmal, wenn eine Biegung kommt, betet sie, daß dahinter der Junge ist, im Nebel verborgen, und die Angel auswirft, nach Fischen auswirft und nach ihr. Aber da ist nur Felsen und Tang, und manchmal kommen Schiffe den Fluß hinunter.

Eine Julinacht zieht herauf, die schwüler ist als alle Nächte, an die sich Dorotea erinnern kann. Den ganzen Tag über war es drückend gewesen, in Erwartung eines Gewitters, das nicht kommen wollte. Das Meer bleifarben und glatt. Der Horizont aufgelöst in verschmiertes Grau und der Himmel so tiefhängend, daß er auf dem gemieteten Haus zu liegen scheint. Jeden Augenblick kann er das Dach zum Einsturz bringen. Auch in der Nacht kühlt es sich nicht ab.

Dorotea sitzt in ihrem Schlafzimmer und schwitzt. Sie hat das Gefühl, der Himmel drohe, sie unter sich zu begraben.

Ihr Vater steht in der Tür. Unter den Armen hat er Schweißringe. Früher bekam er die immer, wenn er die Fußböden aufwischte. Ihr Vater, der Schiffsbauer.

«Hallo, Dorotea.»

«Ist das heiß, Daddy!»

«Da hilft bloß Warten.»

«Können wir sie nicht überreden, das Fenster aufzumachen? Bloß für heute nacht. So kann ich nie schlafen. Ich schwitze meinen Schlafsack durch.»

«Also ich weiß nicht, Dorotea.»

«Bitte, Daddy. Es ist so heiß.»

«Wir könnten ja vielleicht die Tür offenlassen.»

«Das Fenster, Daddy. Mama schläft. Sie wird es nie erfahren. Bloß heute nacht.»

Ihr Vater holt tief Atem. Runde, hängende Schultern. Kommt mit einem Schraubenzieher zurück. Entriegelt still das Fenster, stemmt die Nägel heraus.

Der Junge ist nicht da.

Dorotea schwitzt außerhalb des Feuerscheins. An ihren Knien kleben Kiefernnadeln. Mücken umkreisen sie, lassen sich nieder und stechen. Sie verschmiert sie auf der Haut. Der Rauch des Feuers steigt zu einem windstillen Himmel empor. Sie hält so lange den Atem an, daß ihr alles vor den Augen verschwimmt und sie Stiche in der Brust bekommt. Sie betrachtet noch einmal der Reihe nach die weichen, verschwommenen Gesichter – orangerote, von den Flammen beleuchtete Burschen um ein Lagerfeuer auf Harpswell Point. Sein Gesicht ist nicht darunter. Er ist nirgends.

Sie schlägt einen Bogen und geht zur Landspitze, eine Gegend, die sie inzwischen so gut kennengelernt hat – die kleinen, versteckten Buchten, eine tiefe Stelle, wo sie eines Morgens einen weißen Hummer gesehen hat. All die Geheimnisse, die sie dem Jungen verdankt, wie sie findet. Sie weiß, daß sie ihn dort sehen wird. Er wird angeln und lachen, weil sie in der heißesten Nacht seit Menschengedenken einen Pullover trägt. Er wird dort sein, und er wird ihr Sachen zeigen, vom Meer und so, die sie noch nicht versteht. Er wird sie von dieser Last befreien, die sich auf sie gelegt hat.

Auf der Landspitze ist er auch nicht.

Sie kehrt zum Feuer zurück, geht geradewegs darauf zu, diese Vierzehnjährige, die so angespannt und stark ist. Die Jugendlichen aus Harpswell starren sie an. Sie spürt die Hitze. Rauch steigt ihr in die Augen. Sie nennt den Namen des Jungen.

«Er ist nicht mehr da», sagt einer. Sie sehen sie an, sehen wieder weg. Starren ins Feuer.

«Zurück nach Boston. Vor einer Woche. Seine ganze Familie ist nach Hause gefahren.»

«Sommergäste.»

Dorotea geht davon. Geht blindlings drauflos. Kiefernzweige schlagen ihr ins Gesicht. Sie stolpert, fällt in nasses Gras. Ihre Knie mit Grasflecken, schmutzig, zerkratzt. Sie stößt auf eine Schotterstraße. Geht mit gesenktem Kopf. Ihr Inneres ist in Aufruhr. Sie kommt an Zufahrtswegen vorbei, an einem Haus mit fernsehblau erleuchteten Fenstern. Ein Hund bellt. Sie hört eine Eule. Biegt in eine gepflasterte Straße ein. Kommt an einem Holzplatz vorbei. Ein Teil von ihr begreift, daß sie nicht weiß, wo sie ist. Tief in ihrem Innern ist ihr kalt, und der Himmel könnte nicht tiefer hängen.

Sie geht, und sie läuft und ist barfuß und kann die Kälte in ihrem Innern nicht loswerden und hätte nicht sagen können, in welcher Richtung das Meer ist. Sie geht eine Meile, vielleicht auch mehr. Sie setzt sich ein Weilchen hin und zittert. Eine Stunde vergeht, dann noch eine. Der Himmel färbt sich rosa. Ein Lastwagen kommt die Straße entlanggerattert, mit hängenden Kotflügeln und einem kaputten Scheinwerfer. Er hält neben ihr an. Ein Mann mit Brille beugt sich rüber, stößt die Tür auf. Sie steigt ein, sagt, sie wolle zum Eisenwerk.

An dem hohen Stahldrahttor läßt er sie raus. Ihre Beine sind rot zerkratzt und schmutzig, ihre Haare hängen verklumpt herab. Mützen tragende Männer mit Lunchdosen eilen an ihr vorüber. Ein Mercedes mit getönten Scheiben rollt vorbei, seine Reifen knirschen über den Schotter. Sie folgt den Männern durch das Tor. Auf einem Schild steht Büro. Ein dicker Mann mit einem Abzeichen in einem Häuschen. Hinter ihm ein großes Lagerhaus aus Wellblech, ein hin und her schwingender Kran. Aufgestapelte Leitungsrohre auf einem Schleppkahn.

Sie klopft ans Fenster des Mannes, er sieht von einem Klemmbrett auf.

«Mein Vater», sagt sie. «Santiago San Juan. Er hat sein Mittagessen vergessen. Ich würde es ihm gern bringen.»

Der dicke Mann schiebt seine Brille hoch und betrachtet sie eingehend, ihre braunen, zerkratzten Füße. Ihre zitternden Finger. Blickt nach unten auf sein Klemmbrett. Blättert herum. Sieht Stechkarten durch.

«Wie, sagtest du, ist sein Name?»

«San Juan.»

Der dicke Mann betrachtet sie noch einmal von oben bis unten. Und sieht schließlich wieder auf sein Klemmbrett. «San Juan», sagt er. «Da ist er. Dock C-4. Hinten rum.»

Sie folgt Pfeilen nach C-4, einem Betonpier, über dem ein schwerer Kran hängt und der von hohen, geschlossenen Güterwagen gesäumt ist. Männer mit Anzug, Krawatte und Hut gehen vorbei, zusammengerollte Pläne unter dem Arm. Ein Gabelstapler hupt, und der Fahrer sieht sie streng an.

Sie findet ihren Vater am Rande des Piers bei einem großen blauen Müllcontainer. Der Fluß ist dort dreckig, und Styroporbecher schaukeln in der Strömung. Um den Müllcontainer kreischen die Möwen in einem aufgeregten Durcheinander weißer und grauer Federn. Doroteas Vater trägt einen braunen, schmutzigen Overall. In der Hand hält er einen Besen, mit dem er gerade schwächlich den Möwen droht. Diese kreischen und greifen im Sturzflug seinen Kopf an.

Er dreht sich um, sieht sie. Ihre Blicke treffen sich. Er schaut weg.

«Dorotea.»

«Daddy. Die ganze Zeit. All diese Monate. Du hast gesagt, du baust Schiffe.» Mehr kann sie nicht sagen. Sie zittert vor Kälte. Steht neben ihm. Er stützt sich auf seinen Besen. Sie sehen zu, wie der Fluß seinen schmutzigen Weg ins Meer nimmt. Sie stehen da, und Dorotea zittert, und ihr Vater hält sie im Arm, und sie zittert trotzdem.

Ein Zerstörer wird vom Horizont hereingeschleppt. Das Tukkern der Schleppermotoren. Der stille graue Behemoth dahinter wirbelt ein ungeheures Kielwasser auf, und Dorotea sieht die auf die Seite gemalten Zahlen und schiffeversenkende Kanonen, die so still und sauber ausschauen. Der Rumpf ist so groß wie ein Wohnhaus. Sie fragt sich, wie sie jemals glauben konnte, daß ihr Vater lernen könnte, etwas so Großes zu machen. Wie überhaupt jemand so etwas lernen kann.

Dorotea ist nach wie vor kalt. Sie kann die Kälte nicht abschütteln und wird krank. Den ganzen Tag liegt sie in ihrem Schlafsack. Ihre Angelrute lehnt in ihrem Zimmer an der Wand. Sie kann sie nicht ansehen. Vom Meer in ihren Ohren wird ihr schlecht. Ihr wird bereits von der Drehung des Erdballs schlecht. Sie spürt, wie die Kälte irgendwo zwischen ihren Beinen ihren Anfang nimmt und von dort hochkriecht, immer höher, bis zu ihrem Hals. So lange wie möglich hält sie den Atem an und dann noch länger, bis Flecke vor ihren Augen tanzen, bis schließlich ein Schalter in ihrem Innern, über den sie keine Kontrolle hat, umgelegt wird und die Luft aus ihr hinausströmt und wieder in sie hinein und sich ihr Sehvermögen allmählich wieder etwas bessert.

Sie rollt sich in ihrem Schlafsack zusammen und zittert und träumt, daß der Winter hereinbläst. Das Meer ist grau wie Zement, und der Horizont begräbt die Sonne, ehe sie noch die Chance hat, sich auf den Weg zu machen. Winterlange Nächte. Sterne wie die Spitzen von Angelhaken. Unter ihren Füßen knirschender Schnee. In ihrem Traum kauert sie auf dem Harpswell Point und sieht zu, wie der Wind die Wellenkämme umbläst. Der Junge ist nirgendwo. Es ist überhaupt niemand da, kein Vogel, kein Fisch. Die Fische sind geflohen, haben den Fluß verlassen und sind in Schwärmen in die sich weitende See geschossen. Ozean und Fluß sind leer. Die Felsen blankgescheuert, ohne Napfschnecken und Entenmuscheln und Tang. Um Doroteas Knöchel ein gräßliches Gewirr von Schnüren, dikken Seilen, Spinnweben. Sie wird ein Fisch, der in einem Netz zappelt. Sie wird ihr Vater. Sein ganzes Leben ein scheußliches Durcheinander.

Als sie aufwacht, ist ihre Mutter da. Sie bringt Dorotea heißes Wasser. Jetzt, wo sie diese Rolle zu spielen hat, ist sie eine Spur weicher. Doroteas Mutter glaubt jetzt, wo Dorotea zurück ist, immer noch ein bißchen, daß es ihr Mann irgendwie fertigbringt, Schiffskörper zu entwerfen. Dorotea sieht ihre Mutter neben sich an, betrachtet die angespannten, dünnen Stränge in ihrem Hals. Dorotea hat in ihrem Hals auch solche Stränge. Sie liegt da und hört im Halbschlaf, wie ihre Mutter im Haus hin und her geht, hört, wie sie im Spülbecken Töpfe abwäscht.

Anfang August. Jemand klopft im Morgengrauen an die Tür. Ein Klopfen, das so laut und ungewohnt ist, daß Dorotea aus ihrem Schlafsack springt. Sie ist an der Tür, noch ehe ihre Mutter aus der Küche gekommen ist. In ihrem Inneren steigt knisternde Hitze auf. Sie blinzelt in den Morgen. Im Türrahmen eine massige Gestalt. Der Riese aus dem Haushaltswarengeschäft. In seiner Riesenhand eine elegante Angelrute.

Seine Stimme ist für das kleine Haus viel zu laut. «Morgen, Morgen», dröhnt er. «Dachte, du hättest heute morgen vielleicht Lust, ein bißchen angeln zu gehen. Falls du Zeit hast.»

Er sieht bloß Dorotea an, und Dorotea steht vor ihm in ihren Schlafsachen, wie sie aus dem Bett gekommen ist, und riecht den Riesen, der wie Meer und Kiefern riecht. Ihre Mutter versucht, während sie sich die Hände abtrocknet, von der Küche aus etwas zu erkennen.

Sie gehen Popham Beach entlang. Die Schritte des Riesen sind meterlang. Sie läuft fast im Trab neben ihm her. Der Tag blau und beständig bis zum Horizont. Sie waten hinaus und angeln Seite an Seite. Dorotea fühlt, wie das Meer an ihren Beinen zieht. Der Riese angelt mit einer auf und ab wippenden Zigarette im Mund. Gelegentlich sieht er ihr zu, wenn sie die Angel auswirft, lächelt, wenn sich ihre Schnur verheddert, lobt sie, wenn sie sie ordentlich auswirft.

Der Riese angelt unschön. Seine Schnur tanzt nicht. Er hält sich nicht mit Scheinwürfen auf wie der Junge. Er schleudert die Schnur einmal nach hinten und läßt sie dann über die Wellenkämme sausen. Zieht sie danach mit einer rosa Riesenhand ein. Wirft wieder.

«Angeln hat was mit Zeit zu tun», sagt er zu Dorotea. «Damit, wie lange man seine Schnur im Wasser halten kann. Man kann nicht angeln, wenn die Schnur nicht im Wasser ist.»

Sie angeln bis mittags und fangen nichts. Sitzen auf einem Stück Treibholz. Der Riese hat eine Plastiktüte mit Rosinen, und die essen sie. Sie stellt ihm Fragen, und er antwortet, und sie spürt, wie die Sonne direkt über ihren Köpfen einen Punkt in ihrem Innern berührt.

Nachmittags beginnt der Riese, Streifenbarsche zu fangen, einen nach dem andern. Seine Schnur schießt weit hinaus, und jedesmal biegt sich die Spitze seiner Angel scharf nach unten, und er zwingt den Fisch an Land und schlägt ihm mit einem Stein auf den Kopf und tut ihn in einen Plastikbeutel, den er am Strand läßt.

Abends steht Dorotea neben ihm und sieht zu, wie er seine Barsche ausnimmt, beobachtet den schnellen Schnitt und die schaukelnden Schlingen des Eingeweides, das in die Brandung fliegt. Auch das ist Maine, denkt sie, dieser Angler, der auf dem Sand einen Fisch säubert, und ihr wird klar, daß sie, neu oder alt, Dorotea ist, immer Dorotea sein wird und daß es auf dieser Welt noch eine Menge Chancen gibt.

Als der Riese mit seinen Fischen aufbricht, sieht er Dorotea an und lächelt und sagt, sie sei eine gute Anglerin, und wünscht ihr Glück. *«Buena suerte»*, sagt er, was komisch ist, weil er wie ein riesiger Gringo aus Maine klingt, als er es sagt, aber nett ist es trotzdem.

Dorotea angelt weiter, und der Horizont senkt sich langsam und legt sich um die Sonne. Doroteas Arm brennt von der Anstrengung, aber ihr gelingen inzwischen gute Würfe, sie legt die Schnur schön aus und bietet die Fliege an, wie es ihr der Riese gezeigt hat. Und sie versteht auch schon, was im Wasser vor sich geht, daß zum Beispiel ein Fisch in einem Schlupfwinkel sitzt, sich verkriecht. Sie hält Ausschau nach vorbeikommenden Köderfischen oder den Vögeln, die sich von ihnen ernähren. Ihr Arm wird schwer wie Blei. Ihre Beine sind ohne Gefühl. Sie scheinen mehr zum Wasser zu gehören als zu ihr.

Die Glut der untergehenden Sonne malt die Wolken farbig an. Und sie sendet auch Lichtzeichen ins Wasser und zu der geschützten Stelle, an der Dorotea ihre Fliege einzieht. Einen wunderbaren Augenblick lang sieht sie sie durch einen Streifen aus Blau schießen, und das ist der Moment, in dem ein Streifenbarsch auf sie anbeißt.

Der Fisch ist stark, und sie kämpft mit ihm, und ihre Rute biegt sich mehr, als sie es je für möglich gehalten hätte, und sie kämpft gegen ihre Panik an, indem sie mit dem Fisch langsam rückwärts zum Strand geht. Er zappelt wie wild, kämpft gegen ihren Verrat an. Dorotea läßt nicht locker. Spürt seine Kraft durch die Schnur hindurch. Welch ein heldenhafter Kampf. Welch ein Kampf um sein Leben. Sie kämpft gleichfalls.

Als sie ihn schließlich an Land gezogen hat, liegt er nach Luft schnappend und zappelnd auf dem Sand, und sie beugt sich über ihn und löst den Haken aus seinem Maul. Dieser große, gestreifte, durchsichtige Fisch in der Abenddämmerung. Sie packt ihn beim Unterkiefer, hält ihn hoch und starrt in seine großen, unintelligenten Augen.

Sie trägt ihn in den Armen und watet hinaus ins Meer. Bis zu den Schultern. Holt tief Atem, hält ihn dann an. Hält den Fisch neben sich. Fühlt seine Muskeln, sein festes Fleisch. Fühlt ihre eigenen Muskeln, schmerzend, uneben und stark. Sie läßt sich ganz ins Wasser sinken. Zählt bis zwanzig. Und läßt den Fisch schwimmen.

Lange Zeit war das Griseldas Geschichte

1979 war Griselda Drown eine Volleyballspielerin in der Oberstufe der Boise High School, ein unglaublich großgewachsenes Mädchen mit stämmigen Beinen, schlanken Armen und einer Aufgabe, die eine Idaho-State-Meisterschaft gewann, obwohl T-Shirts behaupteten, daß es eine Leistung des Teams gewesen sei. Aufgeschossen, grauäugig und mit orangeroten Haaren war sie frühreif, und man erzählte sich Geschichten, wie sie es in dem staubigen Kabuff, in dem die eingedellten Posaunen und zerplatzten Trommeln des Schulorchesters aufbewahrt wurden, mit zwei Jungs gleichzeitig getrieben habe, wie sie mit gespreizten Beinen auf dem Schoß des Sportlehrers gesessen habe und auch von den Sachen, die sie während der Arbeitsstunden mit Eiswürfeln gemacht habe. Es waren Gerüchte. Ob sie stimmten oder nicht, war egal. Wir alle kannten sie. Sie hätten ebensogut auch wahr sein können.

Griseldas Vater war schon lange tot. Ihre Mutter arbeitete täglich zwei Schichten bei *Boise Linen Supply*. Ihre jüngere Schwester, Rosemary, die zu klein und pummelig war, um Volleyball zu spielen, war Gerätemanagerin des Teams. Sie saß auf einem Klappstuhl und bediente Anzeigentafelschalter, schrieb Statistiken und pumpte gelegentlich platte Volleybälle auf, während der Trainer das Team einen Trainingslauf machen ließ.

Es begann an einem Augustnachmittag nach dem Training. Griselda auf dem Bürgersteig im Schatten der aus Ziegelsteinen errichteten Sporthalle, ein Sozialkundebuch unter einen langen Arm geklemmt und auf die Druckluftbremsen der Schulbusse sowie den Wind lauschend, der in den Espen vor der Schule raschelte. Ihre lockenköpfige Schwester, die nur so eben übers

Armaturenbrett hinwegsehen konnte, brachte den rostfleckigen Toyota neben ihr zum Stehen, den sich die Mädchen mit ihrer Mutter teilten. Sie wollten zum Ausstellungsgelände von Idaho, zum großen Volksfest, der *Great Western Fair*. Griselda auf dem Beifahrersitz, die großen Knie gegen das Handschuhfach gepreßt, lehnte das lange Gesicht aus dem Fenster in den Fahrtwind. Rosemary fuhr langsam, brachte den Wagen an den Stoppschildern völlig zum Stehen, schaltete ungeschickt. Sie redeten nichts.

Auf dem Ausstellungsgelände sahen wir sie auf dem Parkplatz, wie sie die Aura eines Volksfestes einsogen, den Geruch von gebackenem Teig, von Karamel und Zimt, das Flattern von Zeltplanen, die Spieluhrmelodien, die ein Karussell klimperte, sinnliche Geräusche, die auf den Seilen der Zelte herabgehüpft kamen und über den festgetretenen Staub des Mittelwegs. An Telefonmasten geheftete, vom Wind hochgebogene Handzettel, das Summen gasbetriebener Generatoren und des Karussellantriebs, das Limonadenauto, Brezeln und Popcorn, Baked Potatoes, die amerikanische Flagge, das Rattern des Karussells und das Aufkreischen der Mitfahrer – all das schimmerte vor ihnen wie eine Fata Morgana, wie etwas irgendwie Unwirkliches.

Griselda ging mit großen Schritten zum Eingang, der in der Seilabsperrung freigelassen war, ging zu dem Häuschen des Kartenverkäufers, wo ein zwergenhafter Kontrolleur auf einem Hocker stand, und Rosemary stapfte hinter ihr her. Jenseits der Zeltspitzen erhob sich das Vorgebirge von Boise braun und dunstig in einen blassen Himmel. Griselda fischte zwei zerknitterte Eindollarscheine aus der Tasche und schob sie durch.

So haben wir später beim Anstehen vor der Supermarktkasse oder bei Volleyballspielen auf der unüberdachten Tribüne Griseldas Geschichte erzählt: Zwei Schwestern, die hintereinander den Mittelweg hinaufgehen, Griselda vorneweg und Rosemary hinterher. Sie kauften für einen Vierteldollar Zuckerwatte, gingen umher mit Gesichtern, die von einer rosa Zuckerwolke halb verdeckt waren, stapften durch die Zurufe der Budenbesitzer: «Spritzt dem Clown Wasser in den Mund!» – «Jetzt ran an den Ballon, Mädchen!» Sie bezahlten 25 Cent, um Ringe über Colaflaschen zu werfen. Rosemary fischte mit einer Angel ein Gummientchen aus einem Wassertrog und gewann einen kleinen schmuddeligen Panda mit Knopfaugen aus Plastik und einem aufgestickten grimmigen Ausdruck. Die Abendsonne warf lange, orangefarbene Strahlen. Die Schwestern ließen sich zwischen den Buden und Karussellen treiben. Sie hatten den Mund voll schmelzender Zuckerwatte, und ihnen war ein bißchen übel. Schließlich kamen sie in der purpurnen Dämmerung zum Zelt des Eisenessers am entfernten Ende des Rummelplatzes. Eine Menschenmenge, hauptsächlich Männer in Jeans und Stiefeln, hatte sich dort versammelt. Griselda blieb stehen, schob sich zwischen sie, konnte mit Leichtigkeit über die Mützen und Hüte hinwegsehen. Vorne im Zelt stand ein Kartentisch auf einem Podest, gelb angestrahlt. Griselda roch den Gummigeruch des Zeltes, sah das träge Aufsteigen der Insekten im Scheinwerferlicht, hörte die Männer um sich herum die Unmöglichkeit und Absonderlichkeit des Eisenessens diskutieren.

Rosemary konnte nichts sehen. Sie trat von einem Fuß auf den andern. Sie wies darauf hin, daß sie gehen sollten – es werde spät. Hinter ihnen füllte sich das Zelt. Griselda biß einen Bausch Zuckerwatte ab und drückte ihn mit der Zunge gegen den Gaumen. Sie musterte ihre Schwester, den Panda, der an ihrer Faust baumelte. «Ich könnte dich hochheben», bot sie ihr an. Rosemary wurde rot und schüttelte den Kopf. «Ein Eisenesser!» flüsterte Griselda. «Ich habe noch nie einen gesehen. Ich weiß noch nicht einmal, was das ist.»

«Es wird ein Trick sein», sagte Rosemary. «Das ist bestimmt nicht echt. So etwas ist nie echt.» Griselda zuckte die Achseln.

Die Schwestern blickten einander an. «Ich will es sehen», beharrte Griselda. «Ich kann es ja nicht sehen!» jammerte Rosemary. Jetzt war es an Griselda, den Kopf zu schütteln. «Dann eben nicht», sagte sie. Rosemarys Gesichtsausdruck wurde finster und verletzt. Sie stapfte davon, Richtung Auto, den Panda an die Brust gedrückt wie ein bekümmertes Kind. Griselda ließ die Bühne nicht aus den Augen.

Nicht lange, und der Eisenesser kam heraus. Die Männer im Zelt senkten die Stimme, und man hörte nur noch das Raunen der Menge, das Schwirren der Insekten im gelben Scheinwerferlicht und – aus der Ferne – das Plinkplink des Karussells. Der Eisenesser war ein ordentlich aussehender Mann im Straßenanzug, klein, adrett und von guten Manieren. Griselda war starr vor Bewunderung. Was für ein Mann! Was für funkelnde Brillengläser, was für glänzende Schuhe! Wie zierlich er gebaut war! Und daß er diese Nadelstreifen und Manschettenknöpfe trug, um Eisen in Boise, Idaho, zu essen! So einen Mann wie ihn hatte sie noch nie im Leben gesehen.

Er setzte sich an den erhöhten Tisch. Dabei bewegte er sich mit einer Behutsamkeit und Genauigkeit, daß Griselda am liebsten auf die Bühne gestürmt wäre, um sich auf ihn zu werfen, ihn zu erdrücken, ihn aufzufressen, ihren Körper gegen den seinen zu dreschen. Er war so wahnsinnig anders, bedeutend, unendlich faszinierend. Tief unter seiner Oberfläche mußte sie etwas erkannt haben, was uns übrigen nicht so deutlich zu Bewußtsein kam.

Er holte aus einer Westentasche eine Rasierklinge und zog sie von oben bis unten durch ein Blatt Papier. Dann verschluckte er sie. Dabei sah er Griselda unverwandt an, ohne zu blinzeln. Sein Adamsapfel fuhr wie wild auf und ab. Er verschluckte ein halbes Dutzend Klingen, verbeugte sich und verschwand hinter dem Zelt. Die Menge klatschte höflich, fast verwirrt. Griseldas Blut kochte über.

Als Rosemary bei Dunkelheit verärgert und mit kraus gewordenen Haaren zu dem Zelt zurückkehrte, war die Vorstellung lange vorüber, und Griselda war schon lange fort, beugte sich im

Galaxy Diner über einen Teller mit Würstchen in Blätterteig. Noch immer ließ sie den Blick nicht von den grauen Augen des Eisenessers – und er den seinen nicht von ihren. Als es Mitternacht wurde, hatte sie auch Boise verlassen, lag auf der Sitzbank eines Lastwagens, während der Eisenesser hinüber nach Oregon fuhr mit Griseldas Kopf auf dem Schoß und seinen schmalen Fingern in ihrem Haar, seine kleinen Füße nach den Pedalen ausgestreckt.

Am nächsten Morgen mußte Rosemary ihre Geschichte auf Veranlassung Mrs. Drowns einem Verkehrspolizisten erzählen, der, die Daumen durch seine Gürtelschlaufen gesteckt, nur gähnte. «Aber Sie schreiben es ja nicht einmal auf», stammelte Mrs. Drown. Griselda sei achtzehn, erklärte er ihr, was solle er da groß aufschreiben. Nach dem Gesetz sei sie eine erwachsene Frau. Er sprach «erwachsene Frau» laut und sorgfältig aus. Er riet ihr, zuversichtlich zu sein. Er habe diese Geschichte schon tausendmal gehört. Am Ende würde sie schon nach Hause kommen. Täten sie immer.

In der Schule wurden die Geschichten über Griselda bissiger und giftiger. Ja, sie verließen sogar die Schule und lebten eine Zeitlang in Lebensmittelabteilungen und Kinoschlangen. «Sie wird bald wiederkommen», versicherten wir einander, «und Mann, was wird ihr das leid tun, daß sie mit so einer Schaubudenmißgeburt, die noch dazu doppelt so alt ist wie sie, abgehauen ist! Sie hat sowieso nichts getaugt. Du glaubst gar nicht, wie die's getrieben hat. Wahrscheinlich hat sie inzwischen 'nen dicken Bauch. Oder schlimmer.»

Für Mrs. Drown war das ein Schlag, von dem sie sich nicht erholte. Wir sahen sie nach der Arbeit in Shavers Supermarkt, geschrumpft, verbittert, einen Korb mit Stangensellerie an einem arthritischen Unterarm hängend, um den Hals ein Taschentuch geknotet. Sie bildete sich ein, in einem windstillen Zentrum aus Förmlichkeiten zu existieren – «Wirklich, Mrs. Drown, dieser Regen hat es in sich, finden Sie nicht auch?» –, während die Geschichte ihrer Tochter um sie herumwirbelte, im Geraune der Stadt zirkulierte, sobald sie es nicht mehr hören konnte.

Noch kein Monat war verstrichen, da weigerte sie sich, das Haus zu verlassen. Sie wurde entlassen. Ihre Freundinnen schauten nicht mehr bei ihr vorbei. «Sie reden ohnehin zuviel», meinte sie zu Rosemary, die von der Schule abgegangen war, um den Job ihrer Mutter bei *Boise Linen* zu übernehmen. «Wer redet zuviel, Mom?» – «Alle. Alle reden hinter deinem Rücken. Du drehst dich um, und los geht's. Sie reden hinter dir her, erzählen sich Geschichten, von denen sie nicht die geringste Ahnung haben.»

Natürlich dauerte es nicht lange, und wir hörten auf, über Griselda zu reden. Sie kam nicht zurück. Eine dickliche Schwester, die vierzehn Stunden täglich arbeitete, oder eine durch das Verschwinden ihrer Tochter verbitterte Mutter besaß weder einen Neuigkeitswert, noch war sie interessant. In der High School gab es neue Leute, neuen Stoff für Gerüchte. Griseldas Geschichte wurde aus Mangel an neuem Material fallengelassen.

Unseligerweise hörte Mrs. Drown nie auf zu glauben, daß das Gerede nur einen Atemzug außerhalb ihrer Hörweite weiterlebte. Sie schrie uns an, wenn wir auf unserm Weg in die Berge an ihrem Bungalow vorbeikamen. «Hört auf zu tratschen!» brüllte sie aus dem Fenster. «Klatschmäuler!» Sie zog in Griseldas Zimmer, schlief in Griseldas Bett. Ihre Haut wurde fahl, dann gelb. Sie verließ nicht mehr das Haus, nicht mal, um zum Briefkasten zu gehen. Der Staub lag immer höher, der Hof wurde braun. Die Dachrinnen setzten sich mit verrottendem Laub zu. Das Haus sah aus, als würde es gleich im Erdboden versinken.

Während all dieser Zeit schrieb Griselda Briefe nach Hause. Rosemary fand sie in der Post, jeden Monat einen, zwischen Rechnungen – Briefumschläge adressiert in winziger Druckschrift unterhalb einer unordentlichen Reihe von Briefmarken und Poststempeln. Die Briefe waren kurz und voller Rechtschreibfehler:

Liebe Mammi, liebes Schwesterherz – in dieser Großstadt, in der wir sind, gibt es ein großes Stück Land, das für Tote reserviert ist. Sie werden in einer Art von hohen Regalen gestapelt, wie weiße Schränke mit Schubladen drin. Dazwischen sind Graswege. Es ist sehr schön. Unsere Show läuft gut. Die Aufstände sind auf der andern Seite der Insel. Wie ihr, wissen auch wir kaum, daß es sie gibt.

Nie erklärten die Briefe etwas, verrieten auch nie einen Anflug von Schuldgefühl oder ein bedauerndes Innehalten. Rosemary saß auf ihrem Bett und sprach stumm die Namen auf den Briefmarken und Stempeln nach: Molokai, Belo Horizonte, Kinabalu, Damaskus, Samara, Florenz. Es waren Namen von überall her. Jeder Umschlag trug einen Wohlklang wie Sizilien, Mazatlan, Nairobi, Fiji oder Malta, Namen, die für ihre Vorstellung die großen unbekannten Landstriche und Ozeane wachriefen, die jenseits von Boise lagen. Sie saß dann auf dem Bett, hielt stundenlang so einen Brief und stellte sich die Hände vor, die ihn auf seinem Weg weiterbefördert hatten, all die Hände zwischen ihrer Schwester und Boise, zwischen ihr selbst und dem wolkenrosa Alpenglühen Nepals, den tausendjährigen Gärten Kyotos, den schwarzen Wassern des Kaspischen Meers. Es gab eine Welt, die jenseits von *Boise Linen* und Shavers Supermarkt lag, außerhalb der rissigen und sich senkenden Bungalows im Norden der Stadt. Es war eine ganz und gar andere Welt. Hier war der Beweis. Ihre Schwester da draußen befand sich in ihr.

Ihrer Mutter zeigte Rosemary die Briefe nie. Sie war der Meinung, daß es für ihre Mutter am besten sei, wenn Griselda auf Dauer fort war, ein für allemal.

Für Rosemary drehte sich das Leben müde um diese Briefe, ihre Mutter und die Arbeit – trübe, schwerfällig und fade. Bei *Boise Linen* überwachte sie den gefärbten Stoff, während er auf eine Spule lief. Sie saß den ganzen Tag mit einer Schutzbrille da, hatte Rückenschmerzen und lauschte auf das Knirschen und Ächzen der Spulmaschinen. Sie nahm zu, lief ihre Schuhsohlen durch. Ging mit sorgfältig aufgestellten Einkaufslisten zu Shaver, rechnete mit einem Bleistiftstummel genau aus, wieviel sie ausgeben durfte, fütterte ihre verfallende Mutter mit Suppe. Sie machte sich nicht die Mühe, das Haus zu putzen oder sich Make-up zu kaufen. Die Gardinen wurden grau. Aus den Couchkissen wuchsen Twinkie-Papierchen. Ameisen gingen in den Limonadendosen auf den Fensterbrettern ein und aus.

Schließlich überließ sie ihre Jungfräulichkeit und ihren Ringfinger Duck Winters, dem schüchternen und übergewichtigen Schlachter bei Shaver, der ständig nach Rinderhackfleisch roch. Er zog in den versinkenden Bungalow. Machte sich auf linkische Weise nützlich, bastelte – in einer Hand die Bierdose – im Hof herum, spülte die schiefen Regenrinnen aus, ersetzte die alte Fliegentür und die gesprungenen Platten im Weg zum Haus. Er ertrug Mrs. Drown – ertrug es, daß sie fortwährend unsinniges Zeug über Klatschmäuler murmelte, darauf bestand, in Griseldas Zimmer zu schlafen, und vergaß, die Klospülung zu betätigen –, indem er sich mit wäßrigem Bier in einen Dauerzustand halber Betrunkenheit versetzte. Er war ehrlich und massig und schlief ein, während Rosemary neben ihm das Kreuzworträtsel riet. Gelegentlich rangen sie miteinander in unbeholfenem Sex. Es führte nie zu etwas.

Und noch immer kamen Griseldas Briefe, jeden Monat. Sendschreiben aus der ganzen Welt. Mißhandelte Prosa, in Umschläge gesteckt, frankiert und abgestempelt mit Sehnsucht weckenden Namen: Katmandu, Auckland, Reykjavik.

Zehn Jahre, nachdem Griselda mit dem Eisenesser durchgebrannt war, fand Duck Winters seine Schwiegermutter tot im Badezimmer. Eines natürlichen Todes gestorben. Rosemary verstreute die Asche ihrer Mutter hinterm Haus. Es regnete, und die Asche verklumpte undramatisch. Das, was von Mrs. Drown übriggeblieben war, bildete auf den Blättern der Pachysandra kleine Pfützen oder lief in schmutzigen Bächlein unter dem Zaun hindurch in den Hof des Nachbarn.

Als Duck an jenem Abend von der Arbeit nach Hause kam und sich ins Schlafzimmer schleppte, fand er Rosemary flach auf dem Bett, die dicken Beine ausgestreckt, mit von Tränen glänzenden Wangen, einen säuberlich zusammengebundenen Packen Briefumschläge auf den Knien und einen struppigen, ausgestopften Panda im Schoß. Duck legte sich neben sie und umfaßte ihren Hals. Rosemary sah ihn aus tränengeränderten Augen an. «Du mußt wissen», schluchzte sie, «daß meine Schwester all die Jahre geschrieben hat. Ich wollte nicht, daß Mom das rausfindet.» – «Ich weiß», flüsterte Duck. – «Sie ist überall gewesen, auf der ganzen Welt. An all diesen Orten mit demselben Mann.» Duck zog sie an sich, drückte ihren Kopf an seinen Bauch und wiegte sie. Sie erzählte ihm die Geschichte – Griseldas Geschichte –, während er sie beruhigte und ihr die Tränen wegküßte, die ihr über die Wangen liefen. «Ich weiß», flüsterte er. «Alle wissen es.»

Rosemary schluchzte, drängte sich an ihn. Sie hielten einander fest, Duck küßte sie auf den Kopf, mit dem Geruch ihres Haars in der Nase. Sie fingen an, sich zusammen in salziger, sorgsamer Zärtlichkeit zu bewegen, geduldig und liebevoll. Er küßte sie von oben bis unten. Danach lag Rosemary in Ducks dicken Armen und flüsterte: «Das sind die Geschichten meiner Schwester. Die sind für sie. Wir haben jetzt unsere eigenen Geschichten. Nicht wahr, Duck?» Er antwortete nicht. Vielleicht schlief er ja schon.

Am nächsten Morgen wachte Duck spät auf, und als er in die

Küche kam, verbrannte Rosemary gerade den letzten Umschlag ihres sorgfältig aufbewahrten Briefbündels. Zusammen sahen sie zu, wie er in der Spüle verbrannte, bis er schwarz war, und dann in Flocken zerfiel. Duck ergriff sie beim Handgelenk und zog sie mit sich hinaus unter einen leuchtenden Himmel. Der Regen des Vortages hatte das Grün der Bäume und des Grases aufgefrischt. Sie ließen ihre Wohngegend hinter sich und stiegen in eine namenlose Schlucht hinab, schnauften und keuchten in ihren von dem Gewicht überbeanspruchten Reeboks durch den Beifuß, wateten durch Prairiestar, Kresse und Sonnenblumen und durch zarte Samenschirme, die, losgetreten, durch die Luft schwebten. Keuchend blieben sie auf einem hohen Bergrücken stehen. Unter ihnen erstreckte sich die Stadt mit der Kuppel des Capitols, den baumgesäumten Straßen, den schmalen Reihen der Wohnsiedlungen im Norden und, in der Ferne, die glitzernden Owyhee Mountains. Duck zog sein Flanellhemd aus, legte es auf die Erde über die wilden Blumen, und sie liebten sich, dort zwischen den klagenden Grillen, den dahintreibenden Samenschirmen, unter dem Himmel, im Vorgebirge über der Stadt Boise.

Von da an lebten sie bis zu einem gewissen Grad zufrieden, lernten einander endlich – unmerklich – kennen. Duck tünchte den Bungalow, Rosemary stellte hinter dem Haus für ihre Mutter einen Stein auf. Sie putzten die Türen und die Fenster, brachten Kartons und Säcke mit alten Kleidern, Volleyball-Trophäen und Schulheften weg. Sie versuchten es mit Diäten. Wir sahen sie spazierengehen, Hand in Hand eine gemächliche Runde um den Camel's Back-Park. Griseldas monatliche Briefe landeten ohne einen einzigen Blick auf den Poststempel im Küchenabfall.

Eines Tages dann, Jahre später, erschien die Anzeige. Es war im Unterhaltungsteil der Sonntagsausgabe des *Idaho Statesman*, eine Anzeige von der Welttournee des Eisenessers – eine Art

Varieténummer, die Kult und auf der ganzen Welt immer ausverkauft war und die im Januar in der Sporthalle der Boise High
zur Aufführung kommen sollte. Die Anzeige war äußerst auf-
wendig. Sie nahm eine ganze Seite ein und zeichnete sich durch
absurde, eine in die andre überlaufende Quellen aus, durch ein
spärlich bekleidetes Cartoon-Mädchen, das haarsträubende
Dinge verkündete – so etwa, daß der Eisenesser noch niemals
den gleichen Gegenstand zweimal verspeist und vor nur zwei
Wochen bei seinem Aufenthalt in Philadelphia einen Ford Ran-
ger gegessen habe.

«Rosemary», sagte Duck über Kleie-Müsli und Doughnuts
hinweg, «du wirst das hoffentlich nicht glauben!»

Alle wollten Karten. Wir wollten es keinesfalls verpassen. Innerhalb von vier Stunden war die Vorstellung ausverkauft. Die
Telefone in der High School liefen heiß, und die Leute forderten lautstark einen größeren Veranstaltungsort. Aber Rosemary
wollte nicht hingehen. Sie wollte nichts davon hören, nicht im
Traum würde sie da hingehen. «Fünfundzwanzig Dollar pro
Person», stöhnte sie. «Das soll wohl ein Witz sein! Können wir
das nicht hinter uns lassen, Duck? Es vergessen?» Eine Woche
später kam ein Brief von Griselda mit dem Poststempel von
Tampa. Rosemary zerriß ihn in kleine Stücke, die sie in den
Mülleimer fallen ließ.

Am Nachmittag des Tages, an dem der Eisenesser abends in
der Turnhalle auftreten sollte, erklärte die Geschäftsleitung von
Shaver, daß der Supermarkt mit Ablauf des Monats seine Pfor-
ten schließen würde. Er habe seit Jahren rote Zahlen geschrieben, hieß es. Alle Leute kauften bei Albertson an der State.
Man würde die Angestellten sofort freistellen.

Duck ging mit schweren Schritten hinaus zur Laderampe
und setzte sich mit seiner blutigen Schürze auf eine Milchkiste.
Es schneite. Schneeklumpen schmolzen im Gang. Der Marktleiter klopfte Duck auf den Rücken und hielt einen Kasten Bier

hoch. Sie tranken und redeten ein bißchen darüber, wo sie wohl Arbeit finden könnten. Pinkelten in den Schnee. Der Marktleiter erhielt einen Anruf von seiner Frau. Sie konnte am Abend nicht mit ihm zu der Show des Eisenessers gehen. Er bot die Karte Duck an.

«Meine Frau», nuschelte Duck. «Sie würde mich nicht gehen lassen. Sie sagt, es ist Geldverschwendung.» – «Duck», stöhnte der Marktleiter auf, «wir haben gerade unseren Job verloren! Meinst du nicht, wir hätten mal einen Abend für uns verdient?» Duck zuckte mit den Achseln. «Hör zu», sagte der Marktleiter, «heute abend wird dieser Bursche *Metall* essen! Ich habe gehört, daß er vielleicht ein Schneemobil verspeisen wird.»

«Außerdem», fuhr er fort, «ist vielleicht Griselda Drown da.»

Jemand hatte in der Turnhalle der Schule eine Bühne aufgebaut, sie mit einem kastanienbraunen Vorhang verdeckt und mit Klappstühlen umgeben. Fünfundzwanzig Dollar pro Person, und die Halle war brechend voll. Mit einer halben Stunde Verspätung ächzte der Vorhang in die Höhe, und da war der Eisenesser, saß an einem Tisch. Er war klein, ein gut erhaltener Fünfziger in schwarzem Anzug, weißem Hemd und mit schwarzer Krawatte. Er saß da, sehr korrekt, und ein Heiligenschein aus grauen Haaren umgab seinen rosa glänzenden Schädel, der wie ein halbes Ei daraus hervorragte. Seine Augen waren grau und standen zu weit auseinander. Sein Blick war zurückhaltend. Er saß still da, hielt die Hände im Schoß gekreuzt. Hinter ihm bewegte sich kurz ein mit Pailletten besetzter blauer Vorhang, hing aber gleich wieder still herab.

Wir warteten, scharrten mit unseren dicken Stiefeln angesichts dieses wenig aufregenden Anblicks, des unscheinbaren Mannes da an seinem leeren Tisch im Schein der nackten Turnhallenlampen. Wir flüsterten, rutschten hin und her, schwitzten. Auf uns lastete der schwere Dunst von einer Menschenansammlung in Parkas.

Draußen auf dem Schulgelände fiel der Schnee auf Großraumlimousinen und Kombis, und die Luft roch inzwischen nach Schneematsch und Ungeduld. Ein Baby fing an zu brüllen. Die mit Gummikappen versehenen Beine der Klappstühle quietschten auf dem Hartholzboden und Schneestiefel auf der Wurflinie.

Wir studierten unsere in einer lächerlichen Schrift gehaltenen Handzettel, deren Buchstaben ineinandertropften und die unmögliche und außergewöhnliche Dinge behaupteten: Erleben Sie den Eisenesser, der alte Blechgegenstände verzehrt, einen ganzen Außenbordmotor, keine Nummer zweimal. Es fiel schwer zu glauben, daß der kleine Mann am Tisch überhaupt etwas tun würde. Duck kam mit dem Marktleiter herein, und sie fanden in einer der letzten Reihen noch zwei freie Stühle, über deren Sitze ihre dicken Oberschenkel hingen.

Dann glitt der paillettenbesetzte Vorhang im Hintergrund zur Seite, und heraus kam eine Frau, die nur Griselda Drown sein konnte. Sie schien einzig und allein aus Beinen zu bestehen in ihrem geschlitzten glänzenden Kleid und mit diesen Schuhen, deren Absätze lächerlich hoch waren und in zwei winzigkleine Enden ausliefen. Wie konnte sie mit solchen Absätzen laufen oder auch nur stehen? Aber diese langen Unterschenkel schritten aus, und das Kleid funkelte wie verrückt. Ein paar Männer pfiffen. Sie war groß wie eine Giraffe, bewegte sich jedoch angemessen elegant, von ihrem Körper ungehindert. Ihr Haar war streng nach hinten gekämmt, so als hätte es jemand in einen Schraubstock gespannt, und ihre Augen glichen Wasserstrudeln. Mit ihren langfingrigen Händen schob sie eine Art Servierwagen über die unebenen Bretter der Bühne hin zu dem Tisch, an dem der kleine Mann saß.

Sie überragte den Eisenesser, der ihr bis zu den in das glitzernde Kleid gezwängten Brüsten mit der weichen dunklen Linie dazwischen reichte. Sie nahm eine weiße Serviette von ihrem Wagen, hielt sie über den kahlen, glänzenden Schädel des Eisenessers, schlug sie mit einem Knall aus, legte sie ihm

um und verknotete sie in seinem Nacken. Dann nahm sie nach-
einander ein Buttermesser, eine Gabel und einen Blechteller
vom Wagen, schlug mit dem Messer gegen die Gabel, um zu
beweisen, daß beide aus Metall waren, und dann mit beiden
gegen den Teller – auch der aus Metall. Dann deckte sie mit
allem den Tisch – Gabel, Messer, Teller.

Der Eisenesser saß starr vor seinem Gedeck. Griselda drehte
sich unter großem Gefunkel um und schob ihren Wagen wieder
dorthin, woher sie gekommen war. Das geschlitzte Kleid ließ
ihre langen, dicken, sonnengebräunten Schenkel sehen. Der
Wagen ratterte, blieb stehen. Sie selbst verschwand hinter dem
paillettenbesetzten Vorhang. Der Eisenesser saß allein an seinem Tisch im grellen Licht der summenden Turnhallenbirnen.

Was würde er essen? Würde Griselda gleich eine gräßliche
Metallmahlzeit herbeirollen, eine Kettensäge oder einen Büro-
stuhl? Die Zeitungen behaupteten, der Eisenesser habe einen
Rasenmäher gegessen und den Flügel einer Cessna verschluckt.
Wie konnte so etwas möglich sein? Was würde sie ihm auf den
Teller tun? Einen Nagel? Eine Rasierklinge? Oder eine pope-
lige Reißzwecke? Wir hatten nicht fünfundzwanzig Dollar bezahlt, um hier wie die Heringe zu sitzen und zuzusehen, wie ein
winziger Mann einen Reißnagel verschluckt. Der Marktleiter
verkündete, daß er sein Geld zurückfordern würde, wenn sie
nicht innerhalb der nächsten zehn Minuten Ducks Schwägerin
wieder auf die Bühne brächten.

Der Eisenesser saß selbstgefällig da, die Serviette um den
Hals. Er nahm Messer und Gabel in seine kleinen rosa Fäuste.
Hielt sie senkrecht, Griff nach unten, auf dem Tisch wie ein
Kind, das ungeduldig auf sein Abendessen wartet. Dann nahm
er mit einer lässigen Sicherheit, die beinahe entsetzlich war, das
Messer, ließ es in seinen Hals gleiten und machte den Mund
wieder zu. Er saß da, adrett und ungerührt, den Blick auf die
Zuschauer gerichtet, von denen einige das Kunststück gar nicht
mitbekommen hatten und erst jetzt den Kopf drehten, als Brü-

der oder Onkel sie am Ärmel zupften. Um die Lippen des Eisenessers spielte die Andeutung eines Lächelns. Sein Adamsapfel war das einzige an ihm, was sich bewegte. Er fuhr wie verrückt auf und ab und hin und her wie ein kräftiger, wütender Affe, der an einem Knöchel angekettet ist.

Dem Messer ließ er die Gabel folgen, die er vorsichtig hinunterstieß. Während er sie verschluckte, faltete er den Teller zweimal zusammen. Seine Kehle arbeitete dabei wie wild, während seine Schultern absolut ruhig blieben. Dann steckte er den zusammengefalteten Teller in den Mund und schob ihn mit einem Finger hinunter. Sein Adamsapfel zuckte, saß fest, sprang auf und ab. Nach einer halben Minute oder so wurden seine Bewegungen langsamer, und dann nahm er wieder seine ursprüngliche, ruhige Stellung ein. Der kleine Eisenesser knotete seine Serviette auf, tupfte sich die Mundwinkel ab, stand vom Tisch auf und verbeugte sich. Warf dann die Serviette in die ersten Sitzreihen hinunter.

Zunächst kam der Beifall zögerlich. Nur der Marktleiter und ein paar andere hinten in der Halle klatschten. Aber dann schlossen sich weitere an, und der Applaus nahm zu, und bald waren wir alle außer uns, brüllten und tobten und trampelten mit Stiefeln auf den Boden. «Was sagt man dazu?» brüllte der Marktleiter. «Wirklich, was sagt man dazu?»

Als der Beifall langsam nachließ, kamen drei große Männer mit Werkzeuggürteln herausgeeilt, hoben den Tisch hoch und schleppten ihn von der Bühne. Der Beifall verstummte. Die großen Deckenlampen in der Turnhalle gingen eine nach der anderen aus, und man hörte, als es stiller wurde, ihr beim Abkühlen entstehendes Ticken. Das einzige Licht im Raum kam von den roten «Ausgang»-Zeichen.

Schließlich ging ein blauer Scheinwerfer an, ein einzelner Lichtstrahl, der von der Decke auf die Mitte der Bühne gerichtet war, wo plötzlich eine hochgewachsene Gestalt in silberner Rüstung stand, komplett mit Helm, von dem eine Pfauenfeder nickte. Ein zweiter Scheinwerfer ging an, gelb diesmal, und beleuchtete den Eisenesser, der sich wie ein winziger – allerdings gut gekleideter – bäuerlicher Untertan neben der gepanzerten Gestalt postiert hatte. In der Hand hielt er einen Hocker, den er hinstellte, um sich mit dem Gesicht zum Publikum daraufzusetzen. Er zog einen kleinen Schlichthammer aus der Tasche und drehte ihn in der Hand. Dann nahm er der gepanzerten Gestalt eine Beinschiene ab, faltete sie und hämmerte sie auf dem Bühnenboden flach. Dann faltete er sie noch mal und hämmerte sie wieder flach. Dann schob er sie in den Mund und schluckte sie, zufrieden auf seinem Hocker sitzend, hinunter, wobei sein Adamsapfel wie wild auf und ab hüpfte. Dort, wo die Beinschiene gewesen war, konnten wir in dem blauen Lichtstrahl einen langen Unterschenkel und einen nackten Fuß sehen.

Der Eisenesser brauchte kaum eine Minute, um die Beinschiene zu verschlucken. Augenblicklich ging er zur nächsten über. «Was sagst du dazu?» flüsterte der Marktleiter. «Ist das wirklich echt?» Er schüttelte Duck bei der Schulter. Die Zuschauer kamen allmählich in Schwung, klatschten bei jedem neuen Teil der Rüstung, die der Eisenesser entfernte (die Schenkelstücke als nächstes), und als klar war, daß die dicken, sonnengebräunten Beine Griselda gehörten, standen wir und trampelten, es gab Sprechchöre und Beifallsrufe, und alle strahlten und genossen die Vorstellung. Der Eisenesser schluckte immer weiter, wobei sein rasender Adamsapfel jedes Teil dorthin beförderte, wo es hin sollte.

Es dauerte zwanzig Minuten, und der Eisenesser hatte den größten Teil der Arbeit geschafft. Er stand neben seinem Hocker und zog liebevoll den zweiten Handschuh ab. Alles, was er jetzt noch essen mußte, waren der Helm und das massige Bruststück. Griselda hielt die Arme vom Körper ab, die Handflächen nach oben gedreht, wie sie sie schon während der ganzen Vorführung gehalten hatte. Wir stampften im Rhythmus der Schluckbewegungen, die der Eisenesser machte.

Als er den zweiten Handschuh hinuntergeschluckt hatte, schob der Eisenesser seinen Hocker hinter Griselda und stieg hinauf. Unsere Stiefel hämmerten auf den Boden. Der Eisenesser schob die Arme über seinen und ihren Kopf, zog die Pfauenfeder aus dem Helm und ließ sie auf den Boden der Bühne segeln. Dann nahm er Griselda mit einer schwungvollen Geste den Helm ab. Ihr langes, orangerotes Haar fiel frei herunter, und wir gerieten außer uns vor Begeisterung, schrien und applaudierten und pfiffen. Der Eisenesser stieg von seinem Hocker herunter, nahm den Helm und trat ihn flach, faltete ihn und trat wieder darauf herum. Dann fiel er mit den Zähnen darüber her. Er brauchte über zwei Minuten, um ihn zu essen, und als er damit fertig war, hatte sich unsere Begeisterung zur Raserei gesteigert, und ein einziges schäumendes Gebrüll brachte die Dachbalken der alten Turnhalle zum Erzittern. Der Marktleiter umarmte Duck, und Tränen liefen ihm über die Backen. «Also wenn das nichts ist!» rief er. «Wenn das nichts ist!»

Der Eisenesser stieg wieder auf seinen Hocker, streckte die Arme so weit aus, wie er konnte, und fuhr mit den Händen zärtlich Griseldas Arme entlang, über ihren Bizeps zu den Schultern und schließlich unter das Bruststück der Rüstung. Er löste es, hielt es einen unerträglich langen Augenblick vor sie hin und hob es schließlich hoch über ihrer beider Köpfe in das zitternde blaue Scheinwerferlicht, und wir erblickten Griselda, ihren breiten, flachen Bauch, ihren Nabel, ihre Brüste und ihre ausgestreckten Arme – ein Meisterwerk von einer Frau, eine in einem Lichtstrahl erstarrte marmorne Bildsäule, ein Denkmal in Gold und Blau. Von stürmischem Beifall umtost, richtete der Eisenesser das letzte Teil her, bis er es in den Mund bekam. Schluckte es hinunter. Die großen Männer mit den Werkzeuggürteln erschienen, wickelten Griselda in einen roten Kimono und trugen sie von der Bühne.

Hinterher – nachdem sich der Aufruhr gelegt hatte, Verbeugungen gefordert und noch einmal gefordert worden waren und die Lampen in der Turnhalle mit voller, schneidender Kraft brannten, während die Männer mit den Werkzeuggürteln die Bühne abbauten – saß Duck völlig erschlagen und schweißgebadet da. Dann schob er sich in seinen großen, bauschigen Mantel, stand auf, wankte hinaus auf den von Autoscheinwerfern erhellten Parkplatz und schlurfte durch den frischen Schnee.

Ganz hinten auf dem Parkplatz tuckerte ein riesiger Lastwagen. Seine Scheibenwischer glitten langsam über die Windschutzscheibe. Fahrlichter glühten gelb auf dem Dach des Führerhauses und entlang den Umrissen des Trailers. Von Stoßstange zu Stoßstange war der Lastwagen in einem extravaganten Grün lackiert, mit dem Logo des Eisenessers in einem kraftvollen Schriftzug quer darüber. Noch ehe Duck wußte, was er tat, ging er an seinem Auto vorbei zu dem Lastwagen und klopfte ans Fenster des Führerhauses. Griselda selbst öffnete die Tür, beugte sich, einen Fuß aufs Trittbrett gestellt, heraus, das Gesicht von orangerotem Haar umrahmt. Sie sah aus wie eine sehr großgewachsene Rosemary und blickte ihn unter halbgeschlossenen Lidern hervor an wie Rosemary, wenn diese versuchte, sich über etwas klar zu werden. «Ich bin Duck Winters», sagte Duck. «Ich weiß alles über dich.» Er stammelte, lächelte, fragte sie, ob sie bei ihnen vorbeischauen wolle auf eine Tasse Tee oder Bier oder sonst irgendwas. «Ich denke, du solltest deine Schwester sehen», sagte er. «Es wäre vielleicht gut. Ich hab' heute meinen Job verloren.» Er versuchte ein Lächeln, das mehr ein Schulterzucken war. Griselda lächelte zurück. «Okay», sagte sie. «Sobald alles eingeladen ist.»

Und so kam es, daß Duck Winters nach Mitternacht durch die verschneiten und stillen Wohnstraßen im Norden von Boise langsam und vorsichtig nach Hause fuhr, dicht gefolgt von einem grellbunten, riesigen Fernlaster, der mit seinem Verdeck den Schnee von den überhängenden Ästen streifte.

Rosemary erwachte vom Geräusch der auf der Straße seufzenden Druckluftbremsen. Sie hörte Stiefel auf dem Weg zum Haus, leise Stimmen und das Schmatzen der sich öffnenden Kühlschranktür. Sie setzte sich im Bett auf. Duck kam eilig den Flur entlang, Schneespuren auf dem Läufer hinterlassend. Das Haar klebte ihm schweißnaß am Kopf, seine Backen waren gerötet. Die Hand, die er Rosemary auf die Schulter legte, steckte noch im Fäustling. «Rosie», zischte er, «bist du wach? Du wirst es nicht glauben!» Er platzte fast. «Du wirst es einfach nicht glauben!»

Er packte sie bei den Handgelenken und zerrte sie aus dem Bett. So wie sie war, mit zerzaustem Haar und in einem engen T-Shirt und grünen Trainingshosen, zog er sie hinter sich her durch die schmelzenden Schneespuren den Flur entlang zur Küchentür, damit sie ihre Schwester sähe, die riesengroß und strahlend und glitzernd in einem roten Kimono am Küchentisch saß, Hand in Hand mit einem kleinen Mann in schwarzem Tweedanzug und mit einem verlegenen Gesichtsausdruck. Auf dem Tisch stand vor jedem von ihnen eine ungeöffnete Bierdose.

Es war Rosemary nicht möglich, Griselda anzusehen – ihre Gegenwart war zu sonnengleich für diese Küche mit ihren gesprungenen Arbeitsflächen und furnierten Schränken, der Schachtel mit altbackenen Krapfen, einer verwelkten Amaryllis, die aus ihrem Plastiktopf hing, dem Porzellanweihnachtsmann auf dem Fensterbrett, den sie schon seit Wochen hätte wegräumen sollen. Mondlicht fiel in Parallelogrammen durchs Küchenfenster. Im Spülbecken stand eine halbvolle Schale mit matschigen Cornflakes.

Duck drängte sich an ihr vorbei, war aufgeregt, konnte nicht stillstehen, so daß sein Bauch unter der Jacke wabbelte. «Das ist deine Schwester», sagte er gefühlvoll, «und ihr Mann Gene. Du hättest sie heute abend sehen sollen, Rosie, ihre Show! Es war unglaublich! Unglaublich! Du würdest es nicht glauben! Ihr beiden solltet miteinander reden, Rosie, du und deine Schwester, finde ich. Seit zwanzig Jahren ist sie das erste Mal wieder zu Hause! Sie sagt, sie hat einen Brief geschrieben. Es ist nett von ihnen, daß sie gekommen sind, findest du nicht? Ihr Lastwagen steht draußen. Sie wohnen sogar darin! Wir können auch Tee trinken, Leute, wenn ihr das Bier da nicht mögt.»

Durchs Küchenfenster sah Rosemary viele von uns (vielleicht zwei Dutzend Leute aus der Nachbarschaft) über den Rasen stapfen – Gestalten, die das Fahrerhaus des Lasters begutachteten, Gesichter, die durchs Wohnzimmerfenster spähten. Griselda fragte Rosemary, ob sie die Briefe bekommen habe, und Rosemary gelang es zu nicken. Griselda sagte etwas über das neu installierte Licht über der Spüle, wie schön das aussehe. Rosemary sah zu, wie sich ein matschiger Stiefelabdruck auf dem Küchenfußboden in Wasser verwandelte.

Duck machte sich in der Küche zu schaffen, stöberte im Kühlschrank herum. Er bot den Gästen Dauerwurst an und Nudelsalat, drückte Rosemary eine Dose Bier in die Hand und verkündete, daß der Eisenesser eine komplette Ritterrüstung in seinem Magen habe – «... und das genau hier, Rosie, hier bei uns in unserer Küche. Ist das nicht Wahnsinn?»

Rosemary stand steif und barfuß in der Tür. Ihre Schwester, die Männer, die neugierigen Nachbarn und der Lastwagen vor dem Haus – all das befand sich undeutlich am Rande ihres Gesichtsfelds. Sie blinzelte ein paarmal. Die Bierdose in ihrer Hand war kalt. Der Stiefelabdruck aus Schnee auf den Küchenfliesen verwandelte sich in Wasser.

Sie ging durch die Küche, setzte die Bierdose auf dem Tisch ab und riß ein Stück Küchenkrepp vom Halter unter der Spüle. Sie tupfte an dem Stiefelabdruck auf dem Küchenboden herum und sah zu, wie das Papier den grauen Matsch aufsaugte. «Duck und ich», sagte sie, «wir sind seit fünfzehn Jahren verheiratet. Weißt du das, Griselda?» Ihre Stimme zitterte nicht, und sie war froh darüber.

Sie richtete sich auf und stützte sich auf den Tisch, das feuchte, zusammengeknüllte Stück Küchenkrepp in der Hand. «Weißt du, daß Mom immer mit einer deiner Volleyball-Trophäen im Arm schlafen ging? Weißt du, daß wir, als sie gestorben war, ihre Asche hinterm Haus verstreut haben? Hast du das gewußt? Wo ich arbeite, da färbe ich den ganzen Tag riesige Leinwandbahnen und führe sie Rollen zu. Das ist das, was Mom früher gemacht hat. Während wir in der Schule waren. Jeden Tag.»

Sie nahm Ducks Hand und hielt sie fest. «Früher wollte ich hier weg», sagte sie. «Ich wollte unbedingt weg aus Boise. Aber das hier» – mit einer Kopfbewegung deutete sie auf die Küche, die Schale mit übriggebliebenen Cornflakes, die Amaryllis und den Porzellanweihnachtsmann – «das ist wenigstens ein Leben. Ein Ort, zu dem man heimkommen kann.»

Griselda hatte angefangen zu weinen, ein leises Schluchzen wie Geflüster. Rosemary sprach nicht weiter. So ein Augenblick wie dieser – sie alle vier um den Tisch unter der tristen, staubigen Küchenlampe – konnte niemals all das fassen, was sie zu sagen hatte. Sie ging zum Eisenesser, nahm ihn beim Handgelenk und führte ihn zur Tür hinaus in den Schnee. «Hey!» schrie sie den Lastwagen an, das Vorgebirge, das sich weiß unter dem Mond erhob, schrie uns alle an, die wir auf ihrem Rasen standen. «Hier ist er! Ich will, daß ihr alle gut hinschaut. Seht ihn euch an!» schrie sie. «Ihr glaubt, Eisen zu essen ist schwerer als das, was ich mache? Ihr findet diesen Mann erstaunlich? Seht ihn euch an!»

Aber – und daran erinnerten wir uns später – es war sie, die wir anschauten: Ihre Haare, die auf ihrem Kopf zitterten wie Flammen, ihre zurückgenommenen Schultern, ihre wogende Brust – ein Bild der Kraft und der Wut. Sie loderte, war großartig, dort im Schnee, barfuß, in einem T-Shirt und in grünen Trainingshosen, als sie uns anschrie. Griselda erschien, nahm den Eisenesser beim Arm und führte ihn zum Lastwagen. Duck brachte Rosemary ins Haus und machte die Tür zu, und das Licht im Haus ging aus, und die Vorhänge wurden mit einem Ruck zugezogen. Wir sahen zu, wie der große Lastwagen mühsam in Gang kam und an der Einfahrt vorbeirumpelte, und dann gingen wir einer nach dem anderen durch den fallenden Schnee nach Hause, und es wurde immer stiller, bis nichts mehr zu hören war außer den Flocken, die von den Bergen kamen und gegen unsere Fenster drängten.

Ein Geschrei auf den Straßen. Der Mut gerät ins Wanken, erwacht zu neuem Leben, sinkt wieder. Griseldas Briefe kamen nach wie vor einmal im Monat, und Rosemary und Duck lebten weiterhin ihr Leben. Duck fand Arbeit in einem Steakhaus am Grill. Rosemary erbte einen Beagle von einer Kollegin, die gestorben war. Das war, als Boise wie verrückt wuchs und immer neue Leute auftauchten, Leute, die sich in den Bergen Villen bauten, Leute, die keine Ahnung hatten, daß es einmal einen Shavers Supermarkt gegeben hatte.

Gelegentlich bummelten wir im Frühling am Bungalow vorbei und sahen Rosemary mit dem Rätsel im *Statesman* auf der Stufe vor der Haustür sitzen. Neben ihr auf einem Stuhl döste Duck, und der Beagle, der zwischen ihren Füßen saß, beobachtete uns. Rosemary kaute dann beim Nachdenken auf dem Ende ihres Bleistifts herum, und wir fingen an, demjenigen, der gerade bei uns war, die Geschichte zu erzählen, stiegen dabei, gestikulierend, die steilen Pfade ins Vorgebirge hinauf bis zu einem Platz, von dem aus wir die Berge dahinter sehen konnten, die sich, von der Sonne beleuchtet, gezackt und endlos bis zum Horizont hinzogen.

Der 4. Juli

Am 4. Juli war es so gut wie zu Ende. Die Amerikaner machten sich auf den Weg, um ein letztes Mal an der Neris zu angeln. Sie bestiegen einen Obus vor dem Balatonas Hotel, quetschten sich hinein, Schulter an Schulter mit grimmigen Litauern – schnurrbärtigen alten Frauen, mißmutig aussehenden Männern mit schmalen Schlipsen, einem Mädchen im Minirock mit einem Bündel von Nasenringen – und standen da in ihren hohen Wasserstiefeln und hielten ihre Bambusruten aus dem Fenster, damit sie nicht abgebrochen wurden. Der Obus fuhr an den grünen Marktständen und den markisengeschützten Schaufenstern in der Pilies-Straße vorbei und an der Kathedrale mit ihrem Glockenturm unterhalb des Schlosses auf der Landzunge. Unter Klappern hielt er an der Zaliasisbrücke, und die Amerikaner stiegen aus und rutschten die glatte, graslose Böschung unter den Brückenbögen hinab, wo sich der Fluß zwischen Betonufern dahinschleppte. Sie verteilten sich auf dem Kopfsteinpflaster, spießten Brotwürfel auf ihre Haken und warfen sie aus in den Strom.

Zur Mittagszeit legten sie ihre Angeln nieder und brüteten stumm auf den Gehwegsteinen vor sich hin. Es dauerte nicht lange, und die schlankbeinige Lehrerin kam mit ihren Schülerinnen an den Fluß wie schon jeden Tag in dieser Woche, damit diese auf die Amerikaner zeigen und sie Dummköpfe nennen konnten.

Aber die Geschichte ist sich schon selbst voraus. Zunächst also der Anfang.

Dazu müssen wir in Amerika sein, in Manhattan, in den Ledersesseln eines steifen Angelklubs mit präparierten Speerfischen an der Wand, Kaffeemaschinen aus Messing und gedämpfter Unterhaltung. Die Amerikaner, Industrielle im Ruhestand und sämtlich angelnde Mitglieder, saßen in einer Reihe an der Bar, bedienten sich hin und wieder von den Platten mit Tempura und tranken Wodka-Martinis. Hinter ihnen saß eine Horde britischer Sportangler, die Margaritas in sich reingossen und beleidigende Bemerkungen über das Können amerikanischer Angler machten. Die Dinge spitzten sich zu. Nach kurzer Zeit vollführten die Briten einen Holzschuhtanz um die Billardtische und grölten geschmacklose und anti-amerikanische Prahlereien über jüngste Erfolge beim Haifisch-Angeln. Die Amerikaner fuhren fort, Tempura einzutunken, waren aber schließlich doch beleidigt.

Es kam zu den üblichen Provokationen – Tequila, Hinweise auf die Marshallplanhilfe, unanständige Fragen zum Geschlecht der Königin und den nächtlichen Vorlieben des Präsidenten. Die Situation eskalierte, wie das so ist, und es kam zu einer Herausforderung. Die Idee eines Wettkampfs war geboren. Limeys gegen Yankees. Die Alte Welt gegen die Neue.

Bei dem Wettkampf ging es um folgendes: Die Seite, die als erste auf jedem der Kontinente den größten Süßwasserfisch an Land zog, hatte gewonnen. Ein Monat pro Kontinent. Die Verlierer mußten nackt über den Times Square ziehen und dabei Schilder mit der Aufschrift «Wir können nicht angeln» schwenken. Europa sollte der erste Kontinent sein. Der Wettstreit sollte augenblicklich beginnen.

*

Am nächsten Morgen berieten die verkaterten Amerikaner bei Würstchen im Blätterteig und Bloody Marys. Man überlegte, wo man angeln solle. Hemingway habe in Spanien gefischt, meinte einer, aber ein anderer wandte ein, daß Papa Hemingway in

Deutschland und nicht in Spanien geangelt und so oder so nichts gefangen habe. Wieder ein anderer erklärte, Teddy Roosevelt habe einmal einen fünfzehn Pfund schweren Sonnenbarsch aus einem Kanal in Venedig gezogen, woraufhin die Gruppe in Schweigen verfiel und sich vorstellte, wie der untersetzte Teddy Roosevelt einen Speisefisch von der Größe eines Gullideckels in eine wackelige Gondel zwang, wobei die Sonne in einem seiner Brillengläser funkelte. Schließlich ließen sie sich ein Telefon bringen, und ein junger Mann bei L. L. Bean riet ihnen, es in der finnischen Rentiergegend zu versuchen. «Zwei Wochen im Rentierland», so schwärmte er, «und Sie kriegen Ihren Fisch!»

Folglich begannen sie das Ganze mit zwei Tagen in Helsinki, während derer sie Kognak tranken, unglaublich teure Telefongespräche nach Amerika anmeldeten und mit den Zimmermädchen flirteten. Sie händigten dem Portier eine Einkaufsliste aus: Schwedische Müsliriegel (13 Kartons) und norwegischer Wodka (3 Dutzend Flaschen).

Dann mit einem Zug nach Norden. Dann ein antiker Autobus mit lila Samtpolstern. Dann mit einem nassen Kajütenboot vierzig Meilen einen schwarzen Fluß hinauf in die silberne Moorlandschaft Lapplands. Das Boot drang in ernstzunehmende Wildnis vor, wo es still und morastig war und der Fluß von undurchdringlich aussehendem Dickicht gesäumt wurde. Zwei zottige Bären trotteten über eine Moräne am Fluß. Die Amerikaner standen am Bug und sahen krank aus.

Der Kapitän manövrierte das Boot rückwärts neben eine morsche Anlegestelle. Dahinter befand sich eine Hütte mit durchhängendem Dach, die aufgegebene Behausung eines Goldwäschers, mit Drahtfenstern und einem schiefen Schornstein. Der Kapitän warf die Matchsäcke und das Angelzeug an Land und brauste davon. Die Amerikaner standen auf dem schwankenden Anlegesteg und schlugen nach den Mücken. Über ihnen kam von den Fjorden her Regen hereingekrochen und fiel grau und trist auf den Fluß.

Zwei Wochen lang waren sie naß. Jeden Abend kamen sie zitternd und sich die Nase an ihren Gore-Tex-Ärmeln abwischend zu der windschiefen Hütte gewatet, zogen ihre hohen Gummistiefel aus und Fleecepullover über die nasse Brust. Vierzehn Tage lang gab es feuergeschwärzte Batzen Lachs auf Spießen, Müsliriegel und Flasche auf Flasche norwegischen Wodka, kristallen und schmerzhaft. Draußen stieg unter dem unaufhörlichen Nieselregen kalt und teefarben der Fluß.

Sie holten Hunderte einen Fuß lange Lachse ein – nichts größeres. Durchgeweicht und kopfschmerzgeplagt angelten die Amerikaner in Wolken von Mücken gehüllt grimmig weiter – bis in die lange Abenddämmerung und wieder in der sich hinziehenden Morgendämmerung. Ihre zwei Wochen liefen ab. Der größte Fisch, den sie an die Angel bekamen, war ein dreiunddreißig Zentimeter langer Lachs, den sie fotografierten und umgehend ausnahmen.

Der Kapitän, der sie zurückbrachte, hatte einen Rentierzüchter bei sich, der einen Pelzmantel und einen Schal mit Schottenmuster trug und ein völlig entstelltes Englisch sprach. Der meinte, wenn sie große Fische wollten, dann sollten sie in Polen angeln, in einem Wisentreservat mit Namen Bialowieza. «Riesige Forellen», sagte er und zeigte ihnen mit den Händen, wie riesig.

Wieder in Helsinki, gruppierten sich die Amerikaner über Steaks und Chips neu. Der Kellner brachte ihnen einen Umschlag. Darin befand sich eine Polaroid-Aufnahme der Briten, die über einer Reihe von Regenbogenforellen strahlten, die alle mehr als sechzig Zentimeter lang waren und deren silberne Leiber im Blitzlicht glänzten. Im Hintergrund schimmerte der Eiffelturm hell und unverwechselbar im Junilicht.

Noch vierzehn Tage.

Zwei überbuchte Lufthansa-Flüge später stapften die unverzagten Amerikaner durch den Zoll in Warschau. Draußen sprach sie ein wild aussehender Taxifahrer an und trieb sie in seinen Taxi-Kleinbus. «Ah», sagte er nickend, «das Wisentreservat. Bialowieza.» Er lehnte sich über seinen Sitz zurück und zwinkerte. «Gefährlich, die Gegend da. Gefährlich ... gefährlich.»

Er zwinkerte noch einmal, stellte seinen Taxameter ab, trat aufs Gas, und los ging es in rasender Fahrt durch ein verwirrendes Labyrinth unbefestigter Straßen. Nasse Wälder rasten heran und vorbei, spindeldürre Weißbirken und riesige Eichen und zwischen den Wäldern Felder oder Ansammlungen kleiner, grauer Häuser. Es war schon fast dunkel, als der Kleinbus unter einer Gruppe dichtbelaubter Hainbuchen rutschend zum Stehen kam. Der Fahrer schob die Tür auf, warf die Ausrüstung seiner Fahrgäste hinaus und verkündete, daß er in einer Woche wieder da sein werde. Wenn sie ihren großen Fisch hätten. Zwinker, zwinker ... pst, pst. Sein Kleinbustaxi schleuderte bei der Abfahrt Kieselsteine hinter sich hoch.

Die Amerikaner wanderten los. Torfmoosland, flach, überschwemmt, mit üppiger Vegetation – Moore zwischen Fichtenwäldchen, verfaulte Baumstämme und weicher Untergrund. Der Wald vor ihnen ein schwimmender grünschwarzer Schwamm. Zwischen von Pilzen angefressenen Bäumen graue, wirbelnde Insektensäulen.

Müsliriegel mampfend kletterten die Amerikaner über eine Reihe von Zäunen, der erste aus Holz, der letzte aus Maschendraht. Als es dunkel wurde, kamen sie an einen Fluß, dessen schwarze Riffelung unter Wolken von Mücken kaum sichtbar war, und schlugen ihre Zelte unter einer Gruppe ächzender Linden auf. Die Sprünge preiswürdiger Forellen schmückten ihre Träume.

Sie erwachten davon, daß schwarze Wisentnasen nach Rosmarin riechenden Atem durch die Gitterstoff-Fenster des Zelts schnaubten. Eine zottige, gehörnte Herde hatte am Flußufer haltgemacht, käute wieder und sabberte grünen Speichel. Als die Amerikaner aus dem Zelt kamen, entdeckten sie eine Wisenthirtin in Shorts, die ihre Matchsäcke durchwühlte.

Die Wisenthirtin hatte ein automatisches Gewehr und wollte nichts mit Bestechung zu tun haben. Sie wartete auf einer Bank vor einem weißrussischen Grenzhaus und aß konfiszierte Müsliriegel, während behelmte Polizisten die amerikanischen Angelrutenbehälter aufschraubten, in die Schachteln mit den Fliegen spähten und die Matchsäcke umdrehten. Ein winziger Polizeihauptmann in aufblasbaren Basketballschuhen stellte den verblüfften Amerikanern in einer Art von Verhör eine Reihe von Fragen zum Profi-Basketball. Hatte Patrick Ewing eine Frau? Wie sorgfältig achteten amerikanische Schiedsrichter auf die Drei-Sekunden-Regel? Wieviel mußte man in Amerika für Basketballschuhe mit eingebauten Pumpen bezahlen?

Als er zufrieden schien, nickte er. Dann ließ er aus einem seiner Turnschuhe die Luft ab und pumpte ihn wieder auf. Schließlich sagte er mit einer weit ausholenden Armbewegung über ihre Angelausrüstung hin: «Das alles hier muß weg.»

«Aber wir wollten doch bloß angeln», beharrten die Amerikaner. «Forellen.»

«O ja», sagte er nickend und pumpte den andern Schuh auf. «O ja, es gibt Forellen, große Forellen in der Biebzra.» Er sagte etwas zu seinen Männern, und sie wiederholten: «Große Forellen» und zeigten den Amerikanern mit den Händen, wie groß sie waren.

«Aber sehen Sie» – ihr kleiner Chef schüttelte den Kopf – «Amerikaner dürfen hier nicht angeln. Das ist illegal. Die Zaren haben hier Keiler geschossen. Und polnische Könige vor ihnen. Litauische Fürsten. Alle haben Keiler geschossen.»

«Wir haben keine Keiler geschossen», sagten die Amerikaner. «Wir haben nicht einmal geangelt. Wir haben geschlafen. Wir haben gedacht, wir wären in Polen.»

«Trotzdem», sagte der Vorgesetzte und nahm seinen Helm ab, «müssen Sie um Ihre Sachen gegen uns Basketball spielen.»

Hinter der Grenzstation befand sich ein Spielfeld aus festgestampfter Erde – Netze, Spielbretter aus Sperrholz. Die Weißrussen legten ihre Uniformgürtel ab und begannen unverzüglich mit einer Reihe von Aufwärmübungen. Als das Spiel begann, führten sie *Backdoor cuts* aus, schossen *Rainbow jumpers*, beherrschten den *Pick and roll* absolut perfekt. Sie schlugen die völlig verwirrten Amerikaner mit vierzig Punkten Vorsprung. Hinterher hoben die Weißrussen ihren kleinen Chef auf die Schultern und sangen ihm zu Ehren. Die Wisenthirtin auf ihrer Bank wickelte einen weiteren Müsliriegel aus und spendete gelassen Beifall.

Die verschwitzten Amerikaner wurden in einen Bus mit gesprungener Windschutzscheibe gesetzt. «Sie werden nach Lodz fahren», teilte ihnen der Polizeihauptmann mit und zupfte einen Faden von seinem gerade gewonnenen Gore-Tex-Pullover. «Zurück nach Polen. Es ist wunderschön dort.»

Auf dem halben Weg nach Lodz fiel die Windschutzscheibe auf den Fahrer, der Bus fuhr in den Straßengraben und stürzte um. Die Fahrgäste kletterten aus Luken im Dach und kauerten sich neben der Straße auf ein Feld. Es fing an zu regnen. Die Amerikaner saßen da, ein durchnäßter Haufen, und der Schlamm sickerte in ihre Socken.

Stunden später saßen sie zitternd auf einem viel zu schnell fahrenden Tieflader zwischen Plastikkisten mit Hühnern, der Richtung Süden zu einem slowakischen Schlachthof unterwegs war. Vor ihren Augen zog das südliche Polen vorbei, zerfallende Wohnblocks, holprige Straßen, verrostete Wasserbehälter, verwitterte Kirchtürme, Heuhaufen, das von Riedgras überwachsene Gerippe eines sowjetischen Panzers – die ganze ungepflegte, planlose Düsterkeit. Als sie schließlich Krakau erreichten, waren sie bis auf die Haut durchnäßt und ausgehungert, und die dunkelhäutigen Polen in ihren weichen Jogging-anzügen, die zigarettenrauchend an den Straßenecken standen, warfen ihnen finstere und argwöhnische Blicke zu.

Die Amerikaner waren äußerst entmutigt. Mit nur noch zwölf Tagen Zeit, ihrer Ausrüstung beraubt und schniefend, hockten sie in einem Krakauer McDonald's und beschworen Schulpla-titüden über die Kapitulation von Cornwallis und Valley Forge, über die in den Hafen von Boston geworfenen Teekisten und Schneemärsche mit blutigen Füßen zum Wohl der Republik. «Wir dürfen jetzt nicht aufgeben», murmelten sie und tauchten ihre Chicken Nuggets in eine fade Sauce.

Ein blauer Morgen brach an, und die Amerikaner, die von Wa-shington und Wayne, Bunyan und Balboa geträumt hatten, wa-ren hoffnungsvoll. Elf Tage kamen ihnen ausreichend vor, um ein paar flegelhafte Briten zu schlagen. Sie belasteten ihre MasterCard-Konten und kauften hohe Gummistiefel, Bambus-ruten, japanische Haken und drei Rollen Angelschnur. Ein Pole in dem Sportgeschäft meinte, sie müßten unbedingt am Po-pradské-See angeln, nur eine Stunde entfernt. «Das ist *der* See zum Angeln!» schwärmte er. «Geradezu Wahnsinn! Hechte … Maskinongen, aus Minnesota importiert!» Er demonstrierte die eindrucksvolle Länge des See-Maskinonge mit den Händen.

Am Nachmittag entstiegen die Amerikaner einem Bus. Die gezackten Gipfel der Karpaten trugen Kragen in pfauengrünen und senfgelben Farbtönen. Falken schwebten hoch oben über den Gipfeln der Fichten, und der Wind trug den Duft von Berg-blumen herab. Die Amerikaner sahen sich lächelnd an und waren von neuer Zuversicht erfüllt, als sie einen bequemen Felsweg hinabstiegen, der sich bedächtig zu einem Hotel hin-unterschlängelte, das kuschelig an einem See lag.

Das, so versicherten sie sich unter Schulterklopfen, sei in der Tat der richtige Platz zum Angeln – ein Berghotel der Luxus-klasse mit einem ausgestopften Luchs über dem Kamin, En-

zianblüten in Kristallvasen und lächelnde, weißbeschürzte slo-
wakische Empfangsdamen, die sie zu ihren mit Teppichen aus-
gelegten Zimmern geleiteten. Sie rasierten sich, duschten und
stießen auf der mit einer Markise geschützten Veranda auf ihr
Glück an. Über ihnen erklang aus Surround-Lautsprechern das
zarte Stakkato eines Streichquartetts. In einem wuchtigen
RCA-Fernseher eine Video-Aufzeichnung des Super Bowl.

In der Abenddämmerung nahmen die Amerikaner Gin To-
nics mit zum Seeufer und mieteten Tretboote, die wie riesige
Schwäne geformt waren. Sie zogen Regenwürmer an den Angelhaken hinter sich her, nippten an ihren Drinks und nickten
den Liebespaaren zu, die zwischen ihnen umherpaddelten, sie
alle wie verzaubert von der orangeroten Abenddämmerung.

Drei Tage lang strampelten sie mit ihren Schwanenbooten umher und fingen Sonnenbarsche. Riesige Sonnenbarsche, gewiß,
aber selbst die größten Sonnenbarsche waren höchstens teller-
groß, und die Amerikaner machten sie los und ließen sie den
Fiberglasschwan entlangzappeln, bis sie das Wasser erreichten
und frei waren. Die Amerikaner wußten, daß es im Popradské-
See Maskinongen gab, denn man hatte ihnen im Hotel Fotos
gezeigt, aber die Maskis erwiesen sich nicht als kooperativ.

Am 27. Juni fingen sie an einer seichten Stelle ihren ersten
Maski mit einer Rapala, die sie fünfzigmal oder öfter durch jenes Wasser gezogen hatten. Er war groß, wahrscheinlich um die
neunzig Zentimeter lang, mit ausgeblichenen grünen Kiemen
und mahagonifarbenen Flossen. Die Amerikaner brachen in
Jubel aus, schlugen ihm eine Weinflasche über den Schädel und
nahmen ihre Angeln mit frischem Elan wieder auf.

Sie hatten noch eine Woche vor sich und gerade einen hun-
dertundvier Zentimeter messenden Maski gefangen, was sie
mit großem Triumph erfüllte, als ein FedEx-Transporter über
einen der Pässe ins Tal geglitten kam. Sie beobachteten, wie er
beim Hotel parkte. Der mit einem violetten Overall bekleidete

Fahrer kam an den See getrabt und winkte sie zum Haus, wo sie den Empfang eines Videos bestätigen mußten.

Als sie das Band in den hauseigenen Videorekorder geschoben hatten, sahen sie auf dem überdimensionalen Bildschirm die Briten auftauchen, unrasiert, von Insekten zerstochen, und wie sie sich um etwas scharten, was wie das Heck eines rostigen Pontons aussah. Die Kamera zoomte und richtete sich auf einen kauernden Briten, der aus dem dunklen Wasser einen ungeheuren Lachs zog. Seine Hand verschwand vollständig in dessen Kiemenspalte. Er war zu groß. Er ekelte die Amerikaner an mit seinem riesigen Maul, den schwarzen Knopfaugen, dem Hängebauch und dem wuchtigen Schwanz. Er war, wie einer der Amerikaner stammelte, was seine Größe anbetraf ein Lachs erster Klasse.

Im Off sparten die Briten nicht mit Schadenfreude. Die Kamera holte einen unerträglichen Augenblick lang den aufgedunsenen Lachs heran. Schließlich vollführte sie einen Schwenk, und die Amerikaner erkannten mit Entsetzen den morschen Steg, die Drahtfenster und den schiefen Schornstein der Goldwäscherhütte im Rentierland, unverkennbar, in kruder und überdeutlicher Klarheit wiedergegeben. Sie saßen sprachlos da, während die Surround-Sound-Lautsprecher mit jubelndem und entschieden antiamerikanischem Gekläff über sie herfielen.

Diesmal wurden keine Boston-Tea-Party-Reden gehalten. Die Niederlage hing über den Amerikanern wie eine Dunstglocke, und sie konnten das quälende Bild jenes überdimensionalen Lachses nicht abschütteln, das jetzt realer war als irgend etwas in ihrer Umgebung, realer als der staubige Luchs über dem Kamin oder der See draußen. Zum erstenmal fingen sie an, sich ernsthaft vorzustellen, was ein Nacktmarsch über den Times Square bedeutete – Gänsehaut auf ihren weißen Schenkeln, die widerliche Schlüpfrigkeit des Pflasters dort unter ihren Fußsohlen, das Gekicher gaffender Europäer, die nach New

York gekommen waren, um die Neue Welt zu photographieren. Was für eine schreckliche Schmach, welch grausame Schande! In ganz Polen gab es keinen Maski, der so groß war wie jener Lachs. Sie würden nach Finnland zurückkehren müssen, vielleicht einen Zug nach Norwegen nehmen, sich in die Wildnis quälen müssen. Fast zuviel, um es zu verkraften.

Entmutigt und niedergeschlagen kehrten die Amerikaner nach Krakau zurück und verhandelten von einem Münzfernsprecher aus mit einem Mann der Lufthansa. In Helsinki herrsche ein Unwetter, erklärte er, schwere Gewitter, die Flugzeuge machten einen weiten Bogen. Aber sie könnten nach Vilnius in Litauen fliegen. Näher dran als Vilnius ginge es nicht.

Also flogen sie nach Litauen. Es war Mitternacht, als sie sich in einem Hotel eincheckten und an der Bar Chips bestellten, die ihnen auf edlem Porzellan aufs Zimmer gebracht wurden. Bei Tagesanbruch riefen sie erneut den Lufthansa-Mann an: Heute keine Flüge nach Helsinki. Das Mädchen an der Rezeption sprach ein zaghaftes Englisch, holte ein *Litauen in der Tasche* hervor und zeigte ihnen auf einem witzig gezeichneten Stadtplan die Neris. «Sie wollen angeln», sagte sie, «dann angeln Sie hier. Direkt in Vilnius.»

Also fuhren sie mit einem Obus zum Vingis-Park, vorbei an Häuserblöcken aus Beton und den tristen Lücken dazwischen – von Unkraut überwucherte Freiflächen, zersprungenes Pflaster und herumliegender, glänzender Müll, KitKat-Papierchen, Pepsi-Dosen. Das Gras im Park war regennaß, die Luft drükkend, und die Bäume standen reglos. Eine Frau mit grauem Kopftuch bückte sich und riß Unkraut aus dem gesprungenen Pflaster des Bürgersteigs.

Der Fluß war hoffnungslos – ein übelriechender, verschlammter Wasserlauf, der durch das Herz der Stadt strudelte, langsam, verschmutzt und von Schwärmen von Plastiktüten bevölkert. Die Amerikaner spießten Brotstücke auf ihre Haken, warfen sie aus in die braune Strömung und zogen eine Elritze nach der anderen heraus. Es waren schleimige kleine Dinger, dunkelgrün mit rotgeränderten Flossen. Mißmutig warfen die Amerikaner sie zurück.

Den ganzen Vormittag über arbeiteten sie sich stromaufwärts ins Zentrum von Vilnius, angelten zwischen Gebäuden, unterhalb von Menschen, die einen großen steinernen Platz überquerten, neben einer verwitterten Kathedrale, unterhalb eines Stroms von Autos, die über eine Brücke rumpelten.

Zu jeder Stunde schlugen in der ganzen Stadt dissonant die Kirchturmuhren, eine tiefe und traurige Kakophonie. Um zwölf Uhr rauchten die Amerikaner Marlboros und saßen auf dem glatten Kopfsteinpflaster am Flußufer. Eine Mädchenklasse kam flotten Schritts auf sie zu marschiert, kleine Mädchen in Zweierreihen. Sie trugen zweifarbige Schuhe und weiße Kniestrümpfe und T-Shirts mit dem König der Löwen oder Mickymaus oder Bugs Bunny vorne darauf. Beim Gehen schlugen sie mit ihren Aufsatzheften gegen die Falten ihrer Röcke. Sie folgten ihrer Lehrerin auf den Fersen, einer beherzt ausschreitenden, schlankbeinigen Schönheit in Sandalen, hellbraunen Hosen und einem blauen Blazer mit Messingknöpfen. Ein schwarzes Haarband flatterte im Wind.

Sie benannten Dinge. Die Lehrerin streckte blitzschnell den Arm aus und zeigte auf die Brücke, wobei ihr Handgelenk aus dem messingbesetzten Ärmel schoß, und die Schulmädchen benannten sie in Tonhöhen, die nur Schulmädchen erreichen können, und schrien fröhlich ihr Englisch heraus: «BRIDGE!» Die Lehrerin schleuderte den Arm Richtung Fluß – «RIVER!» – und Richtung Verkehr: «AUTOBUS! CAR! MOTORBIKE!» Die Lehrerin zeigte auf eine Marlboro-Reklame, die auf die Seite eines Gebäudes geklebt war, und die Mädchen riefen: «AMERICAN CANCER, NO THANK YOU!»

Als die Klasse an den sie anlächelnden Amerikanern in ihren viel zu heißen Gummistiefeln und mit ihren Angelruten auf dem Schoß vorbeikamen, zeigte die Lehrerin mit ihrem dünnen Finger auf sie, und die Mädchen riefen vergnügt: «FOOLS!» Kichernd marschierten sie flußabwärts.

Abends stiegen die Amerikaner in ihre zu kleinen Betten und hatten gräßliche Alpträume von britischen Walfangschiffen. Am nächsten Tag gab es keine Flüge nach Helsinki («Schreckliche Überschwemmungen», säuselte der Lufthansa-Mann), und die Amerikaner kehrten niedergeschlagen zum Fluß zurück, wo sie an der Zaliasis-Brücke aus dem Obus kletterten.

Zur Mittagszeit kam wieder die Englischklasse den Fluß entlangmarschiert, vorneweg die Lehrerin, deren Zeigefinger die Umgebung in ihre Einzelteile zerlegte. Woraufhin die Mädchen schrill die Antwort hinausschrien: «RIVER! TREES! TRAFFIC! SIDEWALK! FOOLS!» Von unbestimmten Schuldgefühlen ergriffen, wateten die Amerikaner in den trüben Fluß, damit die Klasse vorbeigehen konnte.

Sie würden keinen Flug nach Helsinki bekommen und gaben den Versuch auf, dort hinzugelangen. Sie würden bis zum Ende in der Neris angeln. Stündlich schlugen in der ganzen Stadt die Kirchturmuhren, freudlose Totenglocken. Die Amerikaner fuhren fort zu angeln, ohne sich noch etwas Besonderes zu erhoffen, es sei denn ein Wunder, versuchten, sich an kleinen Dingen zu freuen, weil sie Amerikaner waren und ihre Erziehung ihnen das beigebracht hatte. Zum Beispiel machten sie die Kartoffelchips, die auf teurem Porzellan auf ihre Zimmer kamen, vorübergehend glücklich und auch der Ausdruck aufrichtiger Hoffnung, mit dem man sie im Hotel fragte, ob sie Glück gehabt hätten. Ihre morgendlichen Anrufe bei dem Lufthansa-Angestellten machten ihnen Spaß – wie er sich wand, wenn er ihnen zu erklären hatte, warum die Flüge nach Norwegen ausfallen mußten. Sie lächelten, als sie sahen, daß man eine Kirche so gebaut hatte, daß die untergehende Sonne sie hoch oben und vollkommen in orangefarbenes Licht tauchte, und darüber, daß sie, wenn sie dem Fluß folgten, zu einem Park kamen, wo

Frauen in Miniröcken und mit Kopfhörern auf den Ohren im Gras lagen, und selbst darüber, wie die kleinen Schülerinnen jeden Mittag in Reih und Glied hinter der Englisch unterrichtenden Schönheit hermarschierten, um sie, die Amerikaner, Dummköpfe zu nennen.

Schließlich war nur noch ein Tag übrig, der vierte Juli. Die morgendlichen Glockenschläge dröhnten durch den Dunst über den Dächern. Die Amerikaner kletterten hintereinander aus dem Obus, um zu angeln. Bis mittags hatten sie noch nichts gefangen. Das Wasser war trübe und braun, und sie warfen die Angel ohne jede Hoffnung aus.

Die kleine Schulklasse kam am Ufer entlangmarschiert, Englisch kreischend und mit den Aufsatzheften den Takt schlagend: «River! Church! Fools! Wall! Stones!», quasselnd und fröhlich hinter ihrer Lehrerin herwandernd. Diese führte sie die graslose Böschung zur Straße hinauf und auf die Zaliasis-Brücke, wo sie stehenblieben, um sich über das Geländer zu beugen, wobei sie noch immer mit ihren schrillen Stimmen «Sidewalk! Statues! Flowers! Fools! Billboard! American Cancer, no thank you!» übersetzten.

Die Amerikaner kamen ächzend auf die Beine, wateten in den Fluß und warfen ihre Angeln mit den aufgeweichten Brotwürfeln aus. Und während die Mädchen noch kreischten, während der messingfarbene Fluß durch die Stadt floß, während die Amerikaner mit letzter, hoffnungsloser Hoffnung ihre Ruten hielten, begann eine von ihnen zu zucken und sich dann zu einer engen Parabel durchzubiegen. Die Angelschnur wurde von der Rolle gezerrt. Die Rute bog sich und bog sich, ihre Spitze näherte sich auf unerträgliche Weise dem Griff. Die Amerikaner dachten, die Schnur wäre vielleicht an einem Schlackenstein hängengeblieben oder an einem Autoreifen, einem verrosteten Spülbecken oder, schlimmer noch, hätte sich im Flußbett an irgendeiner lebenswichtigen Eisenstrebe verhakt, die mit dem unterirdischen Triebwerk der ganzen Stadt verbunden war. «Du hast die Stadt Vilnius am Haken», witzelten sie. «Die versuch mal rauszuziehen.»

Aber die kleinen Mädchen, die mit ihren blassen Gesichtern über dem Brückengeländer hingen, waren auf einmal ganz aufgeregt und riefen etwas auf Litauisch, zeigten auf etwas und nickten. Der Amerikaner mit der durchgebogenen Angelrute stieß plötzlich einen wilden Jubelruf aus, und die anderen Amerikaner kamen angewatet und sahen zu. Die Schnur wanderte jetzt zwischen den Flußufern hin und her, beschrieb geduldig, fast gleichgültig, große S-Kurven. Schließlich näherte sie sich wieder dem Ufer des Anglers und blieb dort hängen, schwer wie ein Stein.

Der Amerikaner mit der Angelrute zog und ächzte und zerrte das Ding schließlich zwischen seine Füße ins Flache. Dann legte er seine Angelrute hin und stand mit offenem Mund da, und die um ihn herumstehenden Amerikaner schüttelten den Kopf und rissen gleichfalls Mund und Augen auf. Die Mädchen auf der Brücke schrien jetzt noch lauter, sprangen dabei auf und ab und kamen gleich darauf von der Brücke herab zum Fluß gerannt. Wenige Meter entfernt blieben sie keuchend stehen und starrten die Amerikaner mit weit aufgerissenen Augen an, während diese jetzt einen großen, nicht besonders schönen Fisch auf das Kopfsteinpflaster des Ufers zogen, wo er liegenblieb und nach Luft schnappte.

Es war ein Karpfen – von ockergetöntem Grau, als hätte er die Farbe der Stadt absorbiert, als diese am tristesten war. Einige seiner Schuppen waren abgefallen und lagen wie durchsichtige Halbdollarmünzen auf den Steinen. Seine zerfransten Flossen waren rot gesäumt und seine lidlosen Augen doppelt so groß wie die Augen der Amerikaner. Seine gekrümmten Barteln ließen ihn wie einen mürrischen, ehrwürdigen Spanier aussehen, der verwundet und nach Atem ringend daliegt.

Die Amerikaner umstanden ihn mit hängenden Armen und

sahen verlegen auf ihn hinunter. Über ihnen dröhnte der Verkehr über die Brücke. Der Fisch war riesig, bestimmt größer als der Lachs der Briten, bestimmt einer der größten Karpfen, den man je gefangen hatte. Er bewegte langsam seine Brustflosse, hob sie, senkte sie – es sah schrecklich aus.

Einer der Amerikaner hob den Fisch auf, hielt seinen durchhängenden Körper in den Armen und erklärte, er sei so um die fünfzig Pfund schwer. Vielleicht auch sechzig. Er hielt ihn und wußte nicht, was er damit anfangen sollte. Der Fischbauch hing ihm zwischen den Händen herab. An seinem After baumelte eine Schnur aus Kot. Die verschleierte Sonne verbreitete eine drückende Hitze. Die Lehrerin tauchte stirnrunzelnd und außer Atem hinter ihren Schülerinnen auf.

Der Karpfen bewegte sich. Es war nur ganz wenig, nur ein leichtes Sichkrümmen, aber es reichte aus, um den Armen, die ihn hielten, zu entkommen. Er schlug mit dem Maul voran auf dem Ufer auf und rutschte ein Stück auf der Seite, hinterließ auf den Steinen eine Schleimspur. Dann lag er da und bewegte nur seine Schwanzflosse. Die Amerikaner holten eine billige Wegwerfkamera herbei, aber der Auslöser funktionierte nicht. Sie fummelten daran herum, der Apparat fiel ins Wasser und versank.

Der Karpfen schnappte nach Luft, wobei sein rundes Maul und die vier Barteln schwächliche Os bildeten, und aus einer Kieme rann ein auf den Schuppen kaum wahrnehmbarer Blutfaden. Die Mädchen fingen an zu weinen. Die Lehrerin schniefte.

Die Amerikaner blickten hinüber zu der Schar kleiner Mädchen in ihren zweifarbigen Schuhen, die mit offenem Mund und vor den Aufsatzheften verschränkten Fingern dastanden, kleine Mädchen mit Kruzifixen um den Hals und ein paar mit aufgeschlagenen Knien, mit in die Stirn gebogenen Ponys und in der Hitze des 4. Juli rutschenden Kniestrümpfen und mit Tränen auf dem Kinn. Ihre Lehrerin hinter ihnen hatte ihre Fingerspitzen an den Schläfen, die Ellbogen vor der Brust und die zitternde Unterlippe zwischen den Zähnen.

«*Fools*», sagte sie. «*You fools.*»

Was für ein Fisch! Was für Schulmädchen! Was für Amerikaner, daß sie diesen Karpfen haben schwimmen lassen! Dessen Flossen die Wasseroberfläche sprenkelten, als er faul und häßlich in die wirbelnden Tiefen des städtischen Stroms hinabwanderte. Die Kirchturmuhren schlugen, und an irgendeinem Punkt gelangten die Amerikaner zu der Ansicht, daß sie auf dem nächsten Kontinent erfolgreicher sein würden. Sie würden sich vorher informieren und Risiken vermeiden, nicht an verbotenen Orten angeln, nicht so viel trinken, nicht dem Rat jedes Fremden folgen. Sie würden alles doppelt mitnehmen – zwei Angelruten und zwei Fleecepullover pro Mann. Das nächste Mal würden sie nicht bis zum letzten Tag warten müssen. Sie würden Routen festlegen und Pläne für Notfälle ausarbeiten – und die unbegrenzten Ressourcen Amerikas, seine endlose, wogende Senke, sein nickender Weizen und seine weißen, in der Dämmerung lavendelfarbenen Silos, seine riesigen Lagerhäuser und seine geschickten Handwerker, all das würde sich entfalten, um ihnen zu helfen.

Sie würden nicht verlieren, sie könnten nicht verlieren. Sie waren Amerikaner, sie hatten bereits gewonnen.

Der Hausmeister

In seinen ersten fünfunddreißig Jahren macht Joseph Saleebys Mutter ihm das Bett und bereitet ihm alle Mahlzeiten zu. Jeden Morgen läßt sie ihn eine beliebig ausgewählte Spalte des englischen Wörterbuchs lesen, bevor er seinen Fuß vor die Tür setzen darf. Sie wohnen in einem kleinen, verfallenden Haus in den Bergen außerhalb Monrovias im westafrikanischen Liberia. Joseph ist groß und still und oft krank. Hinter den Gläsern seiner übergroßen Brille sind seine Augäpfel von blassem Gelb. Seine Mutter ist winzig und voller Energie. Zweimal in der Woche setzt sie zwei Körbe mit Gemüse übereinander auf ihren Kopf und wandert damit die sechs Meilen bis Mazien Town, um es dort an ihrem Stand auf dem Markt zu verkaufen. Wenn die Nachbarn vorbeigehen und ihr wegen ihres Gartens Komplimente machen, lächelt sie und bietet ihnen Coca Cola an. «Joseph ruht sich aus», erklärt sie ihnen, und die Nachbarn nippen an ihrer Coke und schauen über ihre Schulter hinweg zu den dunklen Fenstern mit den geschlossenen Läden, hinter denen der Junge, wie sie sich vorstellen, schwitzend und phantasierend auf seiner Bettstelle liegt.

Joseph arbeitet als Angestellter bei der Liberia National Cement Company und überträgt Rechnungen und Aufträge in ein dickes, in Leder gebundenes Hauptbuch. Alle paar Monate bezahlt er eine Rechnung mehr, als er dürfte, und stellt den Scheck auf den eigenen Namen aus. Seiner Mutter sagt er, dieses Extrageld sei Teil seines Gehalts – eine Lüge, die ihm immer weniger Kopfzerbrechen macht. Die Mutter kommt jeden Mittag ins Büro, um ihm Reis zu bringen – der Cayennepfeffer, den sie daraufhäuft, werde, so ruft sie ihm stets wieder in Erinnerung,

Krankheiten fernhalten, und schaut ihm dabei zu, wie er an seinem Schreibtisch ißt. «Du machst deine Sache so gut», sagt sie. «Du hilfst Liberia, stark zu werden.»

1989 versinkt Liberia in einem Bürgerkrieg, der sieben Jahre dauern wird. Die Zementfabrik wird erst sabotiert, dann in eine Waffenfabrik der Guerilla umgewandelt – und Joseph ist plötzlich arbeitslos. Er fängt einen Handel mit Waren an, die aus Läden in der Stadt gestohlen sind (Turnschuhe, Radios, Taschenrechner, Kalender). Es ist harmlos, sagt er sich, schließlich plündern alle. Wir brauchen das Geld. Er verwahrt die Sachen im Keller, erzählt der Mutter, daß er die Kartons für einen Freund lagert. Während die Mutter auf dem Markt ist, kommt ein Lastwagen und holt die Ware ab. Er bezahlt zwei Jungen dafür, daß sie nachts durch die Stadtbezirke streifen, Fenstergitter auseinanderbiegen, Türen aufstemmen und dann das, was sie geklaut haben, im Hof hinter Josephs Haus ablegen.

Er verbringt die meiste Zeit damit, auf der Stufe vor der Haustür zu hocken und seiner Mutter bei der Gartenarbeit zuzusehen. Ihre Finger reißen Unkraut aus der Erde oder schneiden abgeblühte Ranken aus oder ernten grüne Bohnen, die in regelmäßigen Abständen in eine Metallschüssel fallen, und er lauscht ihren Tiraden – über die Härten des Krieges und wie wichtig es ist, eine geordnete Lebensführung aufrechtzuerhalten. «Wir können wegen eines Konflikts nicht aufhören zu leben, Joseph», sagt sie. «Wir müssen durchhalten.»

In den Bergen blitzen Gewehrsalven auf. Flugzeuge dröhnen über das Haus hinweg. Die Nachbarn schauen nicht mehr vorbei. Die Berge werden bombardiert – und wieder bombardiert. Bäume brennen in der Nacht wie Feuerzeichen, die vor Zukünftigem, noch Schlimmerem warnen. Polizisten spritzen in gestohlenen Transportern am Haus vorbei, die Läufe ihrer Gewehre auf den heruntergekurbelten Wagenfenstern, die Augen hinter verspiegelten Sonnenbrillen verborgen. Kommt her und schnappt mich, möchte Joseph ihnen zubrüllen, ihren getönten

Scheiben und verchromten Auspuffrohren. Versucht's nur! Aber er unterläßt es – er hält den Kopf gesenkt und tut so, als sei er zwischen den Rosenbüschen beschäftigt.

Im Oktober 1994 geht Josephs Mutter mit drei Körben Süßkartoffeln morgens zum Markt und kehrt nicht nach Hause zurück. Er läuft zwischen den Beeten ihres Gartens auf und ab, lauscht dem fernen Donner der Artillerie, dem Wehklagen der Sirenen, der endlosen Stille dazwischen. Als schließlich der letzte Lichtstreifen hinter den Bergen verloschen ist, geht er zu den Nachbarn. Sie starren ihn durch das Schutzgitter vor der Tür zu ihrem Schlafraum an und warnen ihn: «Die Polizisten sind getötet worden. Die Guerillakämpfer Taylors werden jede Minute hier sein!»

«Meine Mutter -»

«Rette dich», sagen sie und schlagen die Tür zu. Joseph hört Ketten klirren, ein Riegel wird vorgeschoben. Er verläßt das Haus und steht auf der staubigen Straße. Am Horizont steigen Rauchsäulen in einen roten Himmel auf. Nach einer Weile geht er bis zum Ende der gepflasterten Straße und biegt in einen schlammigen Weg ein, den Weg nach Mazien Town, den Weg, den seine Mutter am Morgen gegangen ist. Auf dem Markt sieht er, was zu sehen er erwartet hat – Feuer, einen qualmenden Lastwagen, aufgehackte Kisten, Teenager, die Marktstände plündern. Auf einem Karren entdeckt er drei Leichen – keine ist seine Mutter, keine ihm bekannt.

Niemand von denen, die er auf dem Weg trifft, will mit ihm reden. Als er ein vorbeilaufendes Mädchen zu fassen kriegt, fallen aus ihren Taschen lauter Kassetten. Sie sieht weg und will seine Fragen nicht beantworten. Da, wo der Stand seiner Mutter gewesen war, ist nur noch ein Haufen angesengtes Sperrholz, säuberlich aufgeschichtet, als ob jemand schon damit begonnen hätte, den Stand wieder aufzubauen. Als er wieder nach Hause kommt, ist es schon hell.

Am nächsten Abend – seine Mutter ist nicht heimgekehrt –

geht er wieder los. Er durchsucht die Überbleibsel von Marktständen, ruft den Namen seiner Mutter in die Gänge dazwischen. Dort, wo einst das Marktschild zwischen zwei eisernen
Pfosten hing, hat man einen Mann mit dem Kopf nach unten
aufgeknüpft. Die herausgerissenen Innereien baumeln unter
seinen Armen wie schwarze, grausige Schnüre, wie durchge-
schnittene Marionettenfäden.

In den folgenden Tagen wandert Joseph immer weiter. Er
sieht Männer, die Mädchen in Ketten mit sich führen. Er tritt
beiseite, damit ein Kipper voller Leichen vorbei kann. Zwanzig-
mal wird er angehalten und schikaniert. An notdürftig eingerich-
teten Kontrollstellen drücken ihm Soldaten Gewehrmündungen
auf die Brust und fragen, ob er Liberianer sei, ob er ein Krahn
sei, warum er ihnen nicht helfe, gegen die Krahn zu kämpfen.
Bevor sie ihn gehen lassen, spucken sie ihm aufs Hemd. Er hört,
daß eine Guerilla-Bande mit Donald-Duck-Masken dazu über-
gegangen ist, die inneren Organe ihrer Feinde zu verzehren. Er
hört von Terroristen, die mit stollenbewehrten Fußballschuhen
auf den Bäuchen schwangerer Frauen herumtrampeln.

Nirgends jemand, der weiß, wo seine Mutter abgeblieben ist.
Von der Eingangsstufe aus sieht er zu, wie die Nachbarn in den
Garten einfallen. Die Jungen, die er für das Plündern von Ge-
schäften bezahlt hat, lassen sich nicht mehr blicken. Im Radio
brüstet sich ein Soldat namens Charles Taylor damit, daß er
fünfzig Mann der nigerianischen Friedenstruppe mit nur zwei-
undvierzig Kugeln getötet hat. «Sie sterben so leicht», prahlt er.
«Es ist, als streue man Nacktschnecken Salz auf den Rücken.»

Nach einem Monat weiß Joseph nicht mehr von seiner Mutter als am Abend des Tages, an dem sie verschwand. Da nimmt
er ihr Wörterbuch unter den Arm, stopft Geld in Hemd, Hosen
und Schuhe, schließt den Keller ab (gefüllt mit gestohlenen
Notizblöcken, Medikamenten gegen Erkältungen, Ghettoblas-
tern, einem Kompressor) und verläßt das Haus für immer. Er
bleibt eine Weile bei vier Christen, die auf der Flucht an die

Elfenbeinküste sind. Er schließt sich einer Bande mit Macheten bewaffneter Jungs an, die von Dorf zu Dorf ziehen. Das, was er sieht – enthauptete Kinder, unter Drogen stehende Jungen, die einem schwangeren Mädchen den Bauch aufreißen, einen Mann, den man, die abgehackten Hände im Mund, über einen Balkon gehängt hat – entzieht sich jeder Beschreibung. In drei Wochen sieht er genug für zehn Leben voller Alpträume. In jenem Krieg in Liberia bleibt alles unbegraben, und alles, was einmal begraben war, wird jetzt wieder hervorgezerrt – in Sikkergruben liegen die Leichen stapelweise, jammernde Kinder ziehen die Leichen ihrer Eltern hinter sich her durch die Straßen. Krahn töten Mano, Gio töten Mandingo, die Hälfte der Leute, die auf den Straßen unterwegs sind, sind bewaffnet, die Hälfte der Nebenstraßen riecht nach Tod.

Joseph schläft, wo es ihm möglich ist – in Laubhaufen, unter Büschen, auf den Dielenbrettern verlassener Häuser. In seinem Schädel blüht ein Schmerz. Alle zweiundsiebzig Stunden wird er von Fieber geschüttelt – erst ist ihm glühend heiß, dann eiskalt. An den fieberfreien Tagen tut ihm das Atmen weh, er braucht seine ganze Kraft, um weiterzulaufen.

Schließlich gelangt er zu einem Kontrollpunkt, wo zwei zynische Soldaten ihn nicht passieren lassen wollen. Er trägt seine Geschichte vor, so gut er kann – das Verschwinden der Mutter, seine Versuche, in Erfahrung zu bringen, was aus ihr geworden ist. Er sei kein Krahn und kein Mandingo, sagt er, zeigt ihnen das Wörterbuch, das sie beschlagnahmen. In seinem Kopf pocht stetig der Schmerz. Er fragt sich, ob sie vorhaben, ihn umzubringen. «Ich habe Geld», sagt er. Er knöpft den Kragen auf und zeigt ihnen die Scheine in seinem Hemd.

Einer der Soldaten spricht ein paar Minuten in ein Funkgerät, kehrt dann zurück. Er befiehlt Joseph, sich hinten in einen Toyota zu setzen und fährt mit ihm eine lange, mit einem Tor versehene Zufahrt hinauf. Gummibäume verlieren sich in scheinbar endlosen Reihen unterhalb eines Herrenhauses mit Ziegeldach. Der Soldat führt ihn hinter das Haus und durch eine Pforte auf einen Tennisplatz. Dort lümmeln ein Dutzend Jungen, vielleicht sechzehn Jahre alt, auf Gartenstühlen, Sturmgewehre auf dem Schoß. Der Beton wirft grell das Sonnenlicht zurück. Sie sitzen, und Joseph steht, und die Sonne brennt auf sie herab. Keiner sagt etwas.

Nach einigen Minuten schleppt ein schwitzender Captain einen Mann aus der Hintertür des Hauses und den Schotterweg hinunter zum Tennisplatz. Dort wirft er ihn auf die Mittellinie. Der Mann trägt eine blaue Uniformmütze, die Hände sind ihm auf den Rücken gebunden. Als sie ihn herumdrehen, sieht Joseph, daß ihm die Wangenknochen gebrochen worden sind – das Gesicht ist eingefallen. «Dieser Schmarotzer», sagt der Captain und tritt dem Mann in die Rippen, «hat ein Flugzeug geflogen, das einen Monat lang Städte im Osten von Monrovia bombardiert hat.»

Der Mann versucht, sich aufzusetzen. Seine Augen schwimmen ekelerregend in ihren Höhlen. «Ich bin Koch», sagt er. «Ich bin aus Yekepa und zu Fuß unterwegs. Sie sagen mir, ich soll auf der Straße nach Monrovia gehen. Also versuche ich zu gehen. Aber dann werde ich festgenommen. Bitte. Ich brate Steaks. Ich habe niemanden bombardiert.»

Die Jungen auf den Gartenstühlen stöhnen auf. Der Captain nimmt dem Mann die Mütze vom Kopf und wirft sie über den Zaun. Der Schmerz in Josephs Kopf wird stechender – er möchte in sich zusammensacken, er möchte sich in den Schatten legen und schlafen.

«Du bist ein Mörder», sagt der Captain zu dem Gefangenen. «Warum nicht alles gestehen? Warum nicht zugeben, was du getan hast? Dort in diesen Städten, da gibt es tote Mütter, tote Mädchen. Du meinst, du warst nicht an ihrem Tod beteiligt?»

«Bitte! Ich bin Koch! Ich grille Steaks im Stillwater Restaurant in Yekepa! Ich war unterwegs, um meine Verlobte zu besuchen!»

«Du hast Bomben auf die Landbevölkerung geworfen.»

Der Mann versucht, mehr zu sagen, aber der Captain drückt ihm einen Turnschuh auf den Mund. Es ist ein fernes, knirschendes Geräusch zu hören, wie Kieselsteine, die in einem Tuch gegeneinanderschlagen. «Du», sagt der Captain, auf Joseph zeigend. «Bist du der, dessen Mutter umgebracht worden ist?»

Joseph blinzelt. «Sie hat Gemüse auf dem Markt von Mazien Town verkauft», sagt er. «Ich habe sie seit drei Monaten nicht mehr gesehen.»

Der Captain holt die Pistole aus dem Halfter an seiner Hüfte und hält sie Joseph hin. «Dieser Schmarotzer hat wahrscheinlich tausend Leute umgebracht», sagt er. «Mütter und Töchter. Mir wird schlecht, wenn ich ihn nur ansehe.» Die Hände des Captains liegen auf Josephs Hüften. Er zieht Joseph vorwärts, so als tanzten sie zusammen. Das vom Tennisplatz reflektierte Licht ist blendend hell. Die Jungen auf den Stühlen sehen zu, flüstern miteinander. Der Soldat, der Joseph hergebracht hat, lehnt an der Einfriedung und steckt sich eine Zigarette an.

Die Lippen des Captains sind an Josephs Ohr. «Tu deiner Mutter einen Gefallen», murmelt er. «Tu dem ganzen Land einen Gefallen.»

Die Pistole ist in Josephs Hand, ihr Griff ist warm und glitschig vor Schweiß. Das schmerzhafte Pochen in seinem Kopf beschleunigt sich. Alles vor ihm – die staubigen und stillen Baumreihen, der Captain, der ihm ins Ohr atmet, der Mann auf dem Asphalt, der jetzt kriecht, schwach, wie ein krankes Kind – dehnt sich aus und verschwimmt. Es ist, als ob sich die Gläser seiner Brille verflüssigt hätten. Er denkt an seine Mutter, wie sie diesen letzten Gang zum Markt macht, an die Sonne und den Schatten des langen Weges, an den Wind, der sich durch die Blätter drängt. Er hätte bei ihr sein sollen. Er hätte an ihrer Stelle gehen sollen. Er hätte derjenige sein sollen, der spürt, wie sich der Boden unter ihm auftut, derjenige, der verschwindet. Sie haben sie zu Dampf zerbombt, denkt Joseph. Sie haben sie zu Rauch zerbombt. Weil sie meinte, wir brauchten das Geld.

«Er ist das Blut in seinem Körper nicht wert», raunt der Captain. «Er ist die Luft in seinen Lungen nicht wert.»

Joseph hebt die Pistole und schießt dem Gefangenen in den Kopf. Der Knall des Schusses wird schnell verschluckt, aufgesaugt von der lastenden Luft, den schweren Bäumen. Joseph sackt auf die Knie, funkelnde Lichtraketen detonieren hinter seinen geschlossenen Lidern. Alles wirbelt weiß. Er fällt nach vorn, wird ohnmächtig.

Er kommt auf dem Fußboden im Herrenhaus wieder zu sich. Die Zimmerdecke ist nackt und rissig, und eine Fliege summt dagegen. Er stolpert aus dem Zimmer in einen Flur, der an beiden Enden keine Tür hat. Unterhalb des Hauses Reihen von Gummibäumen, die fast bis zum Horizont reichen. Seine Kleidung ist feucht. Sein Geld – selbst die Scheine unter den Sohlen seiner Stiefel – ist weg.

Im Eingang lümmeln zwei Jungen in Klubsesseln. Hinter ihnen kann Joseph durch den Zaun des Tennisplatzes die Leiche des Mannes sehen, den er getötet hat – unbegraben, auf dem Asphalt zusammengesunken. Joseph geht durch die langen Baumreihen abwärts. Keiner der Soldaten, denen er begegnet, schenkt ihm Beachtung. Nach einer Stunde oder so erreicht er eine Straße. Er winkt dem ersten Auto, das vorbeikommt, und sie geben ihm Wasser zu trinken und nehmen ihn bis in die Hafenstadt Buchanan mit.

In Buchanan herrscht Frieden – keine Horden von Pistolen bei sich tragenden Jugendlichen patrouillieren in den Straßen, keine Flugzeuge dröhnen darüber hinweg. Er sitzt am Meer und beobachtet, wie das schmutzige Wasser gegen die Pfähle schwappt. Eine neue Art von Schmerz ist in seinem Kopf, stumpf und zitternd, nicht mehr scharf – es ist der Schmerz des Verlustes. Er möchte weinen. Er möchte sich ins Wasser stürzen, sich ertränken. Es ist unmöglich, denkt er, weit genug von Liberia wegzukommen.

Er geht an Bord eines Chemikalientankers, wo er Arbeit erhält. Er macht in der Kombüse die Töpfe sauber, schrubbt sie, vollgespritzt mit heißem Wasser, sehr sorgfältig, während der Tanker über den Atlantik stampft, in den Golf von Mexiko einläuft und durch den Panamakanal fährt. In der Schlafkabine sieht er sich seine Schiffskameraden genau an und fragt sich, ob sie wohl erkennen können, daß er ein Mörder ist, ob er es wie ein Mal auf der Stirn trägt. Bei Nacht beugt er sich über die Reling am Bug und sieht zu, wie der Schiffsrumpf die Dunkelheit zerteilt. Alles wirkt leer und zusammenhanglos, ihm ist, als hätte er tausend Aufgaben unerledigt zurückgelassen, tausend fehlerhaft geführte Hauptbücher. Die Wellen setzen ihre Reisen mit unbekanntem Ziel fort. Der Tanker stampft nach Norden, die Pazifikküste hinauf.

Er geht in Astoria, Oregon, von Bord. Die Einwanderungspolizei erklärt ihm, daß er ein Kriegsflüchtling sei, und stellt ihm ein Visum aus. Ein paar Tage später zeigt man ihm in dem Wohnheim, in dem er untergekommen ist, eine Anzeige in der Zeitung: *Suchen für die Wintersaison verzweifelt handwerklich geschickten Mann, der sich um Ocean Meadows kümmert, einen 90-Morgen-Besitz, Obstplantage und Haus.*

Joseph wäscht seine Sachen im Spülbecken des Waschraums und betrachtet sich dabei im Spiegel – sein Bart ist lang und verfilzt. Durch die Brillengläser sehen seine Augen verquollen und gelblich aus. Er erinnert sich an die Definition im Wörterbuch seiner Mutter. *Verzweifelt: ohne Hoffnung auf eine Besserung, am Ende.*

Er fährt mit dem Bus nach Bandon, dann dreißig Meilen auf der 101 und geht die letzten drei Kilometer zu Fuß auf einer unausgeschilderten und ungepflasterten Straße. Ocean Meadows – eine in Konkurs gegangene Kronsbeeren-Plantage, die in eine sommerliche Spielwiese für Reiche umgewandelt worden ist, wobei man das alte Haus abgerissen hat, um Platz zu schaffen für ein zweigeschossiges Herrenhaus. Er sucht sich im Vorbau einen Weg durch die Splitter zerschmissener Weinflaschen.

«Ich bin Joseph Saleeby aus Liberia», sagt er zu dem Besitzer, einem untersetzten Mann in Cowboystiefeln, der Twyman heißt. «Ich bin sechsunddreißig Jahre alt, mein Land befindet sich im Krieg, ich suche nur Frieden. Ich kann Ihre Dachschindeln reparieren, Ihre Veranda. Alles.» Seine Hände zittern, als er das sagt. Twyman und seine Frau ziehen sich zurück, schreien sich hinter der Küchentür an. Ihre hagere und wortkarge Tochter schleppt eine Schüssel mit Cornflakes zum Eßtisch, ißt still, geht wieder hinaus. Die Uhr an der Wand schlägt einmal, zweimal.

Schließlich kommt Twyman wieder herein und stellt ihn ein. Sie suchten, sagt er, schon seit zwei Monaten, und Joseph sei der einzige Bewerber. «Ihr Glückstag», sagt er und betrachtet argwöhnisch Josephs Stiefel.

Sie geben ihm einen alten Overall und die Wohnung über der Garage. Während seines ersten Monats platzt der Landsitz vor Besuchern aus allen Nähten – Kinder, Babys, junge Männer, die auf der Veranda in Mobiltelefone schreien, ein Aufmarsch lächelnder Frauen. Es sind Millionäre dank etwas, das mit Computern zu tun hat. Wenn sie aus ihren Autos steigen, untersuchen sie die Wagentüren, ob Kratzer zu sehen sind – finden sie einen, dann feuchten sie mit der Zunge den Daumen an und versuchen, ihn wegzureiben. Halb geleerte Gläser mit Wodka und Tonic auf den Geländern, Gitarrenmusik aus auf die Veranda geschleppten Boxen, das Gesumm gelber Wespen um halbleere Teller, volle Müllsäcke, die sich im Schuppen stapeln – das sind die Hinterlassenschaften, das sind Josephs Aufgaben. Er repariert einen Brenner des Gasherds, fegt Sand aus den Fluren, scheuert nach einer Schlacht, bei der Speisen als

Wurfgeschosse gedient hatten, Lachs von den Wänden. Wenn er nicht arbeitet, sitzt er in seiner Wohnung auf dem Rand der Badewanne und starrt auf seine Hände.

Im September kommt Twyman mit einer Liste von Winterpflichten zu ihm – Sturmfenster anbringen, den Rasen lüften, Eis von Dach und Gehwegen entfernen, dafür sorgen, daß niemand das Haus ausraubt. «Kommen Sie damit klar?» fragt Twyman. Er hinterläßt die Schlüssel für den Pick-up des Hausmeisters und eine Telefonnummer. Am nächsten Morgen sind alle fort. Stille überflutet das Anwesen. Die Bäume bewegen ihre Äste im Wind, als schüttelten sie einen Zauberbann ab. Drei weiße Gänse kommen unter dem Schuppen hervor und watscheln über den Rasen. Joseph wandert durch das Haupthaus, durch das Wohnzimmer mit seinem gewaltigen Kamin, durch das gläserne Atrium, die riesigen begehbaren Schränke. Er schleppt einen Fernseher halb die Treppe hinunter, kann sich jedoch nicht aufraffen, ihn zu entwenden. Wohin soll er ihn auch bringen? Was mit ihm anfangen?

Jeden Morgen breitet sich der Tag vor ihm aus, endlos und leer. Er geht am Strand spazieren, befingert Steine und sucht sie nach Außergewöhnlichem ab – nach einem eingelagerten Fossil, dem Abdruck einer Muschel, einer glitzernden mineralischen Ader. Nur selten kommt es vor, daß er den Stein nicht in die Tasche steckt, sind eigentlich doch alle außergewöhnlich und schön. Er nimmt sie mit in seine Wohnung und legt sie auf die Fensterbänke – ein Raum, umrahmt von Kieselsteinen, die wie kleine, unfertige Zinnen aussehen, wie Befestigungsanlagen gegen winzige Eindringlinge.

Zwei Monate lang spricht er mit keinem Menschen, sieht er niemanden. Da ist nur die langsame und stetige Bewegung der Autoscheinwerfer auf der 101, zwei Meilen entfernt, oder der Kondensstreifen eines Düsenflugzeugs, das am Himmel dahinrast, wobei sein Geräusch irgendwo zwischen Himmel und Erde verlorengeht.

Vergewaltigung, Mord, ein gegen eine Mauer geschleudertes Kleinkind, ein Junge, der ein Bündel getrockneter Ohren um den Hals hängen hat – in Alpträumen wiederholt Joseph die schlimmsten Dinge, die sich Menschen gegenseitig antun. Er schwitzt seine Decke durch und ist beim Aufwachen gerade dabei, sein Kopfkissen zu erdrosseln. Seine Mutter, sein Geld, sein sauberes, geordnetes Leben, alles ist weg – nicht am Ende angelangt, sondern verschwunden, als ob irgendein Verrückter alle Grundbestandteile seines Daseins entführt und hinunter in die Tiefen eines Kerkers gezerrt hätte. Er möchte so schrecklich gern etwas Gutes mit sich anfangen. Er möchte etwas Richtiges tun.

Im November stranden eine halbe Meile vom Anwesen entfernt fünf Pottwale. Der größte, ein paar hundert Meter nördlich von den anderen auf dem Sand zusammengesackt, ist über fünfzehn Meter lang und halb so groß wie die Garage, über der Joseph wohnt. Joseph ist nicht der erste, der die Tiere entdeckt: In den Dünen sind schon ein Dutzend Jeeps geparkt, Männer eilen zwischen den Walen hin und her, schleppen Eimer mit Meerwasser, schwingen Injektionsnadeln.

Ein paar Frauen in Anoraks mit Leuchtstreifen haben ein Seil um die Fluke des kleinsten Wals gebunden und versuchen, ihn mit einem motorisierten Skiff vom Strand zu ziehen. Das Boot schaukelt und gleitet über die brechenden Wellen. Das Seil strafft sich, verrutscht und schneidet in die Fluke des Wals. Das Fleisch teilt sich, wird weißlich sichtbar. Blut quillt hervor. Der Wal bewegt sich nicht einen Zentimeter.

Joseph nähert sich einem Kreis von Zuschauern – ein Mann mit einer Angelrute, drei Mädchen mit Plastikeimern, die halb voll Muscheln sind. Eine Frau in einem blutbeschmierten Laborkittel erklärt, daß wenig Aussicht bestehe, die Wale zu retten – sie erwärmten sich bereits zu sehr, hätten Blutungen, die Organe würden breiig, lebenswichtige Röhren gäben unter dem Gewicht nach. Selbst wenn die Wale vom Strand gezogen werden könnten, sagt sie, würden sie wahrscheinlich umdrehen und an Land zurückschwimmen. Sie habe das schon erlebt. «Aber», setzt sie hinzu, «es ist eine großartige Gelegenheit zu lernen.» Man müsse sehr vorsichtig mit allem umgehen.

Die Wale sind über und über mit Narben bedeckt, ihre Rükken sind gefleckt von Pocken und Vertiefungen und Entenmuscheln. Joseph preßt die Hand auf die Haut neben einer Narbe, und sie zittert unter der Berührung. Ein anderer Wal schlägt mit der Fluke auf den Strand und stößt klickende Laute aus, die aus seinem tiefsten Inneren zu kommen scheinen. Sein braunes, mit roten Äderchen durchzogenes Auge rollt vor, dann zurück.

Für Joseph ist es so, als habe sich ein Tor zu seinen Alpträumen geöffnet und als seien die Schrecken, die dahinter gehockt und dagegen geatmet hatten, daraus hervorgebrochen. Auf dem eine halbe Meile langen Weg zurück nach Ocean Meadows kann er nicht weiter und muß sich hinknien. Er zittert am ganzen Leib, die zerfetzten Wolken ziehen über ihn hin, Tränen strömen aus seinen Augen. Seine Flucht ist vergeblich gewesen – alles bleibt unbegraben, treibt knapp unter der Oberfläche, kann jeden Augenblick wieder auftauchen. Und warum? «Rette dich», hatten die Nachbarn zu ihm gesagt. «Rette dich.» Joseph fragt sich, ob es für eine Rettung nicht zu spät ist, ob nicht die einzigen Menschen, die gerettet werden können, diejenigen sind, die überhaupt nicht gerettet zu werden brauchen.

Er liegt auf dem Weg, bis es dunkel ist. Hinter seiner Stirn rollt der Schmerz. Er beobachtet die Sterne, wie sie auf ihren lichtlosen Bahnen funkeln, beobachtet, wie sie sich drehen und winden, ihr nicht nachlassendes Glühen, und stellt sich die Frage, was er wohl nach Ansicht der Frau aus all dem lernen sollte.

Bis zum Morgen sind vier der fünf Wale verendet. Von den Dünen sehen sie aus wie eine Flotille schwarzer Unterseeboote, die auf Grund gelaufen ist. Man hat ein gelbes Band, an Pfosten befestigt, um sie gezogen, und die Menschenmenge ist weiter angeschwollen. Neue Zuschauer, meistenteils Zivilisten, sind dazugekommen – ein Dutzend Pfadfinderinnen, ein Postbote, ein Mann in Schuhen mit Lochmuster, der für ein Foto posiert.

Die Kadaver der Wale sind von Gas aufgebläht, ihre Seiten hängen schlaff durch wie die Haut zusammengefallener Ballons. Im Tod wirken die weißen Kreuzschraffierungen der Narben auf ihrem Rücken wie entsetzliche Blitzeinschläge, wie Netze, in denen sich die Wale selbst gefangen haben. Das erste und größte der Tiere – die Walkuh, die ein paar hundert Meter nördlich von den andern gestrandet war – hat man enthauptet. Sein Unterkiefer zeigt zum Himmel, Klümpchen von Sand kleben an seinen faustgroßen Zähnen. Mit Hilfe von Kettensägen und Messern mit langen Griffen schneiden Männer in Laborkitteln Speck von den Flanken. Joseph beobachtet, wie sie dampfende rote Beutel herausziehen, bei denen es sich um innere Organe handeln muß. Zuschauer wandern umher. Wie er sieht, haben sich einige von ihnen Souvenirs geholt, dünne Hautstücke abgeschält und wie graues Pergament zusammengerollt.

Die Wissenschaftler in den Laborkitteln arbeiten zwischen den Rippen des größten Wals, und es gelingt ihnen schließlich das herauszuholen, was das Herz sein muß – ein solider Klumpen streifiger Muskeln, mit den gebündelten Blutgefäßen am einen Ende. Es braucht vier Männer, um es auf den Strand zu rollen. Joseph kann die Größe gar nicht fassen. Vielleicht hat dieser Wal ja ein besonders großes Herz, oder alle Wale haben so große Herzen, jedenfalls hat dieses Herz die Größe eines Aufsitzmähers. Die Schläuche, die in das Herz hineinführen, sind so groß, daß man den Kopf hineinstecken kann. Einer der Wissenschaftler sticht mit einer Nadel in das Herz, entnimmt ein bißchen Gewebe und tut es in ein Glas. Seine Kollegen sind schon wieder im Inneren des Wals – man hört, wie eine Motorsäge angeworfen wird. Der Wissenschaftler mit der Nadel geht zu den anderen. Das Herz im Sand dampft ein wenig.

Joseph trifft in den Dünen eine Beamtin der Forstbehörde, die ein Sandwich ißt.

«Ist das da das Herz?» fragt er. «Was sie dort liegengelassen haben?»

Sie nickt. «Es geht ihnen um die Lungen, glaube ich. Um zu sehen, ob sie krank sind.»

«Was machen sie mit den Herzen?»

«Verbrennen, nehme ich an. Sie werden alles verbrennen. Wegen des Gestanks.»

Den ganzen Tag gräbt er. Er wählt ein vom Wald verborgenes Stückchen Land auf einem Hügel, von dem aus man den westlichen Teil des Haupthauses und einen Teil der Rasenfläche sehen kann. Durch die Baumstämme hinter sich kann er gerade noch das Meer zwischen Baumwipfeln schimmern sehen. Er gräbt bis tief in die Dunkelheit, stellt eine Laterne auf und gräbt in ihrem weißen Lichtkreis. Die Erde ist naß und sandig, voller Steine und Wurzeln, und die Arbeit ist schwer. Seine Brust fühlt sich an, als liefen Risse durch sie hindurch. Wenn er die Schaufel absetzt, wollen sich seine Finger nicht mehr strecken lassen. Bald ist die Grube tiefer als Joseph groß ist. Er schaufelt Erde über den Rand.

Stunden nach Mitternacht hat er eine Plane, eine Schaufel, eine Baumsäge und eine Handwinde mit Metallgehäuse auf der Ladefläche des betriebseigenen Pick-ups verstaut, und die Ladung klappert leise, als er langsam über den rückwärtigen Rasen und dann den schmalen Weg zum Strand hinunterfährt. Gruppen von Weißbirken stehen dicht beieinander und vom Sturm geknickt im Licht der Scheinwerfer wie Bündel zerschmetterter Knochen. Die Zweige schrammen an den Seiten des Pick-ups entlang.

Bei den vier südlich liegenden Walen schwelen zwei Lagerfeuer, aber bei der Kuh im Norden ist niemand, und er hat keine Schwierigkeiten, an den an der Gezeitengrenze liegenden Strängen des Riementangs vorbei zu dem dunklen enthaupteten Koloß zu fahren, der wie der eingebeulte Rumpf eines zerschellten Schiffes am Fuß der Dünen liegt.

Überall Eingeweide und Walspeck. Innereien liegen auseinandergezogen auf dem Strand herum wie Paradewimpel. Er hält seine Taschenlampe mit den Zähnen und untersucht durch die riesigen Stäbe der Rippen hindurch das Innere des Wals – alles ist naß und trübe und ineinandergelaufen. Ein paar Meter entfernt liegt das Herz im Sand wie ein Felsblock. Krabben rupfen große Stücke aus den Seiten. Möwen streiten sich im Dunkeln.

Er legt die Plane auf dem Strand aus, verankert die Handwinde an einer Querstange am hinteren Ende der Ladefläche und führt das Seil durch die Ösen an den Ecken der Plane. Dann rollt er unter großer Anstrengung das Herz auf die Plastikunterlage, und nun geht es nur noch darum, das blutverschmierte Bündel auf die Ladefläche zu hieven. Er dreht die Kurbel – das Sperrad klickt laut, das Seil der Winde knarrt, die Ecken der Plane kommen hoch. Das Herz bewegt sich langsam auf ihn zu, durchfurcht den Sand, und wenig später nimmt der Pick-up das Gewicht auf.

Die ersten blassen Lichtstreifen werden am Himmel sichtbar, als er mit dem Pick-up neben der Grube anhält, die er oberhalb des Herrenhauses gegraben hat. Er läßt die Ladeklappe herunter und zieht die Plane auseinander. Das sandige Herz liegt auf der Ladefläche wie ein erlegtes Tier. Joseph schiebt sich zwischen Herz und Fahrerhaus und drückt. Es läßt sich erstaunlich gut bewegen, gleitet schwer über die glitschige Plane und fällt mit einem nassen, dumpfen Plumps in das Erdloch.

Mit dem Fuß schiebt er die zurückgebliebenen Stücke Fleisch und Muskelgewebe und geronnenes Blut von der Ladefläche und fährt langsam, wie benommen den Hügel hinunter und zurück zum Strand, wo die anderen vier Wale in unterschiedlichen Stadien des Zerfalls liegen.

Drei Männer stehen blutdurchnäßt an einem verlöschenden Lagerfeuer, trinken Kaffee aus Styroporbechern. Die Köpfe von zwei Walen fehlen. Die Zähne der verbliebenen sind alle entnommen worden. Sandflöhe springen von den Kadavern. Joseph bemerkt, daß noch ein sechster Wal auf dem Strand liegt – ein fast fertiges Kalb, das aus dem Leib des Muttertiers gezogen worden ist. Joseph steigt aus, steigt über das gelbe Band und geht zu den Männern hin.

«Ich übernehme die Herzen», sagt er, «wenn Sie damit fertig sind.»

Sie starren ihn an. Er holt die Baumsäge von der Ladefläche des Pick-ups und geht zum ersten Wal, hebt die Klappe aus Haut und tritt in das riesige Geäst seiner Rippen.

Ein Mann packt Joseph beim Arm. «Wir sollen sie verbrennen. Retten, was zu retten ist, und den Rest verbrennen.»

«Ich werde die Herzen begraben.» Er sieht den Mann nicht an, sondern blickt unverwandt zum Horizont. «Das erspart Ihnen Arbeit.»

«Das dürfen Sie nicht –» Aber er hat Joseph losgelassen, der schon wieder im Innern des Wals ist und Gewebe zersägt. Mit der Baumsäge als seinem Flensmesser zerschneidet er drei Rippen, dann eine große, dickwandige Röhre, die eine Arterie sein könnte. Blut spritzt auf seine Hände – geronnen und schwarz und noch ein bißchen warm. In der Höhle im Wal stinkt es schon nach Verwesung, und Joseph muß zweimal nach draußen, um tief durchzuatmen – die Hand mit der Säge hängt herab, seine Unterarme sind blutbeschmiert, die Vorderseite seines Overalls ist durchtränkt von Schleim, Fett und Meerwasser.

Er hat sich eingeredet, es sei so, als säubere man einen Fisch, aber in Wirklichkeit ist es etwas ganz und gar anderes – es ist eher so, als nähme man einen Riesen aus. Das Rohrsystem des Wals ist gewaltig – Katzen könnten durch seine Adern laufen. Joseph zerteilt eine letzte Fettschicht und legt die Hand auf das, was seiner Meinung nach das Herz sein muß. Es ist noch ein bißchen feucht und warm und sehr dunkel. Er denkt: Für fünf davon habe ich die Grube nicht groß genug gemacht.

Er muß noch weitere zehn Minuten sägen, um drei verbliebene Adern zu durchtrennen. Als das geschehen ist, löst sich das Herz recht leicht, gleitet auf ihn zu und bleibt vor ihm liegen, ein Muskelpaket, das gegen seine Unterschenkel drückt. Er muß die Füße darunter hervorziehen. Ein Mann erscheint, stößt eine Spritze in das Herz und entnimmt etwas Gewebe. «Okay», sagt er, «nehmen Sie's.»

Joseph zieht es in den Pick-up. Er macht den ganzen Vormittag und den Nachmittag über so weiter, schneidet Herzen heraus und legt sie in der Grube auf dem Hügel ab. Keines der Herzen ist so groß wie das des ersten Wals, aber trotzdem sind alle gewaltig, haben die Größe von Twymans Küchenherd oder vom Motor des Pick-ups. Selbst das Herz des ungeborenen Kalbs ist außergewöhnlich – so groß wie der Rumpf eines Mannes und so schwer. Er kann es nicht auf dem Arm halten.

Als Joseph schließlich das letzte Herz in das Loch auf dem Hügel schiebt, fängt sein Körper an, ihm den Dienst zu versagen. Purpurrote Kreise wirbeln am Rand seines Sehfeldes, sein Rücken und seine Arme sind steif, und er muß leicht nach vorne gebeugt gehen. Er schüttet das Loch zu, und als er diesen Grabhügel aus Erde und Muskelgewebe – der kahl inmitten eines Dickichts von Prachthimbeeren und den um ihn zurückweichenden Fichtenstämmen liegt – hoch über dem Herrenhaus spät abends verläßt, fühlt er sich selbst entrückt, so als wäre sein Körper ein unförmiges Werkzeug, das nur noch ein kleines Weilchen gebraucht wird. Er parkt den Pick-up auf dem Hof und fällt ins Bett, blutbeschmiert und ungewaschen, die Tür zu seiner Wohnung offen, die Herzen aller sechs Wale in Erde eingeschlagen, langsam abkühlend. Er denkt: Ich bin noch nie so müde gewesen. Er denkt: Wenigstens habe ich etwas begraben.

In den nächsten Tagen hat er weder Energie noch Willenskraft genug, um das Bett zu verlassen. Er quält sich selbst mit Fragen: Warum fühlt er sich nicht besser, geheilter? Was ist Rache?

Wiedergutmachung? Die Herzen sind noch da, liegen nur ein Stückchen unter der Erde, warten. Was bringt es, etwas zu begraben? In Alpträumen gelingt es all dem Begrabenen immer, sich wieder auszugraben. Da war ein Wort aus dem Lexikon seiner Mutter: *untröstlich*: *Nicht zu trösten, mutlos, hoffnungslos, verzweifelt.*

Ein Meer zwischen ihm und Liberia, und doch keine Rettung für ihn. Der Wind weht Vorhänge aus gelb-schwarzem Rauch über die Bäume und an seinen Fenstern vorbei. Es riecht nach Öl, riecht wie verdorbenes Fleisch, das gebraten wird. Er verbirgt sein Gesicht im Kopfkissen, um den Geruch nicht einatmen zu müssen.

Winter. Graupeln prasseln durch die Zweige. Der Boden gefriert, taut, gefriert erneut zu so etwas wie eisig zähem Matsch. Joseph hat noch nie Schnee gesehen. Er wendet das Gesicht zum Himmel und läßt Schnee auf seine Brillengläser fallen. Er sieht zu, wie die Flocken schmelzen, betrachtet ihre spitzen Zacken und feinen Wölbungen und sieht zu, wie sich die Kristalle zu Wasser erweichen, als ob tausend mikroskopisch kleine Lichter daraus hervorblinken.

Er vergißt seine Arbeit. Vom Fenster aus sieht er, daß er den Rasenmäher auf dem Hof hat stehenlassen, aber der Wille, ihn in die Garage zurückzubringen, stellt sich nicht ein. Er weiß, daß er die Rohre im Haupthaus durchspülen sollte, die Veranda fegen, die Fensterläden schließen, die elektrische Dachheizung anstellen, um das Eis von den Ziegeln wegzuschmelzen. Aber er tut nichts dergleichen. Er redet sich ein, daß er vom Begraben der Walherzen erschöpft sei und nicht von einer stärkeren Ermüdung, vom Gewicht der Erinnerung, die ihn von allen Seiten bedrängt.

An einigen Vormittagen, an denen sich die Luft wärmer anfühlt, beschließt er, nach draußen zu gehen – er wirft die Decken von sich und zieht sich die Hose an. Geht vom Haupthaus

aus das schlammige Sträßchen hinunter, erklimmt die Dünen. Das Meer liegt hingebreitet unter dem Himmel wie geschmolzenes Silber, die flachen, bewaldeten Inseln und die darüber kreisenden Möwen, ein kalter Regen, der durch die Bäume peitscht, der Anblick der Welt – das absolute Entsetzen darüber, in ihr zu sein –, das ist zuviel für ihn, und er spürt, wie etwas auseinanderbricht, wie ein Keil durch seine Mitte fällt. Er preßt die Hände an die Schläfen und dreht um, muß sich in den Geräteschuppen setzen, unter den Äxten und Schaufeln im Dunkeln sitzen und versuchen, wieder zu Atem zu kommen, darauf warten, daß die Angst vergeht.

*

Twyman hatte gesagt, an der Küste gebe es nicht viel Schnee, aber jetzt fällt er mit Macht. Es schneit zehn Tage lang ununterbrochen, und weil Joseph die Enteisung nicht einschaltet, läßt das Gewicht einen Teil des Daches einstürzen. Im Schlafzimmer des Hausherren und seiner Frau sacken verzogene Sperrholzpaneele und Isoliermaterial auf das Bett, sehen aus wie Rampen zum Himmel hinauf. Joseph liegt auf dem Fußboden und sieht zu, wie die großen Flockenschwärme durch die Öffnung einfallen und sich auf seinem Körper sammeln. Der Schnee schmilzt, fließt an seinen Seiten hinab und gefriert wieder auf dem Fußboden zu glatten, durchsichtigen Schichten.

Im Keller findet er Gläser mit Eingemachtem und ißt an dem riesigen Eßzimmertisch mit den Fingern daraus. Er schneidet ein Loch in eine Wolldecke und trägt sie wie einen Umhang. Fieberanfälle kommen und gehen wie Waldbrände in der Natur – sie zwingen ihn in die Knie, und er muß, in die Decke eingewickelt, warten, bis die Anfälle wieder vorbei sind.

In einem riesengroßen marmornen Bad mustert er sein Spiegelbild. Sein Körper ist gewaltig abgemagert, an seinen Unterarmen stehen die Sehnen hervor, die einzelnen Rippen bilden zu beiden Seiten seiner Brust deutlich sichtbare Bögen. Ein Gelb wie die Farbe von Hühnerbrühe überzieht seine Augen. Er streicht sich mit der Hand über das Haar, fühlt die harte Oberfläche des Schädels unmittelbar unter der Kopfhaut. Irgendwo, denkt er, gibt es ein Stückchen Erde, das auf mich wartet.

Er schläft und schläft und träumt von Walen im Inneren der Erde, die durch das Erdreich schwimmen wie durch Wasser. Das Beben ihres Vorüberziehens läßt die Blätter zittern. Die Wale durchbrechen das Gras, drehen sich in einem Aufsprühen von Wurzeln und Steinchen, fallen wieder zurück und verschwinden im Boden, der sich über ihnen vernäht und wieder heil ist.

Vögel zwitschern im Nebel, Marienkäfer krabbeln auf den Fensterscheiben herum, Farntriebe schieben sich durch den Waldboden nach oben – Frühling. Er überquert den Hof, seine Decke um die Schultern, und untersucht die ersten blassen Krokushüllen, die aus dem Rasen kommen. Streifen von schmutzigem Schneematsch schmelzen im Schatten. Ungebeten steigt eine Erinnerung herauf – zu Hause in den Bergen bei Monrovia blies immer im April ein Wind von der Sahara herab und häufte roten Staub zentimeterdick an den Hauswänden auf. Staub in den Ohren, Staub auf der Zunge. Seine Mutter kämpfte dagegen an mit Besen und Reisigbüscheln, zog ihn zur Verteidigung mit heran. «Warum?» fragte er jedesmal. «Warum die Stufen fegen, wenn sie morgen doch wieder voller Staub sind?» Dann sah sie ihn an, böse und enttäuscht, und sagte nichts.

Er denkt an den Staub, der jetzt durch die Ritzen der Fensterläden hereinweht, sich an den Wänden aufhäuft. Es schmerzt ihn, sich das vorzustellen – ihr Haus, leer, still, Staub auf den Stühlen und Tischen, der Garten geplündert und überwuchert. Gestohlene Ware noch immer im Keller gestapelt. Er hofft, daß jemand das Haus mit Sprengstoff vollgestopft und in winzige Stücke gebombt hat. Er hofft, daß sich der Staub über dem Dach schließt und das Haus für immer begräbt.

Bald – wer kann sagen, wie viele Tage vergangen waren – ist das Geräusch eines Pick-ups zu hören, der die Zufahrt heraufknirscht. Es ist Twyman. Man entdeckt Joseph. Er zieht sich in die Wohnung zurück, hockt sich vor das Fensterbrett mit den Reihen säuberlich aufgestapelter Kieselsteine. Er nimmt einen, rollt ihn in der Handfläche hin und her. Im Haupthaus wird geschrien. Er beobachtet Twyman, wie er über den Rasen läuft.

Cowboystiefel dröhnen dumpf auf der Treppe. Twyman brüllt schon.

«Das Dach! Die Fußböden unter Wasser! Die Wände geben nach! Der Rasenmäher total verrostet!»

Joseph wischt seine Brillengläser mit den Fingern ab. «Ich weiß», sagt er. «Es ist nicht gut.»

«Nicht gut? Scheiße ist das! Scheiße! Scheiße! Scheiße!» Twymans Hals wird rot, er bringt die Worte kaum heraus. «Mein Gott!» gelingt es ihm zu fauchen. «Du blödes Arschloch!»

«Es ist okay. Ich verstehe.»

Twyman dreht sich um, betrachtet die Kieselsteine auf den Fensterbänken. «Arschloch! Arschloch!»

Twymans Frau fährt ihn in einem schicken, geräuschlosen Pick-up nach Norden, die Wischer gleiten leise über die Windschutzscheibe. Sie hält eine Hand in ihrer Handtasche, umklammert damit das, was nach Josephs Vermutung ein Reizgas-Spray oder eine Pistole ist. Sie denkt, ich bin ein Schwachkopf, denkt Joseph. Für sie bin ich ein Barbar aus Afrika, dem Arbeit unbekannt ist, der nichts vom Job des Hausmeisters versteht. Ich bin respektlos, bin ein Nigger.

Sie halten an einer roten Ampel in Bandon, und Joseph sagt: «Ich steige hier aus.»

«Hier?» Mrs. Twyman schaut sich um, als sähe sie die Stadt zum ersten Mal. Joseph steigt aus. Ihre Hand bleibt in der Handtasche. «Pflicht!» sagt sie. «Es ist eine Frage der Pflicht.» Ihre Stimme zittert – er kann sehen, daß sie innerlich tobt. «Ich habe ihm gesagt, er soll dich nicht einstellen. Ich habe gesagt: Was bringt's denn, jemanden anzuheuern, der beim ersten Anzeichen von Schwierigkeiten aus seinem Land flieht? Der kennt keine Pflicht, keine Verantwortung. Der ist nicht in der Lage zu begreifen, worum es geht. Und da haben wir den Salat!»

Joseph steht da, die Hand auf der Tür. «Er will dich nie wiedersehen», sagt sie. «Mach die verdammte Tür zu.»

Drei Tage lang liegt er auf einer Bank in einem Waschsalon. Er studiert die Risse in den Platten an der Decke. Wenn er die Augen geschlossen hält, kann er Farben vorüberziehen sehen. Kleidungsstücke machen hinter den Bullaugen der Trockner Loopings. *Pflicht: durch moralische Verpflichtung bestimmtes Verhalten.* Twymans Frau hatte recht – was versteht er schon davon? Er denkt an die Herzen, die alle zusammen in der Erde liegen, denkt an die Bakterien im Erdreich, die mikroskopisch kleine Labyrinthe durch ihre Mitte fressen. War das Begraben dieser Herzen nicht das Richtige gewesen, das einzig Anständige? Rette dich, hatten sie gesagt. Rette dich selbst. Es gab Dinge, die er in Ocean Meadows gelernt hatte, Dinge, die noch nicht zu Ende gebracht waren.

Hungrig, aber sich seines Hungers nicht bewußt, geht er auf der Straße nach Süden, geht mit federndem Schritt durch das feuchte, schmutzige Gras am Straßenrand. Um ihn herum regen sich die Bäume. Wenn er ein Auto oder einen Lastwagen herankommen hört, Reifen, die über das nasse Pflaster zischen, dann weicht er in den Wald aus, zieht seine Decke um sich und wartet, bis das Fahrzeug vorbei ist.

Noch vor Morgengrauen ist er wieder auf dem Twymanschen Besitz, hoch über dem Haupthaus, wandert durch das dichte

Unterholz. Der Regen hat aufgehört, der Himmel ist heller geworden, und Josephs Glieder fühlen sich leicht an. Er steigt hinauf zu der kleinen Lichtung zwischen den Baumstämmen, wo er die Herzen der Wale begraben hat, und schichtet abgestorbene Fichtenzweige als Bett auf den Boden und liegt zwischen ihnen über den begrabenen Herzen, ist selbst halb begraben und beobachtet die am Himmel dahinwandernden Sterne.

Ich werde unsichtbar werden, denkt er. Ich werde nur bei Nacht arbeiten. Ich werde so vorsichtig sein, daß sie keinen Verdacht schöpfen. Ich werde sein wie die Schwalben auf ihren Dachrinnen, wie die Insekten in ihren Rosen, verborgen, ein Aasfresser, ein Bestandteil der Landschaft. Wenn sich die Bäume im Wind bewegen, werde ich mich ebenfalls bewegen, und wenn der Regen fällt, werde ich auch fallen. Es wird so etwas wie ein Verschwinden sein.

Dies ist jetzt mein Zuhause, denkt er, sich umsehend. Auf dies hier ist alles hinausgelaufen.

Am Morgen teilt er die Zweige und schaut hinunter zum Haus, wo zwei Vans auf dem Rasen stehen, Leitern gegen die Seitenwand gelehnt sind, die kleine Gestalt eines Mannes auf dem Dach kniet. Andere Männer schaffen Kartons oder Bretter ins Haus. Das geschäftige Geräusch des Hämmerns ist zu hören.

Auf dem schattigen Hang unterhalb seines Grundstücks findet Joseph Pilze, die aus dem Laub hervorwachsen. Sie schmecken wie Schlamm und verursachen ihm Bauchschmerzen, aber er ißt sie alle, würgt sie hinunter.

Er wartet bis zur Abenddämmerung, am Boden hockend, und beobachtet, wie sich ein langsamer Nebel in den Bäumen sammelt. Als es schließlich dunkel ist, geht er den Hügel hinab zum Geräteschuppen neben der Garage, nimmt eine Hacke von der Wand und sucht im Dunkeln nach der Kiste mit dem Saatgut. In einer Papiertüte ertastet er Samen – er steckt sie in die Hosentasche und zieht sich zurück, zurück durch Bärlapp und Farnkraut bis zum nassen, mit Nadeln übersäten Waldboden, zu dem Kreis aus Baumstämmen und seinem kleinen Grundstück. In dem schwachen silbrigen Licht öffnet er die Packung. Darin sind etwa zwei Handvoll Kerne, ein paar dünn und schwarz wie die von Disteln, ein paar breit und weiß, ein paar dick und gelbbraun. Er verstaut sie in seiner Tasche. Dann steht er auf, hebt die Hacke und treibt sie in die Erde. Ein Geruch steigt auf – süß und fruchtbar.

Die ganze Nacht wendet er die Erde um. Es gibt keinerlei Anzeichen von Walherzen – der Erdboden ist schwarz und locker. Regenwürmer kommen, sich windend, zum Vorschein, glänzen in der Nacht. Bei Anbruch des Tages schläft er wieder. Mücken sirren um seinen Hals. Er träumt nicht.

In der nächsten Nacht benutzt er seinen Zeigefinger, um Reihen kleiner Löcher zu machen, und wirft dann in jedes einen Kern wie eine kleine Bombe. Er ist so schwach vor Hunger, daß er oft Ruhepausen einlegen muß – wenn er sich schnell aufrichtet, verschwimmt es ihm vor den Augen, der Himmel stürzt in den Horizont, und einen Augenblick lang ist ihm so, als würde er sich auflösen. Er ißt ein paar der Kerne und stellt sich vor, wie sie in seinem Darm aufgehen, wie sich Ranken durch seinen Hals nach oben schieben, sich Wurzeln aus den Sohlen seiner Schuhe winden. Aus einem seiner Nasenlöcher tropft Blut – es schmeckt wie Kupfer.

In den Trümmern einer Kronsbeerenpresse findet er eine rostige Zwanzig-Liter-Trommel. Es gibt da einen kleinen, lebhaften Bach, der sich zwischen Felsbrocken in der Nähe des Strandes seinen Weg sucht, und er füllt die Trommel mit Wasser aus dem Bach und schleppt es, schwappend und überlaufend, den Hügel hinauf zu seinem Garten.

Er ißt Tang, Himbeeren, Haselnüsse, eine Gespensterkrabbe, einen toten Seeskorpion, den die Flut angespült hat. Er reißt Muscheln von Felsen und kocht sie über einem kleinen Feuer in der geborgenen Trommel. Einmal kriecht er um Mitternacht hinunter zum Grasplatz und pflückt Löwenzahn. Er schmeckt bitter, und der Bauch tut ihm weh.

Die Arbeiter sind mit dem neuen Dach fertig. Die Flut der Besucher schwillt an. Mrs. Twyman erscheint eines Nachmittags voller Schwung und Tatendrang. Sie wirbelt in einem Geschäftsanzug über die Veranda, einen jungen Mann im Gefolge, der sich auf einem Block Notizen macht. Ihre Tochter unternimmt lange, einsame Wanderungen durch die Dünen. Die Abendgesellschaften fangen an, Papierlaternen werden an die Traufen gehängt, eine Swingband spielt im Gartenpavillon auf ihren Blasinstrumenten, der Wind weht Gelächter herüber.

Dank der Hacke und einiger Stunden Ausdauer gelingt es Joseph, eine Meise von einem niedrigen Ast herunterzuschlagen und zu töten. In tiefer Nacht brät er sie über einem winzigen Feuerchen. Er kann gar nicht glauben, wie wenig Fleisch an ihr dran ist – der Vogel besteht nur aus Knochen und Federn. Er schmeckt nach nichts. Jetzt, denkt er, bin ich wirklich ein Wilder, der kleine Vögel tot macht und ihnen mit den Zähnen die Sehnen von den Knochen reißt. Wenn Mrs. Twyman mich so sehen würde, wäre sie nicht überrascht.

Außer der Wasserschlepperei den Hügel hinauf und dem Begießen der Saatreihen gibt es kaum etwas anderes zu tun, als herumzusitzen. Die Düfte des Waldes fließen wie Flüsse zwischen den Baumstämmen dahin – Wachsen und Vermodern. Fragen tauchen haufenweise auf: Ist der Boden warm genug? Hatte seine Mutter nicht die Pflanzen in kleinen Töpfen vorgezogen und dann erst in die Erde ausgepflanzt? Wieviel Sonne brauchen Samenkörner? Und wieviel Wasser? Was wäre, wenn man diese Kerne in Papier eingewickelt hatte, weil sie steril oder alt waren? Er befürchtet, daß der Rost seiner Trommel den Garten verunreinigt, und scheuert sie mit einem Stück Schiefer so sauber, wie er kann.

Auch Erinnerungen stellen sich ungewollt ein – drei verkohlte Leichen im rauchenden Wrack eines Mercedes, ein schwarzer Käfer, der über den Rücken einer gebrochenen Hand kriecht. Der zertretene Kopf eines Jungen, der im roten Staub liegt, seine eigene Mutter, die einen Karren mit Kompost schiebt, wobei sich die Muskeln in ihren Beinen spannen, als sie den Hof überquert. Fünfunddreißig Jahre lang hat sich Joseph vorgestellt, daß sich ein roter Faden ruhig und sicher durch sein Leben zieht – ein Leben, das auf ihn zugeschnitten, nicht anfechtbar und ungefährdet war. Gänge zur Arbeit, Reis mit Cayenne zum Mittagessen, säuberliche, senkrechte Zahlenreihen in seinem Hauptbuch – daraus bestand das Leben, das machte es so regelmäßig und wahrscheinlich wie das Aufgehen der Sonne. Aber am Ende erwies sich dieser Faden als Illusion – da war kein Halteseil, keine Richtschnur, keine Wahrheit, um sein Leben einzubinden. Er war ein Verbrecher, seine Mutter eine Gärtnerin. Sie beide waren am Ende genauso sterblich wie alles andere auch, die Rosen in ihrem Garten, die Wale im Meer.

Jetzt, endlich, stellt er eine Ordnung wieder her, gibt er seinen Stunden eine Struktur. Es fühlt sich gut an, sich um den Boden zu kümmern, Wasser zu schleppen. Es fühlt sich gesund an.

Im Juni zeigen sich allmählich die ersten grünen Spitzen von Sämlingen. Wenn er am Abend aufwacht und sie in dem schwindenden Licht sieht, zerspringt ihm fast das Herz. Innerhalb weniger Tage ist das ganze Beet, das noch vor einer Woche ein nicht umgegrabenes Schwarz war, voller kleiner grüner Tupfer. Es ist das größte aller Wunder. Er ist bald überzeugt, daß einige der Sämlinge – ungefähr ein Dutzend stolzer, zum Himmel gerichteter Daumen – Zucchinipflanzen sind. Auf Händen und Knien untersucht er sie eingehend durch die zerkratzten Gläser seiner Brille – die Stengel teilen sich schon in deutlich getrennte Blätter, in winzige Tellerchen von Blättern, bereit, sich zu entfalten. Da sollen Zucchini drin sein? Große, glänzende Früchte, die diese Triebe irgendwie in sich tragen? Es erscheint unmöglich.

Er schlägt sich mit der Frage herum, was als nächstes zu tun ist. Sollte er mehr gießen oder weniger? Sollte er stutzen, mulchen, Wurzeln einschlagen, Ableger machen? Sollte er von den umstehenden Bäumen Äste wegschneiden, einen Teil der Brombeeren roden, damit die Pflänzchen mehr Licht bekommen? Er versucht, sich daran zu erinnern, was seine Mutter getan hatte, an ihre Vorgehensweise, aber er kann sich nur daran erinnern, wie sie dastand, ein Büschel Unkraut aus ihrer Hand hing und sie auf ihre Pflanzen hinabsah, als wären es um ihre Füße gescharte Kinder.

*

Er findet ein auf den Felsen gespültes Knäuel Angelschnur, entwirrt es und wickelt die Schnur auf ein Stück Treibholz. Auf den stumpfen und rostigen Haken steckt er einen Regenwurm. Er beschwert die Schnur mit einem Gewicht und läßt sie von einem Felsen aus ins Meer hinunter. In manchen Nächten gelingt es ihm, einen Lachs zu fangen, ihn beim Schwanz zu fassen und seinen Kopf gegen den Felsen zu schlagen. Im Mondlicht legt er den Fisch dann auf einen flachen Stein und nimmt ihn mit einem Stück Austernschale aus. Das Fleisch brät er über einem kleinen Feuer und verzehrt es gedankenlos, kaut, während er sich die Felsen hinauf wieder in den Wald zurückzieht. Er denkt nicht daran, ob es schmeckt. Er geht das Essen in der gleichen Art und Weise an, wie er etwa das Graben einer Grube angehen würde – es muß eben getan werden, ist irgendwie mühsam und kaum befriedigend.

Im Herrenhaus geht – wie im Garten – das Leben richtig los. Jeden Abend sind die Partygeräusche zu hören – Musik, das Klicken von Silber gegen Porzellan, Gelächter. Er kann ihre Zigaretten riechen, ihre gerösteten Kartoffeln, das Benzin der Motorsensen und Traktoren, die die Landschaftsgärtner benutzen. Autos kreisen in der Auffahrt. Eines Nachmittags erscheint Twyman auf der Veranda und feuert mit einer Schrotflinte in die Bäume. Er hat Shorts an und dunkle Socken und stolpert über die Holzplanken der Veranda. Er lädt seine Flinte nach, legt an, feuert. Joseph hockt sich neben einen Baumstamm. Ob Twyman Bescheid weiß? Hat Twyman ihn hier draußen gesehen? Die Schrotkugeln fegen durch die Blätter.

*

Mitte Juni sind die Stengel seiner Pflanzen zentimeterhoch. Wenn er sich ganz zu ihnen hinunterbeugt, kann er sehen, daß einige der Knospen zu zarten Blüten aufgegangen sind. Was so aussah wie ein solider grüner Sämling, war in Wirklichkeit eine eng zusammengefaltete Blüte. Er möchte vor Freude laut schreien. Die blassen, gezähnten Blättchen lassen ihn zu dem Schluß kommen, daß es sich bei einigen der Sämlinge um Tomaten handeln könnte, weshalb er mit Stöcken und Ranken kleine Spaliere zu bauen versucht, wie das seine Mutter mit Draht und Schnüren zu tun pflegte, damit die Pflanzen daran hochranken konnten. Als er mit seiner Arbeit fertig ist, sucht er sich seinen Weg den Hügel hinunter zum Meer, macht mit den Füßen eine Vertiefung in den Sand einer Düne und legt sich schlafen.

Eine Stunde später wacht er auf und sieht einen Turnschuh vorbeischlurfen, kaum zehn Meter entfernt. Adrenalin schießt in seine Fingerspitzen. Das Herz in seiner Brust gerät in Aufruhr. Der Turnschuh ist klein, sauber, weiß. Sein Gegenstück bewegt sich an ihm vorbei, schleift durch den Sand Richtung Meer.

Er könnte weglaufen. Oder er könnte diesen Menschen da aus dem Hinterhalt überfallen, ihn erwürgen oder ertränken oder ihm den Hals mit Sand vollstopfen. Er könnte schreiend hochfahren und dann improvisieren. Aber es ist zu nichts Zeit – er macht sich, auf dem Bauch liegend, so flach wie möglich und hofft, daß sein Umriß im Dunkeln so aussieht wie Treibholz oder ein wirrer Haufen Tang.

Die Turnschuhe werden jedoch nicht langsamer. Ihr Besitzer müht sich die Vorderseite der Düne hinunter, gebeugt und angestrengt, im Korb seiner Arme etwas mitschleppend, was für Joseph so aussieht wie zwei Schlackensteine. Als der andere die Gezeitengrenze überquert, hebt Joseph den Kopf und erkennt Einzelheiten: lockiges, offen getragenes Haar, schmale Schultern, schmale Fesseln. Ein Mädchen. Irgend etwas stimmt nicht an der Art, wie sie den Kopf hält, an der Art, wie er so schlaff auf ihrem Hals sitzt, an der Art, wie ihre Schultern so tief herabhängen – sie sieht geschlagen aus, besiegt. Sie bleibt oft stehen, um sich auszuruhen. Ihre Beine mühen sich aufs äußerste, die Last weiterzuschleppen. Joseph senkt den Blick, spürt den kühlen Sand an seinem Kinn und versucht, sein jagendes Herz zu beruhigen. Über ihm sind die Wolken weggeweht worden, und der Sternengischt schickt ein schwaches Licht hinunter aufs Wasser.

Als er wieder aufblickt, ist das Mädchen hundert Meter von ihm entfernt. Sie kauert in der Brandung mit etwas, das so aussieht wie eine Seilschlaufe, das sie durch die Löcher eines der Schlackensteine führt – sie scheint ihn an ihrem Handgelenk festzubinden. Joseph sieht zu, wie sie das eine Handgelenk an den einen Stein bindet und das andere an den zweiten. Dann steht sie mühsam auf, wankt tiefer ins Wasser und schleppt die Steine mit sich. Wellen schlagen gegen ihre Brust. Die Steine fallen, schwer aufklatschend, ins Wasser. Sie kniet sich hin, legt sich dann auf den Rücken und treibt, während ihre Arme, die noch immer an die Schlackensteine gebunden sind, hinunter und nach hinten gezogen werden, im Wasser. Eine Welle trägt sie hoch, schließt sich dann über ihrem Kinn, und sie ist fort.

Joseph begreift: die Schlackensteine halten sie unter Wasser, und sie wird ertrinken.

Er läßt die Stirn zurück auf den Sand sinken. Um ihn nur das Geräusch der Wellen, die sich am Strand brechen, und dieses Sternenlicht, schwach und rein, das vom Glimmer im Sand zurückgeworfen wird. Es ist mitten in der Nacht überall auf der Welt das gleiche, denkt Joseph. Er fragt sich, was geschehen würde, wenn er beschlossen hätte, woanders zu schlafen, wenn er eine Stunde länger damit zugebracht hätte, in seinem Garten Spaliere zu bauen, wenn seine Saat gar nicht aufgegangen wäre. Wenn er die Anzeige in der Zeitung nie gelesen hätte. Wenn seine Mutter an jenem Tag nicht zum Markt gegangen wäre. Folgerichtigkeit, Zufall, Schicksal – es ist gleichgültig, was ihn hierhergeführt hat. Die Sterne funkeln in ihren Konstellationen. Unter der Meeresoberfläche werden in jeder Minute unzählige Leben zu Ende gelebt.

Er läuft die Düne hinunter und wirft sich ins Wasser. Sie treibt knapp unter der Wasseroberfläche, die Augen geschlossen, das Haar zu einem Fächer auseinandergespült. Ihre offenen Schnürsenkel treiben in der Strömung. Ihre Arme verschwinden unter ihrem Körper im Trüben.

Es ist, wie Joseph erkennt, Twymans Tochter.

Er taucht hinab, hebt einen der Schlackensteine vom Boden auf und befreit ihr Handgelenk. Er schiebt die Arme unter ihren Körper und schleppt sie, den anderen Stein hinterherziehend, auf den Strand. «Es ist alles okay», versucht er zu sagen, aber seine Stimme ist ungeübt und versagt, die Worte kommen nicht heraus. Eine lange Zeit geschieht nichts. An ihrem Hals und an den Armen hat sie eine Gänsehaut. Schließlich hustet sie und reißt die Augen auf. Sie rappelt sich hoch – ein Arm ist noch immer an seinen Anker gebunden – und will weglaufen. «Warte», sagt Joseph. «Warte.» Er langt nach unten, hebt den Stein an und befreit ihr Handgelenk. Sie fährt verängstigt zurück. Ihre Lippen beben, ihre Arme zittern. Er kann sehen, wie jung sie ist – vielleicht fünfzehn Jahre alt. Sie trägt kleine Perlen in den Ohrläppchen und hat große Augen über rosafarbenen, glatten Wangen. Aus ihrer Jeans läuft Wasser. Ihre Schnürsenkel schleifen im Sand.

«Bitte», sagt er. «Bleib!» Aber sie ist schon weg, läuft mühsam und schnell über den Hang der Düne in Richtung des Hauses.

Joseph fröstelt. Die ausgefranste Decke, die er noch um die Schultern hat, tropft. Wenn das Mädchen es jemandem erzählt, geht ihm durch den Kopf, dann gibt es Suchaktionen. Twyman würde den Wald mit seiner Schrotflinte durchkämmen. Seine Gäste würden sich ein Spiel daraus machen, den Eindringling im Wald einzufangen. Er muß verhindern, daß sie den Garten finden. Er muß eine neue Stelle zum Schlafen suchen, weit weg vom Haus, eine feuchte Vertiefung in einem Dickicht oder, noch besser, ein Erdloch. Und er wird aufhören, Feuer zu machen – er wird nur noch die Dinge essen, die er kalt hinunterbringt. Er wird nur noch jede dritte Nacht zum Garten gehen, nur in den finstersten, spätesten Stunden, um den Pflanzen Wasser zu bringen und dabei seine Spuren sorgfältig verwischen ...

Draußen auf dem Meer zittern und beben die sich spiegelnden Sterne. Alle Wogenkämme sind mit Licht bemalt, tausend weiße Flüsse, die ineinanderfließen – es ist schön. Es ist, denkt er, das Schönste, was er je gesehen hat. Zitternd sieht er zu, bis die Sonne den Himmel in seinem Rücken zu färben beginnt, dann trottet er den Strand entlang und in den Wald.

Vier Abende später: Jazzmusik, eine Frau auf der Veranda, die im Dämmerlicht langsame Drehungen vollführt, wobei ihr Rock ein wenig flattert. Leise kriecht er in seinen Garten, um Unkraut zu jäten, um ungebetene Gäste auszureißen. Die Musik flutet durch die Bäume, Klavier, ein Saxophon. Er muß sich anstrengen, um die Sämlinge zu erkennen. Mehltau – winzige runde Fleckchen Fäule – hat viele der Blätter befallen. An einem anderen Sämling frißt eine Nacktschnecke, und ein paar der

Pflänzchen sind bereits bis zum Boden abgefressen. Mehr als die Hälfte aller Pflanzen sind tot oder sterben ab. Er weiß, daß er den Garten einzäunen, die Pflanzen mit irgend etwas besprühen müßte, um sie zu schützen. Er sollte sich ein Versteck bauen, sich auf die Lauer legen und, was immer den Garten abgrast, abschrecken oder mit der Hacke niederknüppeln. Aber er kann nicht – er kann sich kaum noch den Luxus des Jätens erlauben. Alles muß leise geschehen, muß so hergerichtet werden, daß es vernachlässigt aussieht.

Er geht nicht mehr zum Strand hinunter, überquert nicht mehr die Rasenflächen um das Herrenhaus, denn er fühlt sich dort exponiert, nackt. Er zieht die Deckung des Waldes vor, die hoch aufragenden Tannen, die Flecken von Riesenklee und die Ahornwäldchen. Hier ist er nur einer von vielen, hier ist er klein.

Sie fängt an, nachts mit einer Taschenlampe den Wald abzusuchen. Er weiß, daß es das Mädchen ist, denn er hat sich in einem hohlen Baumstamm versteckt und gewartet, bis sie vorbei ist – zuerst bewegt sich das Licht hektisch durch das Farnkraut, dann erscheint ihr spitzes, verängstigtes Gesicht mit den aufgerissenen Augen. Sie bewegt sich geräuschvoll, zertritt Äste, atmet schwer auf den Erhebungen. Aber sie ist entschlossen – ihr Licht streicht durch den Wald, wandert über die Dünen, eilt über den Rasen. Eine Woche lang sieht er allnächtlich das Licht über den Besitz treiben wie ein heimatloser Stern.

Einmal, in einer Anwandlung von Mut, ruft er «Hallo!», aber sie hört es nicht. Sie geht weiter, entfernt sich zwischen den dunklen Umrissen der Bäume, das Geräusch ihrer Schritte und der Schein ihrer Lampe werden immer schwächer, bis sie schließlich ganz verschwinden.

Sie geht dazu über, auf einem Baumstumpf keine hundert Meter von seinem Garten entfernt Eßbares liegenzulassen – ein Thunfischsandwich, eine Tüte Karotten, eine Serviette voller

Kartoffelchips. Er ißt alles auf, fühlt sich aber deswegen ein bißchen schuldig, als wenn er betröge, als wenn es unfair wäre, daß
sie es ihm leichter macht.

Nach einer weiteren Woche mitternächtlicher Besuche kann
er es, als er sie durch den Wald tappen sieht, nicht mehr ertragen
und stellt sich in den Lichtschein der Lampe. Sie bleibt stehen. Ihre so schon großen Augen werden noch größer. Sie knipst
die Taschenlampe aus und legt sie ins Laub. Ein blasser Nebel
schwebt in den Ästen. Sie halten so etwas wie Distanz. Das
Mädchen scheint keine Angst zu haben, obwohl es die Hände
knapp neben den Hüften hält wie ein Cowboy vor dem Duell.

Dann fängt sie an, mit ihren Armen einen kurzen, ausgeklü-
gelten Tanz aufzuführen, schlägt mit der Kante der einen Hand
auf die Fläche der anderen, läßt ihre Finger durch die Luft kreisen, berührt ihr rechtes Ohr, richtet schließlich beide Zeigefinger auf Joseph.

Er kann sich keinen Reim daraus machen. Ihre Hände wieder-
holen den Tanz – sie beschreiben einen Kreis, die Handflächen
drehen sich nach oben, die Finger verschränken sich. Ihre Lippen bewegen sich dabei, aber kein Laut kommt heraus. Sie hat
am Handgelenk eine große, silberne Uhr, die bei ihrem Gesti-
kulieren den Unterarm hinauf- und hinunterwandert.

«Ich verstehe nicht.» Mangelnder Gebrauch läßt seine
Stimme versagen. Er deutet in Richtung Haus. «Geh weg. Es
tut mir leid. Du darfst hier nicht mehr langgehen. Jemand wird
dich suchen kommen.» Aber das Mädchen wiederholt den Fin-
gertanz ein drittes Mal, dreht die Hände, klopft sich auf die
Brust, bewegt stumm die Lippen.

Und da begreift Joseph. Er legt die Hände über die Ohren.
Das Mädchen nickt.

«Du kannst nicht hören?» Sie schüttelt den Kopf. «Aber du
weißt, was ich sage? Du verstehst mich?» Sie nickt wieder. Sie
zeigt auf ihre Lippen, öffnet dann die Hände wie ein Buch –
Lippenlesen.

Sie zieht ein Notizbuch aus der Brusttasche ihrer Hemdbluse und öffnet es. Mit einem Bleistift, den sie um den Hals hängen hat, kritzelt sie etwas. Sie hält ihm die Seite hin. In dem trüben Licht liest er: *Wie lebst du?*

«Ich esse, was ich finden kann. Ich schlafe im Laub. Ich habe alles, was ich brauche. Bitte geh nach Hause, Miss. Geh schlafen.»

Ich werde nichts sagen, schreibt sie.

Als sie fortgeht, sieht er zu, wie sich das Lampenlicht auf und ab bewegt und hin und her streicht, bis es nur noch ein Funke ist, ein durch die Dunkelheit schwirrender Leuchtkäfer. Er ist überrascht, als ihm plötzlich klar wird, daß es ihn einsam macht zu sehen, wie das Licht schwächer wird, als ob er, obwohl er ihr gesagt hatte, sie solle weggehen, gehofft hätte, daß sie bleiben würde.

Zwei Nächte später, es herrscht Vollmond, ist ihr Licht wieder da, schwankt durch den Wald. Er weiß, er sollte weggehen, sich nach Norden auf den Weg machen und erst wieder stehenbleiben, wenn er hundert Meilen tief in Kanada ist. Statt dessen läuft er im Laub auf und ab und geht schließlich zu ihr hin. Sie trägt Jeans, ein Sweatshirt mit Kapuze, einen Rucksack über der Schulter. Wie beim ersten Mal knipst sie die Taschenlampe aus. Mondlicht ergießt sich über die Äste, läßt ein Patchwork von Schatten über ihre Schultern wandern. Er führt sie durch das Brombeergestrüpp, vorbei am Eisenkraut zu einem Felsvorsprung, von dem aus man übers Meer blicken kann. Am Horizont läßt ein einsamer Frachter sein winziges Licht blinken.

«Ich hätte es beinah auch getan», sagt er. «Das, was du versucht hast.» Sie hält die Hände vor sich hin wie zwei schmächtige und blasse Vögel. «Ich beugte mich über den Bug eines Tankers, sah auf die Wellen dreißig Meter unter mir hinab. Wir waren mitten auf dem Ozean. Ich brauchte mich nur mit den Füßen abzustoßen, und schon wäre ich über Bord gegangen.»

Sie schreibt in ihr Notizbuch: *Ich dachte, du wärst ein Engel. Ich dachte, du wärst gekommen, um mich in den Himmel zu holen.*

«Nein», sagt Joseph. «Nein.» Sie sieht ihn an, sieht weg. *Warum bist du wiedergekommen?* schreibt sie. *Nachdem du entlassen worden warst?*

Das Licht des Schiffes verlöscht langsam. «Weil es schön ist hier», sagt er. «Weil ich nicht wußte, wohin sonst.»

Eine Nacht später stehen sie sich wieder im Dunkeln gegenüber. Ihre Hände flattern vor ihr, ziehen Schleifen, heben sich an ihren Hals, zu ihren Augen. Sie berührt einen Ellbogen, zeigt auf ihn.

«Ich gehe Wasser holen», sagt er. «Du kannst mitkommen, wenn du magst.»

Sie folgt ihm abwärts durch den Wald, bis sie den Bach erreichen. Er beugt sich über einen mit Flechten überzogenen Felsblock, findet seine rostige Trommel und füllt sie. Sie klettern durch Farnkraut, Moos und abgestorbenes Geäst zurück auf die Kuppe des Hügels. Er zieht ein paar abgebrochene Fichtenäste beiseite.

«Das ist mein Garten», sagt er und tritt zwischen die Pflanzen. Ranken klammern sich grün an ihre Klettergerüste, Kriechpflanzen breiten sich auf dem nackten Boden aus. In der Luft ist der Duft von Erde, Laub und Meer. «Deshalb bin ich zurückgekommen. Ich mußte dies hier tun. Deshalb bleibe ich.»

In den folgenden Nächten besucht sie den Garten, und sie hokken zwischen den Pflanzen. Sie bringt ihm eine Decke mit, ein Baguette, das er zögernd ißt. Sie bringt ihm ein Buch mit über Zeichensprache – einige tausend Strichzeichnungen von Händen, jede mit einem Wort darunter. Da sind Hände über *Baum*, Hände über *Fahrrad*, Hände über *Haus*. Er studiert die Seiten, fragt sich, wie jemand alle diese Zeichen lernen kann. Sie heißt Belle, erfährt er – er übt, den Namen mit seinen langen, ungeschickten Fingern in der Luft darzustellen.

Er bringt ihr bei, Schädlinge zu finden – Nacktschnecken, schillernde Käfer, Blattläuse, winzige rote Blattspinnmilben – und sie zwischen den Fingern zu zerdrücken. Ein paar der Kletterpflanzen sind inzwischen kniehoch, sie wandern über das Beet, der Regen prasselt auf die Blätter. «Wie ist das?» fragt er sie. «Ist es sehr still? Ist es geräuschlos?» Aber sie sieht ihn nicht sprechen oder zieht es vor, nicht zu antworten. Sie sitzt da und starrt zum Haus hinunter.

Sie bringt einen Pflanzendünger mit, den sie in Wasser aus dem Bach mischen und dann über die Reihen gießen. Jedesmal, wenn sie geht, ertappt er sich dabei, daß er ihr Weggehen beobachtet, ihren Körper, der sich durch die Bäume abwärtsbewegt, schließlich unten auf dem Rasen erscheint, eine undeutliche Silhouette, die zurück ins Haus schlüpft.

In manchen Nächten, wenn er weit weg vom Garten im Farnkraut sitzt und beobachtet, wie in der Ferne die Autoscheinwerfer auf der 101 entlangkriechen, hält er sich die Ohren zu und versucht sich vorzustellen, wie es sein muß. Er schließt die Augen, versucht, völlig still zu werden. Einen Augenblick lang glaubt er, er habe es – eine Art Leere, ein Nichts, eine Selbstvergessenheit. Aber es bleibt nicht, kann es auch gar nicht. Da ist immer ein Geräusch, das ständige Fließen und Gemurmel in der Maschinerie seines Körpers, ein Summen in seinem Kopf. Das Herz in seinem Käfig schlägt und spannt die Muskeln an. Sein Körper klingt für ihn in diesen Augenblicken wie ein Orchester, eine Rock-Band, wie ein Gefängnis, dessen Insassen sich allesamt in einer Zelle drängen. Wie mag das sein, wenn man das nicht hört? Wenn man nicht einmal das Raunen des eigenen Pulsschlags hört?

Der Garten erwacht explosionsartig zum Leben. Joseph hat den Eindruck, daß es dort auch dann noch wachsen würde, wenn die ganze Welt in andauernder Finsternis versänke. Jede Nacht gibt es Veränderungen. An den Tomatenstengeln bilden sich Trauben grüner Kügelchen und schwellen an. Gelbe Blüten erscheinen an den Ranken wie brennende Lampen. Er fragt sich langsam, ob die großen, buschigen Rankepflanzen wirklich Zucchini sind – vielleicht ist es eher irgendeine Art von Garten- oder Zierkürbis?

Es sind jedoch Melonen. Tage später entdecken er und Belle sechs blasse Kugeln, die unter den breiten Blättern auf dem Boden liegen. Jede Nacht scheinen sie größer zu werden, mehr Masse aus der Erde zu ziehen. Sie glühen fast in der Tiefe der Nacht. Er beschmiert die Seiten mit Erde, drückt sie tiefer nach unten, um sie zu verstecken. Er umhüllt auch die Tomaten – es scheint ihm, als müßten sie mit ihrem hellen Gelb und Rot wie Leuchtfeuer strahlen, von den Rasenflächen unten leicht zu sehen. Zu unerhört, um es zu übersehen.

Sie ist im Garten, sitzt und starrt auf das Haus hinab, und er verläßt die Deckung des Waldes und geht zu ihr hinüber. Er klopft ihr auf die Schulter und macht das Zeichen für *Nacht* und das Zeichen für *Wie geht es dir?* Ihr Gesicht hellt sich auf, ihre Finger geben blitzschnell eine Antwort.

«Mach langsam! Langsam!» sagt Joseph lachend. «Ich bin nur bis ‹gute Nacht› mitgekommen.»

Sie lächelt, steht auf und klopft sich die Knie ab. Sie hat etwas in ihr Notizbuch geschrieben: *Muß dir was zeigen*. Sie nimmt eine Karte aus ihrem Rucksack und breitet sie auf der Erde aus. Sie ist entlang der Faltungen abgenutzt und sehr lappig. Er betrachtet sich das Ganze und kann sehen, daß es eine Karte der gesamten Pazifikküste beider amerikanischer Kontinente ist, von Alaska bis Feuerland.

Belle zeigt auf sich, dann auf die Karte. Sie fährt mit dem Finger Highways entlang, die alle von Norden nach Süden führen und die sie farbig hervorgehoben hat. Dann legt sie die Hände auf ein imaginäres Steuerrad und stellt mimisch das Fahren eines Autos dar.

«Du willst das da abfahren? Du willst so weit fahren?»

Sie nickt bestätigend. Ja. Sie beugt sich vor und schreibt mit ihrem Bleistift: *Wenn ich sechzehn werde, bekomme ich einen Volkswagen. Von meinem Vater.* Joseph studiert die Karte, schüttelt den Kopf.

«Kannst du überhaupt fahren?»

Sie schüttelt den Kopf, hält zehn Finger hoch, dann sechs. *Wenn ich sechzehn bin.*

Er betrachtet eine Weile die Karte. «Warum? Ich versteh' das nicht.»

Sie sieht weg. Sie macht eine Reihe von Zeichen, die er nicht kennt. Auf das Papier schreibt sie: *Ich will weg!* und unterstreicht die Wörter voller Zorn. Die Spitze des Bleistifts bricht ab.

«Belle», sagt Joseph, «niemand könnte so weit fahren. Bis ganz da runter gibt es wahrscheinlich nicht einmal Straßen.» Sie sieht ihn an. Ihr Mund steht offen.

«Du bist, was, fünfzehn Jahre alt? Du kannst nicht nach Südamerika fahren. Du würdest entführt werden. Dir würde das Benzin ausgehen.» Dann lacht er und legt die Hand auf den Mund. Nach einer Weile fängt er an zu arbeiten, seine Finger klauben eine Miniermotte von der Unterseite einer Melone. Im schwindenden Licht studiert Belle ihre Karte.

Als er aufsieht, ist sie weg, ihr Taschenlampenlicht bewegt sich schnell den Hang hinunter, verschwindet. Er beobachtet, wie ihre schmale Gestalt über den Rasen eilt.

*

Sie kommt nicht mehr in den Wald. Soweit er das zu sagen vermag, geht sie überhaupt nicht mehr aus dem Haus. Vielleicht benutzt sie ja die Haustür, denkt er. Er fragt sich, wie lange sie wohl schon diesen seltsamen Traum mit sich herumträgt – von Oregon bis Feuerland zu fahren, allein, ein taubstummes Mädchen.

Eine Woche vergeht, und Joseph ertappt sich dabei, daß er neben dem Pfad zum Strand hockt, am Rand der Dünen schläft, am Nachmittag mehrmals aufwacht und mit schnell schlagendem Herzen im Kreis läuft. Nach Anbruch der Dämmerung studiert er das Zeichensprachenbuch, verschlingt seine Finger zu Knoten, so daß ihm die Hände wehtun, und erinnert sich voll Bewunderung an die Präzision von Belles Zeichensprache, das abrupte Auf und Ab, die Art, in der ihre Hände zusammenströmen wie eine Flüssigkeit, dann innehalten, dann sich abmühen und knirschen wie die Zähne eines Schaltgetriebes. Er hatte nie gedacht, daß der Körper so beredt sein konnte.

Aber er lernt. Es ist, als fange er ganz von vorne an zu lernen, die Welt in Wörter zu bringen. Ein Baum ist eine offene Hand, zweimal am rechten Ohr hin und her bewegt. Ein Wal, das sind drei Finger, die durch ein Meer tauchen, das von dem anderen Unterarm dargestellt wird. Der Himmel, das sind zwei Hände, die über dem Kopf zusammengeführt und dann wieder auseinandergerissen werden, als tue sich in den Wolken ein Spalt auf, durch den man ins Himmelreich schwimmt.

Donner über dem Meer, Raben, die in den hohen Ästen krächzen. Noch ein Weilchen, denkt Joseph. Die Tomaten werden bald reif sein. Es fängt an zu regnen – kalte, ernste Tropfen prasseln durchs Geäst. Er hat Belle schon seit zwei Wochen nicht mehr gesehen, als er sie, in einen blauen Regenmantel gekleidet, im Garten findet, wo sie gebeugt zwischen den Pflanzenreihen steht, Unkraut ausreißt und es in die Brombeersträucher wirft. Die Tropfen prallen von ihren Schultern ab. Er sieht ihr eine Weile zu. Blitze erhellen den Garten. Regenwasser fließt von ihrer Nasenspitze.

Er tritt zwischen die Pflanzen – die Tomaten hängen schwer und verträumt an ihren Stengeln, die Melonen zeigen ein blasses Grün, das sich von der grauen Erdschicht auf ihrer Schale abhebt. Er zieht ein dünnes Wildkraut heraus und schüttelt die

Erde von seinen Wurzeln. «Letztes Jahr», sagt er, «sind hier Wale verendet. Am Strand. Sechs Stück. Wale haben ihre eigene Sprache, ein Klicken und Quietschen und Klirren, als stießen Flaschen gegeneinander. Auf dem Strand haben sie miteinander gesprochen, bevor sie gestorben sind. Wie alte Frauen.»

Sie schüttelt den Kopf. Ihre Augen sind rot. *Es tut mir leid*, sagt er per Handzeichen. *Bitte*. Er sagt: «Ich war blöd. Deine Idee ist wahrscheinlich nicht seltsamer als alle Ideen, die mir je gekommen sind.»

Nach einer Weile fügt er hinzu: «Ich habe die Herzen der Wale im Wald begraben.» Er macht vor seiner Brust das Zeichen für *Herz*.

Sie sieht ihn an, neigt den Kopf zur Seite. Ihre Gesichtszüge werden weicher. *Was?* fragt sie.

«Ich habe sie hier begraben.» Er möchte mehr sagen, möchte ihr die Geschichte von den Walen erzählen. Aber kennt er sie denn überhaupt? Weiß er überhaupt, warum sie gestrandet sind, was sie tun, wenn sie nicht an Land kommen? Was mit den Körpern von Walen passiert, die nicht stranden – werden sie angeschwemmt, rollen sie eines Tages in der Brandung, verwesend und aufgedunsen? Oder gehen sie unter? Zerfallen ihre Kadaver auf dem Grund der Meere zu Humus, so daß ein eigentümlicher Tiefwassergarten durch ihre Knochen wachsen kann?

Sie sieht ihn nachdenklich an, die Hände in der Erde. Es ist ihre Aufmerksamkeit, denkt er. Wie sie mich mit ihren Augen fixiert. Wie ich das Gefühl habe, daß sie die ganze Zeit lauscht, von diesem undurchdringlichen Schweigen umschlossen. Ihre blassen Finger stöbern zwischen den Stengeln, ein Regentropfen rollt über die grüne Wölbung einer Tomate, und Joseph verspürt plötzlich das Bedürfnis, ihr alles zu erzählen. Alle seine kleinen Vergehen, wie seine Mutter morgens zum Markt gegangen war, während er *schlief* – Hunderte von Geständnissen schießen ihm durch den Kopf. Er hat zu lange gewartet. Die Wörter sind hinter einem Damm immer höher gestiegen, und jetzt ist der Damm gebrochen, und der Fluß tritt über seine Ufer. Er möchte ihr erzählen, was er über die Wunder des Lichts erfahren hat, möchte über die Art reden, wie sich das Tageslicht gezeitenartig verströmt – blaß und schimmernd in der Morgendämmerung, der grelle Schein des Mittags, das Gold des Abends, das Versprechen des Zwielichts. Jede Sekunde jedes einzelnen Tages hat ihren eigenen Zauber. Er möchte ihr sagen, daß Dinge, wenn sie verschwinden, zu etwas anderem werden, daß wir im Tod in den Halmen des Grases, in den sich öffnenden Samenkapseln wiederauferstehen. Aber seine Vergangenheit strömt heraus – das Wörterbuch, das Hauptbuch, seine Mutter, die Greuel, die er gesehen hat.

«Ich hatte eine Mutter», sagt er. «Sie ist verschwunden.» Er weiß nicht, ob Belle ihm lippenlesend folgt – sie sieht woanders hin, hebt eine Tomate an und kratzt Erde von ihrer Unterseite ab, läßt sie dann wieder herab. Joseph hockt vor ihr. Der Sturm bewegt die Bäume.

«Sie hatte einen Garten. Einen wie diesen hier, aber schöner. Irgendwie ... ordentlicher.»

Er merkt, daß er nicht weiß, wie er über seine Mutter sprechen soll – ihm fehlen die Wörter dafür. «Jahrelang habe ich Geld gestohlen», sagt er. Er ist nicht sicher, ob sie versteht. Über seine Brillengläser rinnt der Regen. «Und ich habe einen Mann getötet.» Sie schaut über seinen Kopf hinweg und bewegt sich nicht.

«Ich wußte nicht einmal, wer er war, oder ob es wirklich der Mann war, der er angeblich sein sollte. Aber ich brachte ihn um.»

Jetzt sieht Belle ihn mit in Falten gelegter Stirn an, als ob sie sich fürchte, und Joseph kann den Anblick nicht ertragen, aber auch nicht aufhören. Da sind so viele Dinge in Worte zu fassen – wie gestrandete Wale sich mit den schwarzen Walzen ihrer Leiber selbst ersticken, die Gesänge der Wälder, Sternenlicht, das die Kämme der Wellen hervorhebt, die Art, wie sich seine

Mutter über Furchen beugte, um Samen auszustreuen. Er möchte Handzeichen benutzen, die alles wieder lebendig werden lassen, er möchte, daß sie sieht, wie sich seine armen, elenden Geschichten aus Dunkelheit neu zusammenfügen. Jede Leiche, an der er vorbeigekommen ist und die er nicht begraben hat. Der Leichnam des auf dem Tennisplatz zusammengesunkenen Mannes. Der gestohlene Kram, der auch jetzt noch im Keller des Hauses liegt, in dem er mit seiner Mutter gewohnt hat.

Statt dessen spricht er von den Walen. «Einer der Wale», sagt er, «lebte länger als die andern. Leute rissen Haut und Fett von dem toten Tier daneben ab. Er sah ihnen dabei mit seinen großen braunen Augen zu und schlug schließlich mit den Flossen auf den Strand ein, peitschte den Sand. Ich war so weit davon weg wie jetzt das Haus dort von uns und konnte doch spüren, wie der Boden bebte.»

Belle sieht ihn an, eine verschmutzte Tomate in der Hand. Joseph liegt auf den Knien, Tränen steigen ihm in die Augen.

Ein Reifen – ein letzter warmer Tag, ein halbes Dutzend Prachtmeisen, wie goldene Blüten auf einem Ast, sich zur Sonne neigende Tomaten. Die Seide der Melonenblüten scheint so voller Licht zu sein, daß sie jeden Augenblick anfangen könnten zu brennen. Joseph beobachtet, wie Belle auf dem Rasen mit ihrer Mutter streitet – sie kehren gerade vom Strand zurück. Belle zerschneidet die Luft mit den Händen. Ihre Mutter wirft den Liegestuhl hin und antwortet mit Handzeichen. Joseph fragt sich, ob das Mädchen ihre Geheimnisse wohl tief in sich verschlossen hat. Oder sitzen sie ganz außen in ihren Fingerspitzen, bereit, sich augenblicklich in Sprache zu verwandeln, sich als Handzeichen der Mutter zu offenbaren? *Der Afrikaner, den ihr gefeuert habt, lebt hier im Wald. Er hat Geld veruntreut und einen Mann umgebracht.* Brodeln die Geheimnisse in ihr wie Wasser in einem Kessel? Oder liegen sie still da wie Samen und warten, bis die richtige Zeit gekommen ist? Nein, denkt Joseph, Belle versteht. Sie hat ihre Geheimnisse weit besser gehütet als ich die meinen.

Er riecht die süße Frucht einer Tomate, jetzt rosa, mit gelben Streifen auf der einen Seite, und der Duft ist fast unerträglich.

*

Aber am Morgen wird er aufgespürt. Es dämmert gerade, und er ist dabei, Muscheln von den Felsen zu reißen und sie in seine verrostete Trommel zu tun, als eine Gestalt oben auf der Düne erscheint. Lichtstrahlen brechen durch die Bäume, und dann – als hätte sich die Sonne verschworen, ihn zu verraten – fixiert ihn ein einzelner Strahl auf dem Hintergrund des Wassers. Hinter der Gestalt erscheinen mehrere andere. Sie stolpern die Düne herunter, waten durch den losen Sand, kommen lachend auf ihn zu.

Sie haben Gläser in den Händen, und ihre Stimmen klingen betrunken, und er denkt daran, seine Trommel abzusetzen, sich umzudrehen und hinauszuschwimmen aufs Meer, um sich von einer Strömung davonschwemmen und an fernen Felsen zerschmettern zu lassen. Nicht weit von ihm bleiben sie stehen. Twymans Frau ist unter ihnen. Mit gerötetem, zuckendem Gesicht tritt sie dicht an ihn heran, schüttet ihm ihren Drink auf die Brust und schreit.

Er vergißt, das Buch mit den Handzeichen verschwinden zu lassen, und als sie es in seinem Hosenbund stecken sehen, wird die Sache ernster. Mrs. Twyman dreht das Buch in den Händen und schüttelt den Kopf und scheint die Sprache verloren zu haben. «Woher hat er das?» fragen die andern. Zwei Männer kommen und nehmen ihn zwischen sich – ihre Gesichter zucken, ihre Fäuste sind geballt.

Sie nehmen ihn mit, über die Dünen, den Pfad hinauf und über den Rasen, an der Garage vorbei, wo er gewohnt hat, und an dem Schuppen, aus dem er die Hacke und die Samen entwendet hat. Von Belle keine Spur. Mr. Twyman kommt aus dem Haus gestürzt, ohne Hemd, mit rutschender Trainingshose. Die Worte verheddern sich in ihm. «Die Unverfrorenheit!» zischt er. «Diese Frechheit!»

In der Ferne hört man das Geräusch von Sirenen. Vom Rasenplatz aus versucht Joseph, die Stelle oben auf dem Hügel auszumachen, wo sich der Garten befindet, eine kleine Lücke in einem Bollwerk aus Fichten – aber da ist nur ein grüner Fleck, und schon bald stoßen sie ihn vorwärts und ins Haus, und da ist überhaupt nichts zu sehen außer dem massiven Eßtisch, voll mit Tellern und halbleeren Gläsern, und den Gesichtern um ihn herum, die Fragen auf ihn abfeuern.

Sie fahren ihn – in Handschellen – nach Bandon und setzen ihn in eine Amtsstube mit alten Sirenen und Softball-Trophäen aus Plastik auf den Regalen. Zwei Polizeibeamte sitzen auf der Kante eines Schreibtisches und wechseln sich im Fragenstellen ab. Sie fragen, was er mit dem Mädchen gemacht hat, warum, wo sie waren. Twyman tobt irgendwo im Gebäude – Joseph kann die Worte nicht verstehen, aber das Überschnappen der Stimme hören, wenn sie an ihre Grenzen gelangt. Die Gesichter der Polizisten auf dem Schreibtisch sind ausdruckslos, als sie ihn in die Zange nehmen.

«Was haben Sie gegessen? Haben Sie was gegessen? Sie sehen nicht so aus, als hätten sie je überhaupt was gegessen.» – «Wieviel Zeit haben Sie mit dem Mädchen verbracht? Wohin haben Sie sie mitgenommen?» – «Warum reden Sie nicht mit uns? Wir können es leichter für Sie machen.» Sie fragen ihn zum fünfzigsten Mal, wie er an das Buch über die Zeichensprache gekommen ist. Ich bin Gärtner, möchte er ihnen sagen. Hausmeister. Lassen Sie mich in Frieden. Aber er sagt nichts.

Sie sperren ihn in eine Zelle, in der jegliche Struktur weggepinselt worden ist – die Wände aus Schlackensteinen, der Fußboden, der Rahmen der Pritsche, die Gitterstäbe im Fenster, alles ist mit vielen Schichten Farbe geglättet worden. Nur das Waschbecken und die Toilette sind ungestrichen, die Kreise tausendfachen Schrubbens im Stahl als Muster verewigt. Das Fenster geht hinaus auf die Ziegelmauer, die etwa fünf Meter entfernt ist. Eine nackte Glühbirne hängt von der Decke, zu hoch, um dranzukommen. Sie brennt selbst nachts, eine winzige, unnatürliche Sonne.

Er sitzt auf dem Boden und stellt sich vor, wie Unkräuter den Garten überwältigen, wie ihre Stengel die Tomatenpflanzen herabziehen, ihre alles durchdringenden Wurzeln sich durch das winden, was von den Walherzen noch übrig sein mochte. Er stellt sich vor, wie die Tomaten zu voller Reife gelangen, dann schlaff von den Ranken herabhängen, wie sich schwarze Flekken auf ihnen öffnen wie Brandwunden und sie schließlich abfallen, von Fliegen hohlgefressen werden. Wie die Melonen umfallen und verschrumpeln. Ein Riesenaufgebot von Ameisen, die sich durch Schalen fressen und glänzende Fruchtstückchen davonschleppen. In einem Jahr wird der Garten nur noch aus Lachsbeeren und Nesseln bestehen, sich von nichts mehr unterscheiden, nichts mehr aufweisen, was seine Geschichte erzählt.

Er fragt sich, wo Belle ist. Er hofft, daß sie weit weg ist, und versucht, sie sich hinter dem Steuer eines Volkswagens vorzustellen, einen Unterarm im offenen Fenster, irgendein südlicher Highway, der sich vor ihr entrollt, die Weiten des Meeres, die sichtbar werden, als sie eine Kurve durchfährt.

Die Erdnußbutter-Sandwiches, die sie unter den Stäben durchschieben, ißt er nicht. Nach zwei Tagen steht der Sheriff vor dem Gitter und fragt, ob Joseph etwas anderes haben möchte. Joseph schüttelt den Kopf.

«Der Mensch muß essen», erklärt der Beamte. Er schiebt ein Paket Cracker durch. «Essen Sie die. Sie werden sich besser fühlen.»

Joseph tut es nicht. Es ist weder Protest noch Krankheit, wie die Polizisten zu denken scheinen. Es ist schlicht die Idee des Essens, die Übelkeit in ihm erregt, die Vorstellung, Nahrung mit den Zähnen zu zermanschen und hinunterzuwürgen. Er legt die Cracker neben die Sandwiches auf den Rand des Ausgusses.

Der Beamte beobachtet ihn eine ganze Minute lang, bevor er wieder geht. «Wissen Sie was», sagt er, «ich werde Sie ins Krankenhaus stecken, da können Sie dann sterben.»

Ein Anwalt versucht, eine Geschichte aus ihm herauszukitzeln. «Was haben Sie in Liberia gemacht? Diese Leute hier glauben, daß Sie gefährlich sind … sie sagen, Sie seien geistig zurückgeblieben. Sind Sie? Warum wollen Sie nicht reden?» In Josephs Innerem herrscht keine Auflehnung, keine Wut, keine Entrüstung über Ungerechtigkeit. Er hat ihre Verbrechen nicht begangen, wohl aber viele andere. Kein Mann ist je so schuldig gewesen, denkt er, noch nie hat jemand Strafe so sehr verdient. «Schuldig!» möchte er schreien. «Ich bin schon mein ganzes Leben lang schuldig!» Aber er hat nicht die Kraft dazu. Er verändert seine Haltung und fühlt, wie sich seine Knochen auf dem Fußboden zurechtlegen. Der Anwalt gibt es auf und geht.

In ihm gibt es keine Schranken mehr, keine Unterteilungen. Es ist, als wäre alles, was er je in seinem Leben getan hat, in ihm zusammengeflossen und schwappe träge gegen seine Ränder. Seine Mutter, der Mann, den er getötet hat, der dahinsiechende Garten – er wird niemals in der Lage sein, es wiedergutzumachen, darüber hinwegzukommen, wird nicht Leben genug haben, um für all die Dinge, die er gestohlen hat, zu bezahlen.

Zwei weitere Tage ohne Essen, und er wird in ein Krankenhaus gebracht – sie tragen ihn, als sei seine Haut ein Sack, in dem die Knochen gegeneinanderschlagen. Er kann sich nur an den dumpfen Schmerz von Knöcheln auf seinem Brustbein erin-

nern. Er wacht in einem Zimmer auf, in einem Bett, mit Schläu-
chen, die in seine Arme eingestöpselt sind.

In halbwachem Zustand hat er schreckliche Traumvisionen –
gliederlose Körper von Männern, die auf der Kommode oder
dem Stuhl in der Ecke Gestalt angenommen haben. Der Fußboden bedeckt mit Leichen in den unnatürlichen Stellungen
des Todes, Fliegen auf den Augen, getrocknetes Blut in den
Ohren. Manchmal sieht er, wenn er aufwacht, den Mann, den er
getötet hat, auf dem Fußende des Bettes knien, die blaue Uniformmütze im Schoß, die Arme noch hinter dem Rücken zusammengebunden. Die Wunde in seiner Stirn ist frisch, ein
schwarz umrandetes Bohrloch, die Augen offen. «Ich bin einem
Flugzeug noch nicht einmal nahegekommen», sagt er. Jeden
Augenblick wird jetzt eine Krankenschwester hereinkommen
und den toten Mann auf dem Fußende des Bettes knien sehen – und das war's dann. Endlich, denkt Joseph, muß ich dafür
bezahlen.

Es gibt noch andere Besucher: Mrs. Twyman im Stuhl in der
Ecke, die dürren Arme über der Brust verschränkt. Sie sieht
ihm in die Augen – dunkelrote Stellen zittern wie verfärbte
Prellungen unter ihren Augenhöhlen. «Was?» schreit sie. «Was?»
Und Belle kommt – oder das, was Belle hätte sein können.
Joseph wacht auf und erinnert sich, wie sie das Fenster hoch-
geschoben und auf Möwen gezeigt hat, die auf Müllcontainern
sitzen. Aber er weiß nicht, ob er das geträumt hat, ob sie auf dem
Weg nach Argentinien ist, ob sie überhaupt noch an ihn denkt.
Sein Fenster ist geschlossen, die Vorhänge sind zugezogen. Als
die Schwester das Fenster aufmacht, kann er sehen, daß da
keine Müllcontainer sind, nur Rasen, ein Parkplatz.

Noch ungefähr eine Woche, und ein Anwalt kommt, ein glatt-
rasierter, rosiger Mann mit Akne am Hals. Er liest Joseph aus
einem Zeitungsartikel vor, in dem es heißt, in Liberia hätten
demokratische Wahlen stattgefunden. Charles Tylor sei der
neue Präsident, der Krieg sei zu Ende, die Flüchtlinge strömten

zurück. «Sie werden abgeschoben, Mr. Saleeby», sagt er. «Das ist sehr, sehr gut für Sie. Die Geräte, die Sie gestohlen haben, und das unerlaubte Betreten des Grundstücks ... das Gericht wird diese Punkte fallenlassen, die Anklage wegen Fahrlässigkeit und wegen Mißbrauchs ebenfalls. Sie sind freigesprochen, Mr. Saleeby. Frei.»

Joseph lehnt sich im Bett zurück, und er merkt, daß es ihm gleichgültig ist.

Eine Schwester kündigt einen Besuch an. Sie muß ihm aus dem Bett helfen, und als er aufrecht steht, hat er lauter schwarze Flecken vor den Augen. Sie setzt ihn in einen Rollstuhl und fährt ihn den Flur entlang und zu einem Nebeneingang hinaus auf einen kleinen, eingezäunten Grasplatz.

Es ist so hell, daß Joseph das Gefühl hat, sein Kopf platzt gleich. Die Schwester rollt ihn zu einem Picknicktisch in der Mitte der Rasenfläche, die von einem Zaun gesäumt wird, hinter dem Autos auf einem Parkplatz abgestellt sind, und kehrt dann auf dem Weg zurück, auf dem sie gekommen sind. Joseph schaut angestrengt zum Himmel hinauf – er ist blendend hell, eine Schale voll schäumender Wolken. Eine Baumgruppe jenseits des Parkplatzes wird vom Wind geschüttelt – die Hälfte der Blätter ist abgefallen, und die Äste schwingen hin und her. Ihm wird klar, daß es Herbst ist. Er stellt sich die schwarzen, verdorrten Wurzeln seines Gartens vor, die verschrumpelten Tomaten und knittrigen Blätter, einen ersten Frost, der alles lähmt. Er fragt sich, ob dies der Ort sei, wo sie ihn nun endlich sterben lassen wollen. Die Schwester wird in ein paar Tagen wiederkommen, ihn aus dem Stuhl kippen und begraben, was noch übrig ist. Die ledrige Haut zieht sich zurück, das schwarze Samenkorn seines Herzens gibt nach, die Knochen senken sich in die Erde.

Eine Tür zum Grasplatz geht auf, und heraus tritt Belle, einen Rucksack auf dem Rücken. Sie geht mit einem scheuen Lächeln auf Joseph zu und setzt sich an den Picknicktisch. Unter dem Kragen ihrer Windjacke kann er den Träger ihres Hemdchens sehen, ein blasses Schlüsselbein, ein Trio von Sommersprossen darüber. Der Wind weht Strähnen ihres Haars hoch und läßt sie wieder herabsinken.

Er hält den Kopf in den Händen und sieht sie prüfend an, und sie ihn. Sie macht das Zeichen für *Wie geht es dir?*, und Joseph versucht es gleichfalls zu bilden. Sie lächeln und sitzen da. Die Autos auf dem Parkplatz blinken in der Sonne. «Ist dies wirklich?» fragt Joseph. Belle legt den Kopf schief. «Bist du wirklich? Bin ich wach?» Sie zwinkert und nickt, wie um zu sagen: Natürlich. Sie deutet über ihre Schulter hinweg auf den Parkplatz. *Ich bin mit dem Auto gekommen*, erklärt sie ihm per Handzeichen. Joseph erwidert nichts, sondern lächelt und stützt den Kopf in die Hände, weil der Hals ihn nicht oben halten will.

Dann scheint sich Belle daran zu erinnern, warum sie hergekommen ist, nimmt den Rucksack ab und holt zwei Melonen heraus, die sie zwischen sich und ihn auf den Tisch legt. Joseph sieht sie mit großen Augen an. «Sind das …?» fragt er. Sie nickt. Er nimmt eine Melone in die Hand. Sie ist schwer und kühl. Er klopft mit den Knöcheln daran.

Belle holt ein Taschenmesser aus ihrer Windjacke und sticht damit in die andere Melone, schneidet einmal rundherum, und als die Melone mit einem kleinen Geräusch des Nachgebens in zwei Hälften auseinanderbricht, steigt ein süßlicher Geruch auf. In der nassen, faserigen Höhlung in ihrem Innern sind Dutzende von Kernen.

Joseph schabt sie heraus und breitet sie auf der Tischplatte aus, jeder einzelne weiß und von Fruchtfleisch marmoriert und vollkommen. Sie glänzen in der Sonne. Das Mädchen säbelt ein Stück von einer der Hälften ab. Das Fruchtfleisch ist naß und glänzend, und für Joseph ist die Farbe unfaßbar – es ist, als enthielte es Licht. Sie führen beide ein Stück zum Mund und essen. Ihm ist, als könnte er den Wald schmecken, die Bäume, die

Stürme des Winters und die Größe der Wale, die Sterne und den Wind. Ein winziges Stückchen Melone gleitet an Belles Kinn hinunter. Ihre Augen sind geschlossen. Als sie sie wieder aufschlägt, sieht sie ihn, und ihr Mund öffnet sich zu einem Lächeln.

Sie essen und essen, und Joseph fühlt, wie das nasse Fruchtfleisch der Melone durch seine Kehle gleitet. Seine Hände und Lippen sind klebrig. Freude steigt in seiner Brust auf – ihm ist, als könnte sich sein Körper jeden Augenblick in Licht auflösen.

Sie essen auch die zweite Melone, nehmen wieder die Kerne heraus und breiten sie zum Trocknen auf dem Tisch aus. Als sie fertig sind, teilen sie die Kerne untereinander auf, und das Mädchen wickelt die Häufchen in Papier aus ihrem Notizbuch, und beide stecken ihr feuchtes Päckchen mit den Kernen in die Tasche.

Joseph sitzt da und spürt die Sonne auf seine Haut herabscheinen. Sein Kopf fühlt sich gewichtslos an, so als würde er davonschweben, wäre da nicht der Hals. Er denkt: Wenn ich es noch einmal tun müßte, würde ich die ganzen Wale begraben. Ich würde Saatgut eimerweise in den Boden bringen – nicht bloß Tomaten und Melonen, sondern auch Kürbisse und Bohnen und Kartoffeln und Broccoli und Mais. Ich würde die Ladeflächen von vielen, vielen Kippern mit Saatgut füllen. Riesige Gärten würden entstehen. Ich würde einen so großen und so bunten Garten anlegen, daß jeder ihn würde sehen wollen. Ich würde das Unkraut wachsen lassen und den Efeu, alles würde wachsen dürfen, seine Chance bekommen.

Belle weint. Er nimmt ihre Hände und hält ihre dünnen, beredten Finger in den seinen. Er fragt sich, ob sich der Staub an den Mauern des Hauses in den Bergen außerhalb Monrovias angehäuft hat. Er fragt sich, ob immer noch Kolibris zwischen den Blütenkelchen umherschwirren, ob dank irgendeines Wunders seine Mutter dort sein könnte, im Erdreich kniend, ob sie gemeinsam arbeiten könnten, den Staub beseitigen, fegen, ihn zusammenkehren, hinaustragen und in den Hof kippen, zusehen, wie er große, rostfarbene Wolken bildet, die vom Wind aufgenommen und woanders wieder verstreut werden.

«Ich danke dir», sagt er, kann aber nicht sicher sein, ob er es auch laut gesagt hat. Die Wolken zerteilen sich, und der Himmel fließt vor Licht über – es ergießt sich über sie, glasiert die Oberfläche des Picknicktisches, ihre Handrücken, die nassen, ausgehöhlten Melonenschalen. Alles erscheint ihm in diesem Augenblick sehr zart und schrecklich schön, so als stehe er mit gespreizten Beinen in zwei unterschiedlichen Welten, in der, aus der er gekommen ist, und in der, in die er aufbrechen wird. Er fragt sich, ob es für seine Mutter so war, bevor sie starb, ob sie dieselbe Art Licht gesehen, das Gefühl gehabt hatte, alles sei möglich.

Belle hat ihre Hände zurückgezogen und zeigt irgendwohin in die Ferne, irgendwohin jenseits des Horizonts. *Nach Hause*, sagt ihre Hand. *Du fährst nach Hause.*

Verwicklungen am Rapid River

Mulligan sucht seine Sachen zusammen, seine Angel, eine vom Kaffee braune Thermosflasche, Ziploc-Beutel, prall gefüllt mit Kartoffel-Sticks, sonnengetrocknetem Hirschfleisch und Ingwerplätzchen, und extra Socken, alles in einen Rucksack. Aus dem Keller eine Schachtel mit künstlichen Fliegen. Zum Frühstück: in Öl gebratene Würstchen, zwei dicke Scheiben Pumpernickel, dick mit Margarine beschmiert, Kaffee aus einem angeschlagenen Becher. Er steht kauend im abgenutzten Türrahmen zwischen Küche und Schlafzimmer und beobachtet seine Frau beim Schlafen. Ihre unter Decken zusammengerollte Masse. Ihre graue Unterwäsche auf dem Holzstuhl. Schon immer, seit ihrer ersten Nacht, schläft sie so, wie ein Ochse. Seit jener wundervollen, ausgelassenen Hochzeitsnacht, als er sie noch lange, nachdem sie eingeschlafen war, in den Armen gehalten und ihr Dinge gesagt hatte und sie nicht aufgewacht war. Es sei, hatte er einmal zu ihr gesagt, als käme ein Jäger mit seinen Hunden, um sie in die Nacht zu zerren und dort bis zum Morgen festzuhalten. Ein gespenstischer Nachtjäger mit geifernden, angeleinten Hunden. Mulligan sagt ihren Namen. Sie schläft ihren schweren, leeren Schlaf. Bevor er geht, legt er noch etwas aufs Feuer.

Draußen über den dunklen Walnußbäumen treibt weiß der halbierte Mond, ein von der Kälte gebleichtes Fossil. Wolkenfetzen jagen hinaus zum Meer. Über Nacht, so scheint es, war der Herbst aus den Bäumen verjagt worden, die Äste kahl, der Hof unter Blättern begraben. Mulligan kaut an einem braunen Grashalm, schließt das eisige Fahrerhaus seines Pick-ups auf. Das, so denkt er, könnte ebensogut Winter sein – ein frostiger

Himmel, Krähen, die alte Bäume in Stücke reißen, die beutegierigen Fragen der Eulen, die runden, von Eis überzogenen Gesichter der Teiche. Bald werden sich Forellen und Lachse an die tiefsten Stellen zurückziehen und starren Blicks bewegungslos über dem steinigen Boden hängen, während sich der Fluß in einem dünnen Rinnsal durch Eis windet und über ihren Köpfen zufriert. Auch Mulligan wird sich zurückziehen, wird im Keller herumwerkeln und bei Lampenlicht Fliegen herstellen.

Der Pick-up bewegt sich träge, der Treibstoff ist dickflüssig, das Scheinwerferlicht gelb und schwach. Die Straße naß und dunkel. Das lange, langsame Heranspritzen und das grelle Licht von Scheinwerfern und die nassen Stämme auf der Ladefläche eines Holztransporters, der sich die Landstraße hinaufquält, sind das einzige, worauf er unterwegs trifft – und ein Trupp Stare, eng nebeneinander auf einem Holzzaun. Einer von ihnen auf einem Bein. Ihre Augen blicken ruhig in das über sie hinstreifende Scheinwerferlicht.

In Weatherbees Kiosk steht Mulligan gegen halb fünf in dem bunten Licht zwischen aufgeschichteten Hochglanzmagazinen, Regalen mit Süßigkeiten, Zigarettenpackungen, Lottoscheinen in silbernen Rollen und Hinweisen auf verbilligte Milch. Kleine, an die Tür gebundene Glöckchen bimmeln. Die Eisgetränkemaschine strudelt langsam rosa vor sich hin. Mulligan füllt seine Thermosflasche mit Weatherbees schalem Kaffee und legt eine Zeitung samt Münzen auf den Tresen, an dem Weatherbee mit dem Kopf auf den Armen schläft.

Weatherbee blinzelt mit trockenen Augen, muß sich erst wieder zurechtfinden. «Du?»

Mulligan nickt.

«Wie ein gottverfluchter Wecker.»

«Wenn du in mein Alter kommst», sagt Mulligan, «ist Schlafen nicht viel anders als Wachsein. Irgendwie machst du bloß die Augen zu, und schon bist du weg.»

Weatherbee reibt sich die Augen. «Willst du wieder am Rapid angeln?»

«Dachte, ich versuch's mal.»

«Du fährst da doch jeden Tag rauf. Mit Kaffee und einer Zeitung.»

Mulligan zuckt mit den Achseln. Ist mit den Augen schon draußen. «Weiß nicht. Fast jeden Tag. Heute ja.»

Weatherbee wischt den Tresen ab und gähnt. «Ich hab' gedacht, man setzt sich zur Ruhe, um zu schlafen», sagt er. Hinter Mulligan schließt sich die Tür.

In der Post ist es dunkel, die Schalter sind geschlossen. Ein schwächliches Licht, ein zarter Faden, fällt über eine Reihe messingfarbener Postfächer. Ein Holzlaster kommt spritzend die Straße herunter. Mulligan geht zu einem Postfach, schließt es auf, sieht hinein. Ein Brief. Dickes Papier und glatt. Er schiebt ihn in die Brusttasche seines Hemdes. Aus einer Jackentasche mit Reißverschluß holt er einen anderen Brief, der in seiner eigenen, winzigen Druckschrift adressiert ist. Diesen Brief legt er in das Postfach, macht es zu und geht hinaus.

Er nimmt jetzt mit seinem Pick-up Richtung auf die Berge, kommt vorbei an Hängen mit unbelaubten Bäumen, wo die abgefallenen Blätter ihren langsamen Weg in die Erde beginnen. Hinter Wolkensträngen verblassen ein paar Sterne. Die pockennarbigen, matschigen Holzabfuhrwege – vier unmarkierte Kurven, ein mit Steinen verstopfter Bach, der gurgelnde Pick-up, der heiß läuft, sich über glitschigen Lehm kämpft, über ihm die klar umrissenen Berghänge, an den Wegrändern entästete Birken zu Rollen gebunden und, aus dem dämmrigen Gewirr des Waldes gehackt, wuchernde, schlammbedeckte Farne und rostrot gestielte Brombeeren – enden auf einer kleinen, lehmigen Lichtung, wo die Spitzen von Granitblöcken aus der Erde gucken und wo Angler parken. Er ist der erste.

Er zieht seine hohen Gummistiefel an, setzt seine Angel zusammen und lehnt sie gegen das Fahrerhaus. Er stopft das

Hirschfleisch, die Ingwerplätzchen, die Kartoffel-Sticks, seine extra Socken und die Zeitung in seinen Rucksack. Die Schachtel mit den künstlichen Fliegen verstaut er in seiner Weste und zieht sich eine Wollmütze über den Kopf. Dann sitzt er einen Augenblick da, atmet, und von seinem Atem beschlägt die Windschutzscheibe. Eine Wolke zieht vor den Mond.

Seine Finger finden den Brief in der Brusttasche seines Hemdes, das dicke Papier, den glatten Umschlag. Er setzt seine Lesebrille auf, öffnet den Brief, findet eine gepreßte Blume. Im trüben Licht des Fahrerhauses liest er bei laufendem Motor die runde Schrift:

Liebster Mulligan,

es könnte kaum verwirrender sein. Du sagst, Du empfindest genauso wie ich, und doch machst Du mit Deinem Leben einfach so weiter, mit Deiner Angelei – und mit Deiner Frau –, als stünde alles zum besten und wäre in Ordnung und die Situation ganz normal. Aber es steht nicht alles zum besten! Diese Geheimnistuerei zehrt an mir. Diese Briefe, die wir per Postfach austauschen, die quälenden Tage, wenn sie glaubt, Du seiest beim Angeln, und Du ohnehin mit Deinen Gedanken halb dort bist, das reicht mir nicht, reicht mir bei weitem nicht. Ich glaube, ich bin süchtig nach Dir. Vielleicht bin ich zu habgierig, vielleicht ist es egoistisch, daß ich Dich ganz für mich allein haben will. Ist Liebe nicht etwas Reales, Mully, oder war die auch eine Lüge?

Ach, ich weiß auch nicht, vielleicht werde ich auch ewig warten, so glücklich, wie Du mich machst. Du mit Deiner stillen Schüchternheit. Deiner Aufmerksamkeit. Ich fühle mich so elend, und da war nur Dein Brief, der mir mitteilt, daß Du heute wirklich zum Fluß gehst, und ich glaube, jetzt weiß ich, was echte Sehnsucht ist. Mein ganzer Körper tut mir weh. Es wird Zeit, daß Du eine Wahl triffst.

P.S. Wenn Du mich heiraten würdest und weiterhin angeln gehen könntest, würdest Du dann wirklich angeln gehen?

Er legt die Blume wieder in die Karte und steckt die Karte zurück in den Umschlag und schiebt diesen in die Zeitung in seinem Rucksack und verschließt den Pick-up. Dann macht er sich auf den Weg zum Fluß, geht den gewundenen, moosbewachsenen Pfad hinunter, der durch Unterholz und Brombeergestrüpp führt, zwischen von Schwämmen überzogenen Stämmen hindurch und eine nasse Schlucht hinab, in der die Erde an seinen Stiefeln saugt und seine Beine mit Schlammtropfen bespritzt. Der Waldboden ist ein dicker, nasser Blätterteppich, und mehr Blätter segeln herab, während er geht. Alles gehorcht einem Rhythmus – die auf und ab tanzende Spitze seiner Angelrute, der Tritt seiner Stiefel, das Herabtanzen der Blätter, das Geflüster des Flusses aus den Tiefen des Waldes.

Mulligan drängt sich durch das letzte Unterholz. Am Ufer des Rapid River, der glatt und glänzend und schwarz dahinströmt, überkommt ihn ein altes Gefühl, der unwiderstehliche Sog fließenden Wassers und wie sein Blut mitrollt – und so etwas wie Freude teilt seine Lippen. Er steht am Ufer, sein Atem kommt in Wolken aus dem Mund, und er liest beim Licht einer kleinen Stablampe noch einmal den Brief, befingert seine Ränder und schiebt ihn zurück in die zusammengefaltete Zeitung. Im Westen haben sich Wolken aufgetürmt, und bald sind die letzten Sterne verschwunden. Der verdunkelte Mond hüllt alles in einen Lichtschleier. Mulligan befestigt eine Fliege an seiner Angelschnur, watet in den Fluß und beginnt zu angeln.

Es dauert nicht lange, und er sieht über seiner rechten Schulter die Taschenlampen anderer Angler flußaufwärts, aber es ist nicht besonders schwer, so zu tun, als wäre man allein. Mit tauben Fingern bewegt er seine Schnur so, daß die Fliege nicht über die Wasseroberfläche fährt oder gleitet, sondern einfach dahintreibt, und das schafft er auch noch dort, wo es nur wenige Angler fertigbringen.

Der Tag bricht still und schlicht an, nur mit einem schmalen rosa Saum, und Mulligan ist ein wenig enttäuscht davon, denn da ist nichts von der Herrlichkeit eines Sonnenaufgangs im August, und bald darauf ist das ihn umgebende Licht grau, und der Tag hat angefangen. Der teebraune Fluß strudelt um seine Stiefel, dickflüssig und schwer, wie Wasser ist, wenn es kalt wird. Stromaufwärts fischen die anderen Männer in ihrem Flußabschnitt, werfen die Angel zum gegenüberliegenden Ufer aus – ein bärtiger Mann mit einer auf der Unterlippe klebenden Zigarette und weiter oben noch einer.

Aber hier gibt es eine Menge Wasser und eine Menge Fische. Er arbeitet sich sorgfältig stromabwärts, läßt sich Zeit, wirft den Köder an jeder tiefen Stelle aus, läßt ihn um jeden Felsblock gleiten, sucht unter Ästen und in Strudeln von einem Ufer zum andern. Er weiß, wo jeder nackte oder überwachsene Stein liegt und wie der Fluß ihn überspült.

Aber das stimmt nicht. Es gibt Stellen, die er nicht kennt, neue Stellen, unzählige winzige Veränderungen – das untergegangene Stück von einem Baumstamm, eine Stelle, wo der Fluß das Ufer unterhöhlt hat. Blätteransammlungen an mehreren Stellen, wo er geglaubt hatte, das Wasser flösse schneller. Er ist seit Wochen nicht mehr hier gewesen, und es schmerzt ihn zu sehen, daß der Fluß auch ohne ihn weitergeflossen ist.

Gegen elf werden die Wolken ein wenig dünner, und die Sonne, die im blauen, windigen Raum ihre Bahn zieht, wirft ihre Strahlen schräg herab und beleuchtet die Berge und den schlammigen Kahlschlag im Osten. Der Wind wird stärker, die Birken knarren. Mulligan watet mit tauben Beinen aus dem Fluß und stampft mit den Füßen auf, um sie zu wärmen. Er öffnet seinen Rucksack und gießt sich von Weatherbees Kaffee ein. Er kaut eine Weile auf einem Ingwerkeks herum, aber der ist trocken, und der Kaffee ist viel besser. Er faltet seine Zeitung auseinander und lehnt sich gegen den flechtenüberzogenen Stamm einer Birke, um zu lesen. Statt dessen sitzt er jedoch bloß da und fühlt, wie der Kaffee seinen Magen wärmt, und beobachtet die gelben Blätter, die flußabwärts treiben, und wettet mit sich selbst, welche Blätter als erste an ihm vorbeikommen und welche in die Falle eines Strudels oder eines Baumstumpfs geraten werden. Es macht ihm Vergnügen, wenn der Fluß ein Blatt sicher und schnell vorbeileitet und es ohne Komplikationen flußabwärts bringt. Alles gelangt in den Fluß, denkt er. Nicht nur Blätter, sondern auch tote Käfer und Würmer und auch Reiherknochen. Alles, was auf den Bergen anfängt, rutscht schließlich in den Fluß. Und der Fluß gießt es ins Meer. Nur die Fische machen es andersherum, und er liebt sie dafür.

Er fröstelt ein wenig. Die Luft ist dünn und kalt und läßt sich schwer atmen. Sie riecht wie Weißblech, wie Schnee. Es ist früh für Schnee, und das beunruhigt ihn. Er sitzt an den Baum gelehnt und kreuzt die Handgelenke im Schoß. Ein zu spät geschlüpfter Schwalbenschwanz läßt sich wild flatternd auf einer Distel nieder und legt, seine Flügel auf und ab bewegend, eine Pause ein. Mulligan pustet vorsichtig, und er fliegt weiter, gefährlich tief über den Fluß, und ist fort.

Da sind die winzigen plätschernden und saugenden Geräusche des Flusses, und Mulligan driftet in einen leichten Schlaf. Der Fluß sucht sich seinen Weg über die Steine, und der Wind weht durch die moosbedeckten Äste, und die Wolken gleiten in Haufen über die Berge. In seinem Schlaf träumt er nicht, aber auf der Innenseite seiner Augenlider sieht er, wie seine Frau Brotteig mit der Faust bearbeitet und dann in eine ausgefettete Schüssel drückt. Dann bückt sie sich, und er sieht ihren breiten Rücken, ihre morschen Knöchel, ihre mehligen Handgelenke. Sie deckt den Teig mit einem Handtuch zu, damit er aufgehen kann.

Als Mulligan aufblickt, stehen zwei Leute vor ihm.

«Hallo», sagen sie. «Wie läuft's, Mully?»

«Bis jetzt noch nichts. Ich kann sie sehen. Zum größten Teil an unterhöhlten Uferstellen. Sie fressen nicht viel. Vielleicht ist es zu kalt.»

Die beiden, ein Mann und eine Frau, nicken. Der Mann ist der Bärtige mit der Zigarette. Er schaut auf den Fluß, blinzelt, kratzt sich die Backe. Die Frau ist dick und macht einen harten Eindruck. Sie ist die Nichte von Mulligans Frau und angelt, jagt und wettet.

«Von vielleicht kann keine Rede sein», sagt sie. Ihre Stimme ist laut, und so eine Stimme, die den Fluß hinunterdröhnt, läßt Mulligan zusammenzucken. Sie hockt sich neben ihn, macht einen seiner Plastikbeutel auf und zerrt einen sehnigen Streifen Hirschfleisch heraus. «Meine verdammten Füße sind eiskalt.»

Der bärtige Mann nickt. «Heute morgen war's gefroren», setzt er hinzu. «Heute abend schneit's.»

Die Nichte kaut Hirschfleisch, läßt ihren Blick über Mulligans Sachen gleiten.

«Habt ihr den Schwalbenschwanz gesehen?» fragt Mulligan.

«Schwalbenschwanz?»

«Den Schmetterling. Ich habe einen Schwalbenschwanz gesehen.»

Der bärtige Mann wirft der Nichte einen Blick zu.

«Wie geht's meiner Tante?» bellt die Nichte. Sie hat Hirschfleisch zwischen den Zähnen.

Mulligan möchte sie los sein. «Gut», sagt er. «Prächtig.»

Die Nichte schnappt sich den Beutel mit Ingwerkeksen. «Und dir, Mully? Wie ist es so im Ruhestand?»

«Gut. Gut und schön.»

«Ich hab' gedacht, ich seh' dich hier jeden Tag. Angelst du woanders? Oder mußt du zu Hause arbeiten?»

«Ich weiß nicht.»

«Du bist ein Weichei, Mully», sagt sie. «Immer schon gewesen.»

«Du kannst die Kekse haben. Wenn du willst.»

Sie starrt ihn an. Der Bärtige steckt sich eine Zigarette an. «Du willst sie nicht?» fragt sie. Wühlt in dem Beutel herum.

Mulligan schüttelt den Kopf, blickt hinab auf seine Weste, macht den Reißverschluß eines Beutels auf und zu. Er wünscht verzweifelt, daß sie weggehen. Die Nichte greift nach der Zeitung, schlägt sie auf und sagt: «Muß bloß mal bei den Rennen nachsehen.» Mulligan ist kalt. Sie haben ihm das mit dem Schmetterling nicht geglaubt, aber er hat ihn gesehen.

«Nimm auch die Zeitung», sagt er.

«Ich muß bloß mal kurz reinschauen.»

«Nimm sie. Ich lese sie doch nicht.» Mulligan wünscht, sie würden aufbrechen. Es war schön, so an den Birkenstamm gelehnt dazusitzen, und er mag den Geruch von Zigaretten nicht und auch nicht die laute Stimme der Nichte.

«Wir werden's wahrscheinlich unterhalb von Middle Dam versuchen», sagt der bärtige Mann. Mulligan nickt, will ihnen nicht in die Augen sehen. Die Nichte steht auf und fährt mit den Händen über ihre Oberschenkel in den Wasserstiefeln. Dann faltet sie die Zeitung doppelt zusammen und klemmt sie sich unter den Arm. Den Mund voll halbgekauter Ingwerplätzchen, sagt sie: «Wir rufen, wenn wir was fangen.»

«Okay.»

«Etwas, was das Rufen lohnt.»

«Ist recht.»

Der bärtige Angler atmet Rauch aus und winkt, als sie aufbrechen, sich auf dem Pfad flußabwärts davonmachen und mit ihren Stiefeln das Moos erschüttern, das sich über den Baumwurzeln ausbreitet. «Die wäre ich los», murmelt Mulligan. Er sitzt an den Baum gelehnt und trinkt seinen Kaffee, der inzwischen kalt ist. Er fühlt sich ein bißchen wackelig. Ihm ist, als könnte er beinahe spüren, wie der Planet seine langsame Drehung vollführt und wie die Baumwurzeln auf dem felsigen Untergrund herumtasten und die Wolken über die Berge rollen. Schließlich nimmt er seine Angel und watet wieder in den Fluß.

Es ist Nachmittag, so um drei oder vier Uhr, und er hat schon eine ganze Zeit lang die Angel ausgeworfen, allein bis auf ein Rabenpaar, das über den Bäumen kreist und ruft, als er seinen ersten Fisch fängt. Der hat sich mit dem Anbeißen viel Zeit gelassen, und Mulligan mußte den Nymphenköder zehnmal oder öfter über dasselbe Kiesloch ziehen. Der Fisch kämpft um sein Leben, springt einmal in die Höhe, und dann fängt ihn Mulligan mit dem Netz ein, macht sich die Hände naß und hält ihn. Ein rotgesprenkelter Lachs, männlich, mit einem bösartigen, abgestumpften Kopf und schwarzen Augen. Am Unterkiefer beginnt sich der Laichhaken zu entwickeln. Der Fisch krümmt sich in seiner Hand zusammen.

Mulligan hält ihn in den Fluß, streichelt seine Seiten und läßt ihn schwimmen. Der Fisch sinkt hinab, dreht sich und schießt davon. Mulligan überprüft seinen Knoten und spürt, wie die Energie ihn verläßt, jene Anspannung, die ihn immer überkommt, wenn er einen Fisch hat. Erneut wirft er die Angel aus, und erst da fällt ihm mit Schrecken der Brief ein, der in der Zeitung steckt, die er nicht mehr hat.

Er watet ans felsige Ufer, und das Wasser läuft von seinen Gummistiefeln ab. Mit zitternden Händen reißt er seinen Rucksack an sich und läuft stolpernd los, am überwucherten Flußufer entlang. Alles Blut ist aus seinem Gesicht gewichen. Seine Füße sind ohne Gefühl, und sie lassen ihn im Stich, heben sich zu langsam über Wurzeln, treten in umgefallene, verfaulte Stämme. Es ist, als liefe er mit Gewichten an den Knöcheln. Er kraxelt in die Schlucht und fällt hin. Seine Fäuste verschwinden in schwarzem Schlamm. Mit Mühe kommt er auf die Füße, aber Torflöcher halten seine Stiefel umklammert. Brombeerranken packen sie. Vor seinen Schienbeinen explodieren die Samenstände von Disteln. Er läuft den Pfad hinauf, und das Waldesinnere greift nach ihm, greift ihn an, nährt seine panische Furcht, und seine ehemals so wunderbaren kleinen Reiche sind jetzt schwarz und entsetzlich, sind wie dünne Nadeln zwischen seinen Rippen.

Der Pfad spult sich viel zu langsam ab. Die Angelrute verfängt sich in Brombeergestrüpp, die Angelschnur hat sich plötzlich und sofort elendiglich verheddert, wie kommt so etwas, wie kann aus einer dünnen, geraden Schnur plötzlich so ein unglaubliches Durcheinander werden? Er bleibt stehen, und das Blut heult in seinen Ohren. Er versucht, an der Rolle zu drehen, aber die Schnur verhakt sich um so fester, und es scheint so, als habe sie sich um ein ganzes Brombeerdickicht gewickelt und Stacheln so dick wie Haifischzähne hielten sie fest.

Er läßt die Schultern hängen. Wirft einen Blick auf das undurchdringliche Dickicht vor sich. Dann setzt er sich in den kalten Schlamm des schmalen Anglerpfads und nimmt sich die Schnur vor, löst sie behutsam von einem Stachel nach dem andern. Allmählich beruhigt sich sein Atem. Schlinge um Schlinge bekommt er die Schnur frei. Um ihn herum trudeln orangefarbene und gelbe Blätter zu Boden.

Als die Leine frei ist, spult er sie wieder auf. Lange Zeit blickt er durch die Äste zum bewölkten Himmel hinauf. Hinter ihm die Geräusche, die der Fluß macht, das Glucksen und Murmeln, die alte Melodie. Seine gestreckte Kehle ist weiß, sein Bart silbern.

Schließlich dreht er sich um und stapft zurück zum Fluß. Vom Himmel sinken die ersten Schneeflocken und haben die bronzefarbenen Windungen des Rapid River zum Ziel.

*

Es ist inzwischen dunkel geworden, Schnee dringt durch das Unterholz, und Mulligan steht halb erfroren in der fedrigen Dunkelheit im Fluß und angelt. Seine Hände und Füße sind ohne Gefühl, sein Rücken schmerzt vom unaufhörlichen Auswerfen der Angel. Auf dem dahingleitenden Wasser vergehen zarte Flocken. Er angelt weiter.

Es ist kurz vor Mitternacht, und die Zweige hängen unter dem Gewicht des Schnees tief herab, und die Flocken fallen noch immer, als ein Fisch auf seinen Köder anbeißt und stromabwärts rast, die Schnur zischend von der Rolle zerrt und keinen

Zweifel aufkommen läßt, wer hier bestimmt. Schnell hat er die Schnur bis zur Hilfsschnur abgerollt. Neue Lebenskraft erfüllt Mulligan, sein Blut erhitzt sich. Die Rolle kreischt. Der Fisch springt einmal, zweimal, fünfmal, eine undeutliche Kugel, die sich einen Meter über dem Wasser dreht, schön und schrecklich, und dann ist er um eine Biegung verschwunden, und Mulligan kann nur noch hören, wie er voller Panik zappelt und die Hilfsschnur Meter um Meter herauszerrt. Sein Platschen vermischt sich mit den Geräuschen des Flusses und dem Wind in den Bäumen und dem leuchtenden Niedersinken des Schnees. In Mulligan steigt das Blut höher und höher, bis er das Gefühl hat, er müsse zerspringen.

Der Fisch zieht die ganze Hilfsschnur von der Rolle. Mulligan versucht mit blutleeren Fingern, die Schnur zu fassen zu kriegen. Der Fisch rast weiter. Die Hilfsschnur gleitet, unbefestigt wie sie ist, von der Rolle (wer denkt auch schon, daß ein Fisch sechzig Meter Hilfsschnur abwickeln kann) und rutscht durch die Laufringe an Mulligans Angelrute, und Mulligan wirft sich nach vorn und bekommt sie zu fassen, hält sie, die jetzt nicht mehr mit der Rute verbunden ist, zwischen beiden Handflächen, und der Fisch weit unten im Fluß zieht an der Schnur zwischen Mulligans Händen, und dieser kann spüren, wie der Fisch in die Tiefe geht, um loszukommen, wieder hochsteigt und springt und aufs Wasser klatscht, und die Schnur gleitet ihm aus den Händen, und der Fisch kommt frei, und Mulligan bleibt zurück, steht mit ausgestreckten Händen da, einer reuigen, flehenden Gebärde.

Die Angelschnur treibt schlaff auf dem Wasser. Er zittert. Seine Angelrute mit der leeren Rolle liegt mit der Vorderseite nach unten auf dem Geröll. Um ihn herum die stumme Gleichgültigkeit der Wälder. Nur der unaufhörliche Sog des fließenden Wassers ist zu hören, dort, wo der Fluß endlos durch den Wald gleitet und der Schnee leise flüsternd herabrieselt.

Mkondo

(*mkondo*, Subst.: das Strömen, Fließen, Laufen, Schießen vom Wasser eines Flusses oder von Wasser, das auf den Boden gegossen wird; die Bewegung der Luft durch eine Tür oder ein Fenster wie z. B. Strom, Zug; das Kielwasser eines Schiffes; eine Spur; das Laufen eines Tieres.)

Im Oktober 1983 wurde ein Amerikaner namens Ward Beach vom Museum of Natural History in Ohio nach Tansania geschickt, wo er versuchen sollte, an die Versteinerung eines prähistorischen Vogels zu kommen. Teams europäischer Paläontologen hatten in den Kalksteinbergen westlich von Tanga so etwas wie den chinesischen Caudipteryx (ein kleines, gefiedertes Reptil) gefunden, und das Museum war darauf erpicht, selbst auch ein Exemplar zu besitzen. Ward war kein Paläontologe (auf halbem Weg zu seiner Promotion hatte er aufgegeben), aber er war ein kompetenter Fossilienjäger und ein ehrgeiziger Mann. Die Arbeit selbst mochte er zwar nicht (mühsame Stunden mit Meißel und Schüttelsieb, Sackgassen, Enttäuschungen), aber er mochte die Idee, die hinter der Arbeit stand. Das Entdecken von Fossilien, so sagte er sich, hieß, Antworten auf wichtige Fragen zu finden.

Er war unterwegs auf dem namenlosen Bergrücken, auf dem er seit zwei Monaten tagtäglich zur Ausgrabungsstätte fuhr, als er auf eine Frau traf, die die Straße entlanglief. Sie trug Sandalen und ein *khanga*, das locker über den Knien gebunden war, und ihr Haar tanzte ihr, zu einem dicken Zopf geflochten, auf dem Rücken. Der Weg, zu beiden Seiten dicht von niedrigem

Bewuchs gesäumt, verengte sich und beschrieb, unter der brennenden Sonne bergauf steigend, scharfe Kurven. Ward war im Begriff, die Frau zu überholen, als sie ihm vor den Pick-up lief. Er bremste, geriet ins Schleudern, fuhr nur noch auf zwei Rädern und schlitterte beinahe über den Rand. Sie sah sich nicht um.

Ward beugte sich über das Lenkrad. War das wirklich passiert? War diese Frau vor seinen Pick-up gestürmt? Sie sprintete jetzt weiter vor ihm bergauf, und ihre Sandalen wirbelten den Staub auf. Er fuhr hinter ihr her. Sie rannte, als verfolge sie etwas, lief wie ein Raubtier, meisterhaft, ohne unnötige Bewegungen. So etwas wie sie hatte er noch nie gesehen. Sie blickte sich nicht um, nicht ein einziges Mal. Ganz vorsichtig fuhr er so dicht auf, daß ihre Fersen nur um ein Haar die Stoßstange verfehlten. Über dem Motorengeräusch konnte er ihr heftiges Atmen hören. Das ging so zehn Minuten lang: Ward, kaum atmend, über dem Lenkrad, erfüllt von – Ärger? Neugier? Vielleicht schon Verlangen? Und die Frau, bergauf stürmend, mit tanzendem Zopf und Beinen, die unter ihr wie Kolben arbeiteten. Sie wurde nicht langsamer. Als sie oben auf der pfützenbedeckten Höhe ankamen, die in der Sonnenhitze dampfte, wirbelte die Frau herum und sprang auf die Motorhaube des Pick-ups. Ward bremste. In dem Schlamm geriet der Pick-up gehörig ins Rutschen. Die Frau drehte sich auf den Rücken, hielt sich seitlich am Rahmen der Windschutzscheibe fest und rang nach Atem.

«Fahren Sie weiter!» schrie sie auf Englisch. «Ich will den Wind spüren!»

Er saß einen Augenblick da und schaute durchs Glas auf ihren Nacken. Konnte er nein sagen, nachdem er sie den Berg hinauf verfolgt hatte? Konnte er mit ihr auf der Motorhaube fahren?

Aber er hatte den Fuß schon – so als gehöre er nicht ihm – von der Bremse genommen, und der Pick-up rollte, allmählich Fahrt aufnehmend, bergab und wurde nach und nach schneller. Da waren diese engen, schrecklichen Kurven in der Straße. Er sah, wie sehr sich die Armmuskeln der Frau spannten, wenn sie den Rahmen der Scheibe fester packte. Ward passierte die Ausgrabungsstätte und fuhr weiter, eine halbe Stunde oder so die steile, tief zerfurchte Straße hinunter. Der Zopf der Frau baumelte vor der Windschutzscheibe hin und her, und die Muskeln in ihren Schultern standen hervor. Der Pick-up holperte über Schlaglöcher, legte sich in die Kurven. Aber sie lockerte nicht ihren Griff. Schließlich hörte die Piste auf, endete an einem dichten Rankengewirr vor einer tiefen Schlucht, auf deren Grund ein übel zugerichtetes Autowrack vor sich hin rostete. Ward machte seine Tür auf. Er hyperventilierte fast.

«Miss», begann er, «sind Sie denn –»

«Hören Sie mal, wie mein Herz schlägt», sagte sie. Und er tat es. Als beobachte er sich von fern, sah er sich aussteigen und sein Ohr an ihr Brustbein legen. Was er hörte, glich einem Motor, dem Motor des Pick-ups, der unter ihr getrommelt hatte. Er konnte hören, wie ihr großer Herzmuskel Blut in die Korridore ihres Körpers spülte, wie der Wind ihres Atems in ihrer Lunge pfiff. Nie hatte er sich ein so lebendiges Geräusch vorgestellt.

«Ich habe dich im Wald gesehen», sagte sie. «Wie du mit Schaufeln in der Erde gegraben hast. Wonach suchst du?»

«Nach einem Vogel», stammelte er. «Einem wichtigen Vogel.»

Sie lachte. «Du suchst nach Vögeln in der Erde?»

«Es ist ein toter Vogel. Wir suchen nach seinen Knochen.»

«Warum suchst du nicht nach lebenden Vögeln? Es gibt so viele.»

«Dafür werde ich nicht bezahlt.»

«Nein?» Sie kletterte von der Motorhaube und trat durch den Bambus am Ende der Straße.

Zwei Abende später stand er vor dem Haus ihrer Eltern, nicht sicher, ob er hätte kommen sollen. Ihr Name war Naima. Ihre Eltern, zurückhaltende und wohlhabende Teefarmer, wohnten oberhalb der Bohnenfelder und Bananenplantagen auf einem kleinen Pachtgut – sechseinhalb Morgen Tee, ein Häuschen mit drei Zimmern und eine von Glaswänden umgebene Baumschule für die Teesträucher – hoch oben in den Usambarabergen, einer zerklüfteten, bewaldeten Bergkette südlich des Kilimandscharo und westlich des Indischen Ozeans, mit den letzten Regenwäldern, die sich früher einmal von der westafrikanischen Küste bis nach Tansania erstreckt hatten. Aus den Eukalyptusbäumen hinter der Baumschule schrillten Heuschrecken, am Himmel flackerten die ersten Sterne. Ward hatte seinen Pick-up mit Körben voller Blüten beladen, Hibiskus, Wandelröschen, Geißblatt und anderen, deren Namen er nicht einmal hätte raten können.

Ihre Eltern standen in der Tür. Naima umrundete mehrmals den Pick-up. Schließlich langte sie hinein, brach eine Margeritenblüte ab und steckte sie sich hinters Ohr. «Kannst du mich fangen?» fragte sie.

«Was?» sagte Ward.

Aber sie lief bereits – um die Baumschule herum und in den Wald. Ward sah zu ihren Eltern im Hauseingang hinüber, deren Gesichter ausdruckslos waren, und trabte hinterher. Unter dem Blätterdach war es doppelt so dunkel. Freiliegende Wurzeln durchzogen den Pfad, Äste peitschten gegen seine Brust. Ganz kurz wurde er Naimas ansichtig, wie sie über Totholz sprang, Schößlingen auswich. Dann war sie verschwunden. Es war so dunkel. Er fiel einmal, zweimal. Der Pfad gabelte sich, und noch einmal. Wie Arterien zweigten die Pfade von Hauptpfaden ab, unterteilten sich wieder und wieder. Er hatte keine Ahnung, wo entlang sie gelaufen sein mochte. Er lauschte, hörte aber nur Insekten, Frösche, sich bewegende Blätter.

Schließlich drehte er um und suchte sich vorsichtig seinen Weg zurück zum Haus. Er half ihrer Mutter, Wasser aus dem Bach zu holen, er trank mit ihrem Vater an einem Holzkohlefeuer Tee. Doch Naima kehrte nicht zurück. Über den Rand seiner Teetasse hinweg zuckte ihr Vater mit den Achseln. «Manchmal bleibt sie die halbe Nacht weg», sagte er. «Sie kommt zurück. Sie kommt immer zurück. Wenn ich sie zurückhalten würde, wäre sie unglücklich. Ihre Mutter sagt, Naima sei alt genug, um ihre eigenen Entscheidungen zu treffen.»

Als er ging, war sie immer noch nicht zurück. Es war ein langer Weg hinunter zu seinem Hotel, zwei Stunden Geholpere auf Straßen voller Schlaglöcher, und Ward mußte in einem fort daran denken, wie sie auf der Motorhaube seines Pick-ups gelegen hatte, wie sich ihre Armmuskeln unter der Haut gespannt hatten, sah ihre gekrümmten Finger vor sich, hörte den Trommelschlag ihres Herzens. Zwei Tage später kehrte er abends zu ihrem Haus zurück und dann wieder nach zwei Tagen. Jedesmal brachte er ihr etwas mit – einen versteinerten Trilobiten an einer goldenen Kette, ein kleines Holzkästchen mit einer Sammlung violetter Kristalle darin. Dann lächelte sie, hob das Geschenk empor ins Licht oder drückte es an die Wange. «Danke schön», sagte sie. Ward sah jedesmal zu Boden und murmelte, daß es nicht der Rede wert sei.

Während des Abendessens beschrieb er, wo er herkam. Ohio mit seinen funkelnden Wolkenkratzern, den Häuserreihen, der Schmetterlingssammlung in seinem Museum. Sie lauschte begierig, vorgebeugt, die Hände flach auf dem Tisch. Sie stellte viele Fragen: Wie ist der Boden? Was für Tiere leben da? Hast du schon mal einen Tornado gesehen? Er erfand halbrichtige Einzelheiten aus der Naturgeschichte Ohios – Dinosaurier, die in den Ebenen miteinander kämpften, riesige Züge prähistorischer Gänse über verkümmerten Bäumen. Aber er hatte keine Sprache für das, was er wirklich sagen wollte, er konnte ihr nicht erklären, wie ihn ihre Wildheit an jenem Tag elektrisiert und gleichzeitig erschreckt hatte. Er konnte ihr nicht sagen, daß er angefangen hatte, nachts, wenn er unter den Falten seines Moskitonetzes schwitzte, ihren Namen vor sich hin zu sagen, immer und immer wieder, als wäre er eine Zauberformel, die sie in sein Zimmer rufen würde.

Wenn es dunkel geworden war, raste sie unweigerlich los in das Labyrinth von Pfaden hinter dem Haus und forderte ihn damit heraus, sie zu fangen. Und jedes Mal gelang es ihm, sie ein bißchen weiter zu verfolgen, bevor er über einen Stein stolperte und sich die Hand aufschnitt oder in ein Dornengestrüpp fiel und sich das Hemd zerfetzte. Nach und nach blieb er abends immer länger, half ihrem Vater bei den jungen Teebäumen in der Baumschule oder saß mit ihrer Mutter in höflichem, verlegenem Schweigen am Tisch. Aber immer mußte er aufbrechen, bevor sie zurück war. Dann fuhr er wieder Richtung Süden zu seinem Hotel in Tanga, der Pick-up schaukelte die Straße entlang, und die ersten Lichtstrahlen schossen über die Berge.

*

Die Monate dampften weiter – Dezember, Januar, Februar. Ward verschaffte dem Museum eine komplette Versteinerung ihres prähistorischen Vogels – die zarten, nadelgroßen Knochen eingeschlossen in eine Kalksteinplatte –, und man wollte ihn wieder in Ohio haben. Sein Flugticket war auf den ersten März ausgestellt, aber er schob den Flug auf, erbat sich zwei Wochen Urlaub und nahm ein Zimmer in Korogwe, einer kleinen Stadt am Fuß der Berge, in denen Naima wohnte. Während dieser zwei Wochen überquerte er täglich den Fluß und fuhr nach Norden in das Labyrinth sich auf und ab schlängelnder Wege, an dessen Ende sich das Haus ihrer Eltern befand.

Er brachte ihr Tennisschuhe mit und T-Shirts, für ihre Mutter Tütchen mit Kürbissamen und Taschenbuch-Romane für ihren Vater. Naima schenkte ihm immer dasselbe unergründliche Lächeln. Beim Abendessen wollte sie mehr über das Land wissen, aus dem er kam. «Wie *riecht* der Winter? Wie fühlt es sich an, im Schnee zu liegen?» Aber jeden Abend, wenn er sie ein Stück weiter durch den Wald jagte, verlor er sie wieder. «Sag mir, was ich tun soll!» schrie er dann in die sich verdunkelnden Berge. «Sag mir, wo du lang gegangen bist!» Und wenn er in seinem Zimmer erschöpft auf dem Bett lag, konnte er ihren Namen nicht zurückhalten: «Naima, Naima, Naima.»

Der Tag seines Rückflugs verstrich, sein Visum lief ab, sein Malariamittel ging zu Ende. Er schrieb ans Museum und bat um einen Monat unbezahlten Urlaub. Die Regenzeit kam – heftige Schauer, gefolgt von atembeklemmender Feuchtigkeit, Dampf in den Straßen, Regenbogen über den Bergen. Manchmal spülte ein Regenguß Ziegen in den Fluß vor seinem Hotel. Ward konnte sie von seinem Balkon aus mit großer Geschwindigkeit vorbeitreiben sehen. Sie paddelten angestrengt, um die Nase über Wasser zu halten, und er hatte manchmal das Gefühl, daß es ihm wie diesen Ziegen ging, hineingefegt in Umstände, über die er keine Gewalt hatte, in denen er mit aller Kraft gegen den Strom schwamm, sich in stiller Verzweiflung abkämpfte. Vielleicht war das Leben nicht mehr als in einen Fluß gespült zu werden und schließlich hinaus ins Meer, ohne wählen zu können, nur den riesigen, formlosen Ozean vor sich, die schäumenden Wellen, das lichtlose Grab seiner Tiefe.

Er sehnte sich plötzlich nach zu Hause, nach den zuverlässig wiederkehrenden Jahreszeiten, der milden Luft, der Alltäglichkeit des Landes. Als er sich mit seinem Pick-up allein und nach Mitternacht hinab durch die Berge schlängelte, blickte er nach Westen, wo die Hänge nicht ganz so hoch waren, und stellte sich vor, daß Ohio gleich hinter dem nächsten Kamm lag. Dort war sein Haus, waren seine Bücherregale und sein Buick. Er stellte sich seinen Kühlschrank vor, in dem Käse und Eier und kalte Milch waren. Und die Narzissen, die ordentlich auf ihren Beeten standen. Er hatte es satt, unter Moskitonetzen zu schlafen, war braunes Duschwasser leid und auch, mit Naimas Eltern schweigend gekochten Mais zu essen. Obwohl er erst seit fünf Monaten in Afrika war, spürte er, wie die Ermattung von ihm

Besitz ergriff. Sein Herz verkümmerte, ging zugrunde. Die Sonne, die über ihm glühte, und das Feuer in seiner Brust – das war zuviel, er war im Begriff zu verbrennen.

Dann der April – die regenreichsten Tage. Das Museum schickte ihm ein Telegramm. Es war ihnen nicht möglich gewesen, für ihn einen Ersatz zu finden, und sie wollten ihn wiederhaben. Sie boten ihm einen höheren Posten an und eine Gehaltserhöhung. Wenn er das Angebot annehmen wolle, müsse er bis zum ersten Juni seinen Dienst angetreten haben.

Zwei Monate. Er begann mit dem Laufen. Der Himmel war ein Backofen, die Sonne weißglühend, aber er lief so viel, wie sein Körper hergab, wankte die Berge hinauf und stürzte zurück zum Hotel. Anfänglich schaffte er nur ein paar Meilen, bevor ihn die Hitze besiegte. Die Menschen am Weg starrten unverhohlen, als diese Kuriosität, dieser große *mzungu* durch die Straßen keuchte. Aber als er stärker wurde, verloren sie bald das Interesse – ein paar feuerten ihn sogar mit Klatschen an. Bis Ende des Monats konnte er zehn, dann fünfzehn und dann zwanzig Kilometer laufen. Seine Haut wurde dunkler, seine Muskeln traten deutlicher hervor.

Jeden Tag schickte er einen Fahrer mit einem Geschenk in die Berge – vertrocknete Nachtfalter, versteinerte Korallen, ein blaues Gefäß, in dem acht winzige Quallen schwammen. Drei Schmetterlinge, Schwalbenschwänze, mit Nadeln auf Samt geheftet, in einem kleinen Kunststoffkästchen. Wenn er in sein Hotel zurückkehrte, klopfte sein Herz gleichmäßig in seiner Brust, und er spürte ganz schwach, wie etwas in ihm zu wachsen begann, eine unbekannte und unerschöpfliche Kraft, die in ihm von tief unten her aufstieg. Er magerte ab. Sein Appetit war grenzenlos. Als es Mitte Mai war, konnte er laufen und immer weiterlaufen und fühlte plötzlich eines Morgens, als er vorbei an den Korbläden zur Stadt hinauslief und vorbei an den Lehmgruben südlich der Stadt, und die riesige Schale des Meeres vor ihm glitzerte und der blaue Rauch der Holzkohlenfeuer über den Stränden hing, daß er ewig so laufen könnte.

*

Erst gegen Ende Mai fuhr Ward wieder Richtung Norden, über den Pangani die verschlungenen, zerfurchten Straßen hinauf, oberhalb der Plantagen entlang und in den Regenwald. In seinen Beinen pulsierte eine neue Energie – diesmal würde Naima ihm nicht entkommen. Sie empfing ihn atemlos an der Tür – er hatte ihr sein letztes Geschenk gebracht. Zitternd stand er da, die Fäuste an den Seiten geballt, und sah zu, wie sie das silberne Band von der Schachtel entfernte. Darin befand sich ein lebender Chrysippusfalter. Er flatterte zwischen ihren Händen hervor und fing an, durchs Haus zu wandern.

«Das Museum hat ihn als Puppe hierher geschickt», sagte Ward und sah zu, wie der Schmetterling gegen die Zimmerdecke stieß. «Er muß gerade eben geschlüpft sein.» Naima blickte ihn an.

«Du siehst anders aus», sagte sie. «Du hast dich verändert.»

Das ganze Abendessen hindurch betrachtete sie aufmerksam sein Gesicht, seine Arme, die Adern auf seinen Handrücken. Sie zündete auf dem Tisch eine Paraffinkerze an, und das züngelnde Spiegelbild der Flamme stand verdoppelt in ihren Augen.

«Ich bin hier», verkündete er, «um dich zu bitten, mit mir nach Hause zu fahren und meine Frau zu werden.»

Er stand noch nicht, da war sie schon an ihm vorbei, und er stürmte, seinen Stuhl umstoßend, ihr nach, rannte unter dem Eukalyptus, stampfte die Wege hinauf. Die Nacht war dunkel und mondlos, aber er war flinker geworden und spürte diese neue Kraft in seinen Beinen pulsieren. Er lief in großen Sprüngen an Baumstämmen vorbei, setzte über Ranken, sauste den Pfad hinab. In zwanzig Minuten war er tiefer in den Wald vorgedrungen als je zuvor und stieg jetzt hinter ihr her einen steilen Pfad hinan. Sie trug ein weißes Kleid, und er ließ es im Vorwärtsstürmen nicht aus den Augen.

Er jagte sie durch die Bäume in den Bambus oberhalb des Waldes und schließlich oberhalb des Bambus in ein offenes Waldland, wo zwischen riesigen, flachen Steinen Riedgras und Heidekraut wuchs und wo bizarre hohe Pflanzen, die aussahen wie stachlige Kohlköpfe, im Dämmerlicht auf ihren Stielen schwankten. Des öfteren kam er zu einer Gabelung im Weg und mußte entscheiden, wo entlang er laufen sollte. Alle paar Minuten konnte er Naima flüchtig vor sich her springen sehen. Sie war so schnell – er hatte vergessen, wie schnell.

Er verfolgte sie über eine Fläche voller Steinblöcke, dann durch einen langen, schlammigen Streifen. Er trat in ihre Fußstapfen, indem er seine Schrittlänge der ihren anpaßte. Seine Lunge pfiff, das Blut pochte in seinen Ohren. Ihre Spur führte ihn vorbei an einer Reihe hoher Felsblöcke zu einem Bergkamm und an den Rand eines Steilhangs. Er blieb stehen. Am Horizont breitete sich das Meer aus, in dem sich die Sterne als verschwommener Fleck spiegelten. Er sah sich um in der Hoffnung, etwas Weißes zu erblicken, das sich hin und her durch die Nacht bewegte. Aber sie war nirgends. Er hatte sie verloren, es war eine Sackgasse. Hatte er trotz all seiner Zuversicht den falschen Pfad genommen? Er drehte sich um, trat den Rückzug an, näherte sich wieder dem Rand des Steilhangs. Er war sicher, daß er ihr Kleid zwischen den Felsblöcken hatte hindurchhuschen sehen, auf denen jetzt seine Hände ruhten. Und dort waren ihre Spuren im Schlamm. Hinter ihm war der Weg, den er gekommen war. Vor ihm wartete das, was wie das Nichts aussah, Leere, eine Spirale von Sternbildern, reflektierten und echten, und das Zischen und Klatschen von Wasser auf Steine weit unten.

Vom Himmel fiel ein Stern. Dann noch einer. Das Blut tickte in seinen Ohren. Er beugte sich vor über den Abgrund, und obwohl er nichts sehen konnte außer jenen fernen Nadellöchern in der Dunkelheit, war er voller Vertrauen. Entschlossen machte er die Augen zu und tat einen Schritt vorwärts.

Jahre später dachte er oft daran und fragte sich, ob sie sich durch die Fußspuren und das weiße Kleid hatte verraten wollen, ob sie ihm dadurch gestatten wollte, sie zu fangen. Hatte er sie gejagt, wie ein Raubtier seine Beute jagt, oder hatte er sich ködern lassen – war er die Beute gewesen? Hatte er sie über den Rand des Steilhangs getrieben, oder hatte sie ihn heruntergelockt?

Das Fallen dauerte ewig, zu lange, aber dann trafen seine Schuhe klatschend aufs Wasser auf und dann seine Unterarme und dann war er unter Wasser und kam wieder hoch, lebendig und nach Luft schnappend. Die sanfte Strömung, die ihn umgab, sagte ihm, daß er sich in einem Fluß befand. Um ihn herum erhoben sich die Wände einer engen Schlucht. Die Strömung trieb ihn zu einer Kiesbank. Er saß da, halb im Wasser, mit schmerzenden Armen, und versuchte, wieder zu Atem zu kommen.

Sie stand am andern Ufer. Ihre Haut war so dunkel wie der Fluß, sogar noch dunkler, und als sie auf ihn zu schwamm, sah es aus, als löse sich der untere Teil ihres Körpers auf und würde zu einem Teil des Flusses. Als sie bei ihm ankam, streckte sie eine Hand aus, und er ergriff sie. Obwohl die Hand heiß war, zitterte sie. Über ihnen zogen Schwalben ihre Schleifen. Ein Kranich, der auf der gegenüberliegenden Seite Elritzen jagte, stand bewegungslos, den Schnabel zum Zustoßen bereit, ein Bein angezogen.

Was für ein Risiko sie einging, was für ein sagenhaftes, unglaubliches Risiko. Selbst Ward konnte sehen, daß sie diejenige war, die den Schritt über den Rand des Steilhangs tat, die durch die Dunkelheit stürzte. Sie blickte über seinen Kopf hinweg zu den Sternen auf, die am Himmel ihr Feuerwerk abbrannten. «Ja», sagte sie.

Am Sonntag darauf wurden sie von einem Priester in Lushoto getraut.

Eine Woche im Haus ihrer Eltern. Er schlief bei ihr im Zimmer. Sie sprachen kaum. Allein ihre Blicke suchten den andern. Ward konnte sie keinen Augenblick aus den Augen lassen. Er wollte ihr zum Außenabort folgen, wollte ihr beim Anziehen helfen. Naima stellte fest, daß sie fast die ganze Zeit zitterte. Sie ging völlig in ihm auf. Sie stürzte den Weg, den sie gewählt hatte, so ungestüm hinunter, wie ihr Körper es ihr erlaubte. Im Flugzeug saßen sie Hand in Hand. Er sah zu, wie die grünen, gefurchten Berge tief unter ihnen davonglitten, und empfand ein unbestimmtes Gefühl des Triumphs.

Auf ihrem Fensterplatz versuchte Naima sich vorzustellen, daß sie am Himmel dahinrase, nicht mit fremden Menschen in dieser Röhre zusammengepfercht, sondern wirklich fliegend, mit ausgestreckten Armen, durch die vorbeiziehenden Wolkenmassen. Sie kniff die Augen zusammen, ballte die Fäuste, aber die Vision wollte sich nicht einstellen.

Mit zehn Jahren hatte Naima ein Spiel erfunden, das sie Mkondo nannte. Mkondo ging so: Aus dem Wegenetz hinter dem Haus ihrer Eltern wählte sie einen Pfad, den sie noch nie entlanggegangen war, und folgte ihm bis zum Ende. Wenn sie dort angekommen war, mußte sie einen Schritt weitergehen. Manchmal hieß das nur, daß sie über Brennesseln hinwegsteigen oder durch ein Netz aus Ranken kriechen mußte. Manchmal jedoch schoben sich die Pfade in Schluchten hinein und hörten an einem Fluß auf – am braunen, stillen Pangani oder einem vorbeischießenden Bach –, und dann zog sie ihr *khanga* hoch bis über die Knie und watete zitternd hinein. Oder wenn in einer engen Schlucht der Pfad schließlich in einem Zedernwäldchen endete, dann kletterte sie sechs Meter hoch bis zu einem Ast und machte auf ihm einen Schritt vorwärts.

Am liebsten hatte sie die Pfade, die in die Berge hinaufstiegen, sich durch hohes Heidekraut und Gras wanden und an einer bröckelnden Felsspitze endeten. Dort stand sie dann und hob den Fuß. Weit in der Ferne über den Bäumen, die im Wind mit den Köpfen nickten, über den flachen, staubigen Ebenen, kamen vom Horizont her Wolkenhaufen angesegelt. Dann beugte sie sich vor über den pulsierenden Abgrund, streckte einen Fuß aus ins Nichts, und der Raum umflutete sie, ein Schwindel, dem sie in glückseliger Panik widerstand. Denn immer fühlte sie den Drang weiterzugehen, sich nach vorn zu werfen.

Sie lief so lange, bis sie nicht mehr spürte, wie ihre Beine sich unter ihr bewegten, bis sich Vergangenheit und Zukunft aufzulösen schienen und es nur noch Naima gab, und die ganze Aufmerksamkeit des von Leben wimmelnden, wogenden Waldes auf sie gerichtet war. Dann verspürte sie den verwegenen Drang, noch schneller zu werden, unter den Wolken zu laufen und zu fühlen, wie ihr Innerstes zu loderndem Leben erwachte. In einigen wenigen Nächten fühlte sie, wenn sie sich dem Ende eines Pfades näherte, wie sich die Hülle ihres Körpers auflöste und sie einen elektrisierenden Augenblick lang zu einem Lichtstrahl wurde, der emporschoß. Es war nicht so sehr Unzufriedenheit als vielmehr Neugier. Es war nicht so sehr die Angst vor Stagnation als vielmehr das Bedürfnis nach Bewegung. Aber das andere – Angst und Unzufriedenheit – war auch da. Sie konnte nicht stillsitzen. Sie haßte das Teepflücken. Sie hatte Angst vor der Schule.

Als Naima älter wurde, sah sie, wie Freundinnen Freunde heirateten. Junge Männer ergriffen die Berufe ihrer Väter, junge Frauen glichen mehr oder weniger ihren Müttern. Niemand, wie es schien, verließ den Ort, an dem er wohnte, keiner die gewohnten Wege. Mit neunzehn, mit zweiundzwanzig rannte sie noch immer durch die Wälder, kroch durch Dornengestrüpp, krabbelte Flußufer hinauf. Die Kinder nannten sie *mwendawazimu*, die Teepflückerinnen behandelten sie als Außenseiterin.

Inzwischen war Mkondo mehr als nur ein Spiel geworden – es war die einzige Möglichkeit, sich zu vergewissern, daß sie lebendig war.

Dann war Ward aufgetaucht. Er war anders, bedeutsam. Er redete von Orten, von denen sie nur geträumt hatte, er benahm sich auf eine Weise kultiviert, wie sie es noch nie erlebt hatte. (Wie Ward aus seinem Pick-up gestiegen war, wie er schüchtern zu Boden geblickt hatte, wie er einen Lehmspritzer mit dem Fingernagel von seinem Hemd gekratzt hatte.) Die Geschenke, die Aufmerksamkeit, das Versprechen von etwas anderem, etwas Bezauberndem – all das hatte sie angezogen. Aber erst, als er ihr in den Fluß nachgesprungen war, hatte er sie überzeugt.

Sie machte im Flugzeug die Augen wieder auf. Das hier, dachte sie, diese Heirat, diese Einfachfahrkarte zu einem anderen Kontinent, war bloß eine weitere Runde Mkondo. Man mußte nur seinen Mut zusammennehmen und jenen zusätzlichen letzten Schritt tun.

Ohio: trostloses Wetter hing über der Stadt wie ein Leichentuch. Vorhänge aus Dunst erstickten das Licht. Hubschrauber flogen ohne Ende über die Köpfe hin und her, Busse ächzten durch die Straßen wie sterbende Ungeheuer. Dort, wo Ward wohnte, standen die Häuser einen Fuß breit auseinander – Naima brauchte bloß ein Fliegenfenster hochzuschieben, um in die Küche der Nachbarn zu langen.

Während jener ersten Monate ergab sie sich Ward so leidenschaftlich, daß es ihr gelang, ihrer Enttäuschung zu entfliehen. Es war Liebe, Liebe der verzweifeltsten Art. Sie verbrachte ihre Nachmittage damit, minütlich auf die Uhr zu sehen in Erwartung des Augenblicks, in dem sein Bus ihn am Ende des Blocks freigeben würde, des Klirrens seiner Schlüssel vor der Tür. Abends liefen sie durch die Straßen, wichen Laternenpfählen aus, sprangen über Zeitungsbehälter. Manchmal blieben sie bis Tagesanbruch auf und redeten. Wenn es – zu schnell – Montag morgen wurde, hätte Naima am liebsten die Tür zugenagelt, seine Schlüssel vergraben, ihn auf dem Boden des Flurs festgenagelt.

Obwohl das Museum nicht das war, was sie erwartet hatte – gesprungene Granittreppen, zur Schau gestellte Knochen und ausgestopfte Säugetiere, Dioramen, in denen sich Höhlenmenschen mit Plastikaugen über gipserne Feuerstellen beugten –, konnte sie doch sehen, warum Ward dort unbedingt arbeiten wollte. Es war ein verstaubter, rückwärtsgewandter Ort, der einem eine Vorstellung davon gab, wie dieses Land einmal gewesen sein mußte. Sie saßen nachts auf dem Dach und beobachteten den durch die Straßen kriechenden Verkehr. Sie picknickten im versteinerten Brustkorb eines Brontosauriers. In einem Marmorsaal waren die Wände mit an die fünfzigtausend aufgespießten Schmetterlingen bedeckt, Spezies aus sämtlichen Regionen der Erde. Die Farben ihrer Flügel nahmen einem den Atem – leuchtend blaue Ringe, Tigerstreifen, vorgetäuschte Augen. Ward strahlte, nannte einen nach dem andern beim Namen. Es war sein Lieblingssaal. Selbst später noch, nachdem er mehrere Male befördert worden war, kehrte er immer wieder in den Schmetterlingssaal zurück, um Staub zu wischen, die Namensschilder geradezurichten oder Neueingänge zu inspizieren.

Aber je mehr Zeit sie dort verbrachte, desto mehr deprimierte sie das Museum. Nichts wuchs, nichts lebte dort. Selbst das Licht, das aus den nackten, in die Decke geschraubten Birnen fiel, erschien ihr tot. Die Leute dort waren besessen von Namen und Klassifizierungen, als ob der erste Schmetterling mit orangefarbenen Flügeln mit dem Namen *Anthocharis cardamines* aus seinem Kokon gekrochen sei, als ob das Wesen der Farne durch ein getrocknetes, auf Pappe geheftetes Exemplar mit dem Namen *Dennstaedtiaceae* erklärt würde. Die Kustoden hatten Wards prähistorischen Vogel genommen, eine Karteikarte drangeklebt und ihn in einen Glaswürfel eingeschlossen. Was für eine Art von Naturkunde war das? Sie hätte am liebsten Karren voll Erde hereingezogen und den Inhalt auf den Boden gekippt. «Sehen Sie diese Larve hier?» würde sie sagen und vor dem alten Aufseher eine hochhalten, vor der Gruppe von Erstklässlern. «Seht ihr diese Schnecken? *Das* ist Naturkunde. Von so etwas stammt ihr her!»

Verkehr, Reklametafeln, Sirenen, die Art, wie ein Fremder an ihr vorbeischaute – mit all dem hatte sie nicht gerechnet, darauf hatte sie sich nicht vorbereiten können. Die Blätter an den Bäumen – den wenigen Bäumen, die sie finden konnte – waren schmutzig vom Ruß der Fabriken. Die Supermärkte waren öde und steril. Das Fleisch kam abgepackt in Plastikfolie, und sie mußte sie im Gang aufreißen, um es zu riechen. Die Nachbarn taten so, als fänden sie es normal, wenn sie im Hof ihre Wäsche wusch. «Du mußt irgend etwas haben», sagte sie sich, als sie Wards Hemden über dem Rasen auswrang. «Du mußt etwas haben, oder du schaffst es hier nicht.»

Ward beobachtete Naima dabei, wie sie durchs Haus wanderte, als suche sie etwas, was sie verloren hatte. Manchmal klagte sie über seltsame Krankheiten – ihre Kehle sei wie zugeschnürt, sie habe einen dicken Kopf, ihr Magen fühle sich wie Gummi an. Einmal folgten sie einer Einladung zum Abendessen im Haus eines Bekannten, eines kenianischen Professors an der Universität. «Es wird dir guttun», meinte Ward zu ihr. Die Frau des Professors machte Chapatis und murmelte Lobendes auf Suaheli. Aber Naima saß mürrisch am Tisch und sah aus dem Fenster. Nach dem Abendessen, als man den Tee im Wohnzimmer nahm, blieb sie in der Küche, wo sie auf dem Fußboden saß und sich flüsternd mit der Katze unterhielt.

Nachts warf sich Ward voller Selbstekel im Bett hin und her. Wie, so fragte er sich, kann man etwas so verzweifelt wollen, es schließlich bekommen und doch am Ende unzufrieden sein? Und wie kann das so schnell geschehen? Wenn er dann schließlich in Schlaf sank, wimmelten seine Träume von gesichtslosen Teufeln. Er wachte nach Luft schnappend auf und spürte ihre Klauen an seiner Gurgel.

Ward veränderte sich ebenfalls – oder kehrte vielleicht bloß zu etwas zurück, was er vorher gewesen war, setzte zurück zu einem vertrauteren Weg. Nach nur sechs Monaten in Ohio konnte Naima sehen, wie die Röte seines Nackens verblaßte, die Konturen seiner Muskeln schlaff wurden. Sie beobachtete, wie er sich im Drum und Dran seiner Arbeit verfing. Er kam inzwischen erst gegen acht oder neun Uhr nach Hause, verlegen und voller Entschuldigungen. An den Wochenenden brachte er Schreibarbeit mit. Zunächst war er für die Publikationen des Museums verantwortlich, danach für die Mitgliederbetreuung. «Ich liebe dich, Naima», sagte er dann von der Tür seines Arbeitszimmers aus. Aber er war schon nicht mehr derselbe Mann, der wie ein brünstiger Hirsch vor der Tür ihrer Eltern gestanden hatte, schwer atmend und vor Leben zitternd.

Sie liebten sich vorsichtig und still. Es wurde nie etwas daraus. «Bist du okay?» fragte er dann anschließend keuchend, hatte plötzlich Angst, sie zu berühren, als wäre sie eine Blüte, der er die Blütenblätter ausgerissen hatte – ein Mißgeschick, zu spät jetzt. «Bist du okay?»

Ihren ganzen ersten Februar hindurch war der Himmel von morgens bis abends bedeckt. Sie konnte das Gewicht des Schnees auf dem Dach fühlen. Jeden Morgen drehte sie sich im Bett um, hob den Vorhang an und stöhnte, als alles wieder grau war. Nie Sonne, nie ein Lüftchen. Eine Meile entfernt hoben sich die stumpfen, trostlosen Wohntürme der Innenstadt wie riesige Gefängnisse gegen den Himmel ab. Busse brausten durch den Matsch.

Sie war nach Ohio gekommen. Sie hatte jenen letzten, extra Schritt getan. Und was jetzt? dachte sie. Was soll ich jetzt machen? Umkehren? Als es August wurde – sie war jetzt seit einem

Jahr dort –, weinte sie nachts. Der Himmel Ohios war zu einem spürbaren Gewicht geworden, unter dem sich ihr Nacken beugte und das auf ihren Schultern lastete. Sie schleppte sich durch die Stunden. Ward, der nichts unversucht lassen wollte, fuhr mit ihr aus der Stadt hinaus. Scheunen auf Hügeln. Dreschmaschinen auf den Feldern. Sie saßen auf der Veranda eines Freundes und aßen frische Maiskolben, dick mit Butter und Pfeffer drauf. Sie fragte: «Was sind das da drüben für weiße Kästen?»

«Bienen.» Und so nagelte sie den ganzen Winter über im Keller Rähmchen zusammen, im April kaufte sie in einem Geschäft für landwirtschaftlichen Bedarf eine Königin und eine Dreipfundpackung Arbeiterinnen und stellte im Hof einen Bienenstock auf. Jeden Abend stand sie mit einem Schleier aus Gitterstoff über dem Kopf über den Stock gebeugt, beruhigte die Bienen mit dem Rauch von schwelenden Grasbüscheln und beobachtete sie in all ihrer Emsigkeit, all ihrer Wildheit. Und sie war glücklich. Aber die Nachbarn beschwerten sich. Sie hätten Kinder, sagten sie, und einige von ihnen seien allergisch. Die Bienen würden über ihre Forsythienbüsche herfallen und über ihre Geranien. Bei einer Frau kamen Bienen durch die Klimaanlage. Die Nachbarn gingen dazu über, Zettel hinter Wards Scheibenwischer zu stecken und Grobheiten auf dem Anrufbeantworter zu hinterlassen. Dann eine Sabotagedrohung: Wie würde Ihren Bienen eine Dosis DDT gefallen? – mit Klebstreifen auf einem gläsernen Briefbeschwerer befestigt und durchs Wohnzimmerfenster geschleudert. Zwei Polizisten standen auf der Veranda, Hüte auf dem Rücken. «Anordnung der Stadt», sagten sie, «keine Bienen.»

Ward wollte ihr dabei helfen, sie loszuwerden, aber sie lehnte seine Hilfe ab. Sie hatte noch nie ein Auto gefahren. Sie blieb stehen und fuhr wieder an, überrollte beinahe zwei Kinder auf Dreirädern. Schließlich würgte sie den Motor auf einer Wiese an der Interstate ab, öffnete den Kofferraum und sah zu, wie die

Bienen aus dem Stock kamen, sie ärgerlich und verwirrt umschwärmten. Von einem Dutzend oder so wurde sie gestochen, in die Arme, ins Knie, ins Ohr. Sie weinte und haßte sich deswegen.

Mit Saugnäpfen befestigte sie an den Schlafzimmerfenstern Vogelfutterspender, lockte mit Keksen Eichhörnchen in die Küche. Sie studierte die Ameisen, wenn sie den Weg zum Haus überquerten, sah zu, wie sie vertrocknete Käfer auf ihre Schultern wuchteten und sie durch den Wald ihres Rasens verfrachteten. Aber es reichte nicht – es war keine Wildnis. Nicht direkt. Überhaupt nicht. Meisen und Tauben, Mäuse und Erdhörnchen. Fliegen. Ausflüge zum Zoo, um einem schmutzigen Zebrapaar beim Heufressen zuzuschauen. Das sollte ein Leben sein? So wollten Leute gerne leben? Sie spürte, wie irgendwo in ihrem Innern die Winde abflauten, die Stürme ihrer Jugend erstickt wurden. Sie lernte, daß alles in ihrem Leben – Gesundheit, Glück, ja selbst die Liebe – der Landschaft unterworfen war. Die Wetterlagen der Welt waren vom Wetter in ihrer Seele nicht zu trennen. Es herrschte Windstille in ihren Arterien, grauer Himmel in ihrer Lunge. Im Innern ihres Ohrs hörte sie einen Pulsschlag, den rauschenden Takt des Blutes, und das war die Zeit, das stetige Markieren jedes einzelnen Augenblicks, der vorbeiflog, unwiederbringlich und für immer verloren. Sie trauerte um jeden.

Im Winter – ihrem dritten in Ohio – fuhr sie mit Wards Buick nach Pennsylvania hinüber und kehrte mit einem Paar noch nicht ausgewachsener Rotschwanzbussarde zurück, die sie von einem Hühnerzüchter gekauft hatte, der die Mutter geschossen und die beiden in der Zeitung angeboten hatte. Sie waren flügge, aufgeregt und wütend, mit gebogenen Schnäbeln und rotglühenden Augen. Sie stülpte ihnen lederne Falkenhauben über und band sie im Keller an einen Holzklotz. Jeden Morgen fütterte sie die beiden mit rohem Hühnerfleisch. Als eine Art von Training setzte sie sie mit ihren Hauben auf ihr mit einem dicken Handschuh geschütztes Handgelenk und trug sie im Haus umher. Dabei streichelte sie ihre Flügel mit einer Feder und redete mit ihnen.

Die Bussarde waren voller Haß. Nachts schallten ihre wilden Schreie aus dem Keller herauf. Dann wachte Naima auf und hatte das seltsame Gefühl, daß die Welt auf dem Kopf stand, daß sich der Himmel unter ihr wölbte, die Bussarde im Keller ihre Kreise zogen und zu ihr hinaufschrien. Sie lag im Bett und lauschte. Und dann klingelte, wie nur allzu häufig, das Telefon. Die Nachbarn wollten wissen, warum es sich anhörte, als kreischten Kinder in Wards Keller.

Sie lernte: Wildnis war nichts, was sie herstellen oder was sie sich ins Haus holen konnte. Wildnis mußte von selbst dasein, ein Wunder, auf das zufällig zu stoßen sie das Glück haben mußte, wenn sie eines Tages einen Weg entlangging und an seinem Ende ankam. Jeden Abend ging sie zu den Vögeln hinunter. Sie trug sie von einem Ende des Kellers zum anderen, streichelte sie mit einer Feder und redete zu ihnen auf Suaheli, auf Tschagga. Aber sie schrien trotzdem. «Kannst du ihnen nicht den Schnabel zubinden?» rief Ward dann oben in seinem Arbeitszimmer. «Bis sie darüber hinaus sind?» Aber Haß war etwas, das sie nie hinter sich lassen würden. Er steckte in ihnen, sie konnte ihn in ihren Augen lodern sehen.

Nachdem das eine Woche so gegangen war, die Nachbarn sich fortwährend beschwert und zweimal die Polizei gerufen hatten, redete Ward ein ernstes Wort mit ihr. «Naima», sagte er, «die Polizei wird dir die Bussarde fortnehmen. Es tut mir leid.»

«Sollen sie doch kommen», erwiderte sie. Aber in der Nacht trug sie einen der Vögel in den Hof, nahm ihm die Haube ab und ließ ihn frei. Er erhob sich ungeschickt in die Luft, probierte seine Flügel aus und ließ sich auf dem Dachfirst nieder. Dort fing er an, gellend zu schreien, durchdringend und regelmäßig wie eine Sirene. Er schlug mit dem Schnabel auf das Dach ein, so daß Schindelstückchen umhersspritzten. Er flog hinunter auf den Vorbau und warf sich gegen das Fenster. Dann setzte er sich auf den Briefkasten und fing wieder an zu schreien. Erregt und atemlos lief Naima ums Haus zum Eingang.

Fünf Minuten später leuchtete die Polizei mit Taschenlampen in die Fenster. Ward stand in seiner Trainingshose kopfschüttelnd auf dem Bürgersteig und gestikulierte zu dem schreienden Bussard hinauf, der jetzt auf der Dachrinne hockte. Die Straße rauf und runter gingen die Lichter über den Haustüren an. Zwei Männer in Overalls fuhren ihren Pick-up auf den Rasen und versuchten, den Bussard mit Netzen an langen Stangen einzufangen. Er kreischte sie an, unternahm Sturzflugangriffe auf ihre Köpfe. Schließlich, als der Tumult seinen Höhepunkt erreicht hatte, Sirenen heulten, Männer riefen und der Vogel sie alle wild anschrie, ertönte ein Schuß, Federn stoben, und dann herrschte Stille. Ein verlegener Polizist steckte seine Pistole ins Halfter zurück. Was von dem Vogel übrig war, fiel als Klumpen hinter die Hecke. Federteilchen stiegen auf, wirbelten in die Dunkelheit davon.

Sie wartete, bis die Polizei fort war und bei den Nachbarn kein Licht mehr brannte. Dann ging sie in den Keller, nahm den zweiten Bussard und ließ ihn hinter dem Haus fliegen. Er erhob sich wie trunken in den Himmel und verschwand über der Stadt. Lauschend stand sie im Hof und starrte auf die Stelle im Dunst, an der sie ihn zuletzt gesehen hatte, ein schwarzer Fleck vor einem grauen Hintergrund.

«Das muß aufhören!» sagte Ward. «Was willst du denn noch alles anschleppen? Ein Krokodil? Einen Elefanten?» Er schüttelte den Kopf und legte seine dicken Arme um sie. In nur drei Jahren war sein Körper so weich geworden, daß er sie abstieß. «Warum gehst du nicht aufs College?» fragte er. «Du könntest zu Fuß zum Campus gehen.» Aber wenn sie sich das College vorstellte, dann dachte sie an ihre trübselige Zeit in der Schule von Lushoto, an die Hitze der Klassenräume, an die Unduldsamkeit der Mathematik, an langweilige, an Wände geheftete zweidimensionale Landkarten. Grün für Land, Blau für Wasser, Sterne für Hauptstädte. Lehrer, die davon besessen waren, Dinge zu benennen, die seit einer Million Jahren namenlos existiert hatten.

Jeden Tag ging sie früh zu Bett und schlief lange. Sie gähnte, ein ungeheures Gähnen mit offenem Mund, das Ward weniger wie ein Gähnen als wie lautloses Schreien vorkam. Einmal stieg sie, nachdem Ward zur Arbeit gegangen war, in den ersten Bus, der hielt, und fuhr so lange, bis der Fahrer die Endstation ausrief. Sie war am Flughafen gelandet, wie sie feststellte. Sie wanderte in der Abfertigungshalle umher, sah zu, wie die Namen der Städte auf den Anzeigetafeln nach oben rasselten. Denver, Tucson, Boston. Mit Wards Kreditkarte kaufte sie sich ein Tikket nach Miami, verstaute es in einer ihrer Taschen und wartete auf ihren Aufruf. Zweimal ging sie zum Flugsteig, aber schreckte jedesmal zurück und drehte um. Wieder im Bus, weinte sie. Hatte sie vergessen, wie man jenen extra Schritt machte? Wie hatte das so schnell geschehen können?

Sie klagte über die Feuchtigkeit im Sommer und die Kälte im Winter. Wenn Ward mit ihr essen gehen wollte, behauptete sie, krank zu sein. Erzählte er ihr etwas vom Museum, schaute sie weg, tat noch nicht einmal so, als höre sie zu. Ohne darüber nachzudenken, sprach sie vom Haus auch nach vier Jahren noch als seinem Haus. «Es ist *unser* Haus, Naima», korrigierte er sie und schlug mit der Faust gegen die Wand, «*unsere* Küche, *unser* Gewürzregal.» Er begann sich zu fragen, ob sie ihn verlassen würde. Schließlich war er überzeugt, daß er eines Tages aufwachen und feststellen würde, daß sie weg war – ein paar Zeilen auf dem Kaminsims, im Wandschrank ein Koffer weniger.

Er kam oft spät abends nach Hause und begegnete ihr auf der Treppe. «Ich hatte viel zu tun», sagte er dann. Und sie ging an ihm vorbei in die Nacht hinaus, ging in die entgegengesetzte Richtung.

Im Büro nahm er einen Notizblock aus einer Schublade und schrieb: *Ich sehe, daß ich Dir nicht geben kann, was Du brauchst. Du brauchst Bewegung und Leben und vieles, was ich nicht einmal erraten kann. Ich bin ein gewöhnlicher Mann mit einem gewöhnlichen Leben. Wenn Du mich verlassen mußt, um das zu finden, was Du brauchst, dann habe ich Verständnis dafür. Keiner, der Dich einmal unter den Bäumen hat laufen sehen oder erlebt hat, wie Du Dich an die Motorhaube seines Autos klammerst, könnte ohne Dich je wieder richtig glücklich sein, aber ich könnte es versuchen. Zumindest könnte ich leben.*

Er unterschrieb den Brief, faltete ihn zusammen und verstaute ihn in der Tasche.

Die Verflechtung ihrer beider Leben – in unterschiedlichen Hälften der Erde geboren, vom Zufall und von der Neugier zusammengebracht, auseinandergezwungen durch die Andersartigkeit ihrer jeweiligen Landschaft. Während Ward mit dem Brief in der Tasche im Bus auf dem Weg nach Hause war, wartete dort ein anderer Brief. Er hatte im Bauch eines Flugzeugs gesteckt, war von Postauto zu Postauto und von Hand zu Hand gegangen – ein Brief aus Tansania vom Bruder von Naimas Vater. Naima holte ihn herein, legte ihn auf die Arbeitsplatte und sah ihn an. Als Ward nach Hause kam, fand er sie im Keller auf dem Boden, eingewickelt in eine gehäkelte Wolldecke.

Er bewegte einen Finger vor ihren Augen hin und her, brachte ihr Tee, den sie nicht trank. Er löste den Brief aus ihrer Faust und las ihn. Ihre Eltern waren zusammen umgekommen, als ein Teil der Straße nach Tanga nachgab und eine Schlammlawine den Pick-up in eine Schlucht mitriß. Die Beerdigung hatte bereits vor einer Woche stattgefunden, aber Ward schlug vor, sie solle trotzdem fahren. Er kniete vor ihr und fragte, ob er die nötigen Vorbereitungen treffen solle. Keine Antwort. Er umfaßte ihr Gesicht und hob ihren Kopf empor. Als er ihn losließ, fiel er ihr wieder auf die Brust.

Er schlief so wie er war, im Anzug, neben ihr auf dem Zementboden. Am nächsten Morgen nahm er den Brief, den er ihr geschrieben hatte, und riß ihn in Stücke. Dann trug er sie zum Auto und fuhr sie ins Krankenhaus. Eine Schwester rollte sie in ein Zimmer und legte ihr einen Tropf an. Sie würde schon wieder, sagte die Schwester, sie würden ihr helfen.

Aber das war nicht die Art von Hilfe, die sie brauchte – weiße Wände, Neonlicht, der Geruch von Krankheit in den Gängen. Zweimal täglich schob man ihr Pillen in den Mund. Sie trieb durch die Stunden, ihr Puls tickte langsam durch ihren Kopf. Wie viele Tage lag sie so da, mit dem quasselnden Fernseher, dem entleerten Herzen, den abgestumpften Sinnen? Sie konnte die weißen Monde auf- und untergehen sehen, wenn sich Leute über sie beugten – ein Arzt, eine Schwester, Ward, immer wieder Ward. Ihre Finger fanden das Metallgitter des Bettes, ihre Nase überbrachte ihr die sterilen Gerüche von Krankenhausessen – Kartoffelpüree aus der Tüte, heilkräftiger Orangensaft. Der Fernseher brummte unablässig. Ihr Schlaf war grau und traumlos. Wenn sie versuchte, sich an ihre Eltern zu erinnern, gelang es ihr nicht. Bald würde ihr Tansania gänzlich entschwunden sein – wie ihre verwaisten Bussarde würde sie kein Zuhause mehr kennen außer dem Ort, an dem sie gehalten wurde, mit einer Kappe über dem Kopf und angebunden, gegen ihren Willen. Und dann? Würden sie hereinkommen und sie erschießen?

War es Morgen? War sie schon zwei Wochen dort? – Sie riß den Schlauch weg, quälte sich aus dem Bett und stolperte aus dem Zimmer. Sie konnte spüren, wie die Medikamente in ihrem Körper die Muskeln lähmten und ihre Bewegungen verlangsamten. Ihr Kopf fühlte sich an wie eine Glaskugel, die nur locker auf ihren Schultern saß – eine falsche Bewegung, und sie würde herunterfallen. Und sie selbst würde den Rest ihres Lebens brauchen, um die Scherben aufzufegen.

Draußen in der Eingangshalle, zwischen rollenden Krankenbetten und dahineilenden Krankenpflegern, sah sie Linien aus Klebeband auf dem Fußboden, die fächerförmig auseinanderliefen wie die Pfade ihrer Jugend. Sie wählte eine und versuchte, ihr zu folgen. Nach einiger Zeit – sie konnte nicht sagen, wie lange – war eine Schwester neben ihr, drehte sie herum und führte sie zurück in ihr Zimmer.

Sie gingen dazu über, ihre Tür abzuschließen. Erbsen zum Abendessen, Suppe zum Mittagessen. Sie fühlte sich fortgleiten. Ihr Herzmuskel war geschrumpft, und das Blut schwappte in seinem Innern herum. Etwas Tiefes und Freies in ihr war gestorben, war, zertrampelt, irgendwie dahingesiecht. Wie war das geschehen? Hatte sie es nicht sorgsam gehütet? Hatte sie es nicht tief in ihrem Innern in Sicherheit gebracht?

Nach dem Krankenhaus – sie konnte nicht sagen, wie viele Tage sie in jenem Zimmer eingeschlossen gewesen war – holte Ward sie nach Hause und setzte sie in einen Stuhl am Fenster. Sie beobachtete die Busse, die Taxis, die Nachbarn, die mit gesenkten Köpfen hin und her stapften. Eine gewaltige Leere hatte von ihr Besitz ergriffen. Ihr Körper war eine Wüste, windlos und dunkel. Afrika erschien ihr so weit weg, weiter ging es gar nicht. Manchmal fragte sie sich, ob es überhaupt existierte, ob ihre ganze Geschichte nicht nur ein Traum war, eine Erzählung für Kinder mit einer Moral am Ende. «Schau, wohin dich ein impulsives Wesen bringen kann», würde der Geschichtenerzähler sagen und mahnend den Finger heben. «Da siehst du, was passiert, wenn du vom rechten Weg abkommst!»

Der Frühling verstrich, der Sommer und der Herbst. Naima stand nicht vor mittags auf, wenn nicht noch später. Während des langsamen Ablaufs der Jahreszeiten kehrten winzige Erinnerungen zurück – das Piepsen von Rotkehlchenjungen, die ihre Mütter um Würmer anbettelten, Schnee, der durch das Licht einer Straßenlaterne stäubte. Sie drangen zu ihr vor wie durch eine dicke Glaswand. Sie bedeuteten nicht mehr dasselbe und waren zusammenhanglos und ohne Wirkung, ohne ihren wilden Reiz. Selbst ihre Träume kehrten schließlich zurück, aber auch die waren anders geworden. Sie träumte von einem Zug Kamele, die durch waldiges Land schaukelten; orangefarbene Wolken türmten sich über dem Baldachin eines Waldes. Aber sie selbst tauchte in diesen Szenen nirgendwo auf, sie betrachtete sie, konnte sie jedoch nicht betreten, sah Schönheit und konnte sie nicht empfinden. Es war, als wäre sie säuberlich aus jedem einzelnen Augenblick herausgeschnitten worden. Die Welt war wie ein Ausstellungsstück in Wards Museum geworden – hübsch und nostalgisch und bläßlich. Etwas Altes hinter Glas, das man nicht berühren durfte.

An manchen Morgen, wenn sie vom Bett aus zusah, wie sich Ward den Schlips umband und ihm hinten das Hemd über die fleischigen Oberschenkel hing, spürte sie, wie von einer fauligen Stelle in ihrem Innern Groll aufstieg, und dann drehte sie sich auf den Bauch und haßte ihn, weil er sie durch den Regenwald gejagt hatte und weil er vom Rand des Steilhangs gesprungen war. Zwischen ihnen war jetzt alles klar. Ward versuchte nicht mehr, sie zu erreichen, und sie ließ es auch nicht mehr zu. Sie war jetzt seit fünf Jahren in Ohio, aber es kam ihr wie fünfzig vor.

Abend. Sie hockte auf den Stufen zur Hintertür und schlief schon fast, als ein Flug Gänse übers Haus kam. Sie flogen so tief, daß Naima ihre Federn klar erkennen konnte, die glatten, schwarzen Rundungen ihrer Schnäbel, das gleichzeitige, koordinierte Blinzeln ihrer Augen. Sie fühlte die jähe Kraft ihrer Flügel, als sich die Luft, die sie verdrängten, über ihr bewegte. Sie flogen direkt auf den Horizont zu, rufend und sich in der

Führung abwechselnd. Sie blickte ihnen nach, bis sie nicht mehr zu sehen waren, und dann schaute sie lange auf die Stelle, an der sie verschwunden waren, und fragte sich: Welchem Ruf folgten sie? Welcher seltsame, verborgene Schalter wurde jeden Winter in ihren Köpfen umgelegt, was veranlaßte sie, dieselben unsichtbaren Routen zu denselben südlichen Gewässern einzuschlagen? Wie herrlich doch der Himmel war, dachte sie, und wie unbegreiflich. Noch lange, nachdem die Gänse fort waren, hielt sie den Blick himmelwärts gerichtet, wartend und hoffend.

Es war 1989. Sie war einunddreißig Jahre alt. Ward aß gerade ein Muffin, und ein Stalaktit aus Zuckerguß hing ihm von der Unterlippe. Sie ging hinein und stand vor ihm. «Okay», sagte sie. «Ich will studieren.»

Er hörte auf zu kauen. «Ach», sagte er. «Also gut.»

In einer Sporthalle liefen Studenten zwischen Ständen umher, die Schilder trugen wie *Regierung, Anthropologie* oder *Chemie*. Ein Stand, der mit Hochglanzfotos dekoriert war, erregte ihre Aufmerksamkeit. Ein Vulkan mit einem Ring aus Schnee. Der gesprungene Sitz eines Stuhls. Eine Fotoserie von einer Gewehrkugel, die aus einem Apfel austrat. Sie studierte die Bilder, füllte Formulare aus: *Fotografie 100. Der Fotoapparat – eine Einführung*. Ward hatte im Keller eine alte Nikon 630, die sie abstaubte und zur ersten Stunde mitbrachte.

«Der taugt nichts», sagte ihr Dozent.

«Einen andern habe ich nicht», erwiderte sie. Er machte sich an der Rückwand zu schaffen und erklärte ihr, daß Licht eindringen und ihre Fotos verderben würde.

«Ich kann sie zuhalten», sagte sie. «Oder ich klebe sie zu. Bitte!» Tränen traten ihr in die Augen.

«Na schön», sagte der Dozent, «sehen wir mal, was wir tun können.»

An ihrem zweiten Tag führte er die Studenten auf den Campus. «Wir werden hier ein paar Aufnahmen machen!» rief er.

«Verschwenden Sie Ihren Film nicht. Konzentrieren Sie sich auf Konstruktionen und auf Menschen.»

Die Studenten schwärmten aus und richteten ihre Objektive auf die Ecksteine von Gebäuden, das gemeißelte Ende eines Treppengeländers, das kuppelförmige Oberteil eines Hydranten. Naima ging zu einer altersgrauen, schiefen Eiche, die sich aus einem Rasendreieck zwischen Bürgersteigen lehnte. Die Kamera hatte sie mit Isolierband zugeklebt. Es waren vierundzwanzig Aufnahmen darin. Sie verstand kaum, was das bedeutete, vierundzwanzig Aufnahmen in ihrem Apparat zu haben. Blende, ASA, Tiefenschärfe – all das bedeutete nichts. Aber sie beugte sich vor, richtete das Objektiv nach oben, dorthin, wo sich die blattlosen Äste vor dem Himmel bewegten, und wartete. Die Wolkendecke war dicht, aber sie konnte sehen, wie sie langsam einriß. Sie wartete. Nach zehn Minuten teilten sich sanft die Wolken, ein dünner Lichtstrahl bahnte sich den Weg zur Eiche, und Naima machte ihre Aufnahme.

In der Dunkelkammer, zwei Tage später, sah sie ihrem Dozent dabei zu, wie er die schwarze Spirale ihres Films von der Leine nahm, an die er ihn zum Trocknen gehängt hatte. Er nickte und reichte ihr den Streifen hin. Sie hielt ihn, seinem Beispiel folgend, vor die Birne, und als sie das wiedergegeben sah, was sie erst ein paar Tage zuvor eingefangen hatte – von Sonnenlicht überschimmerte Eichenäste, ein Riß in dem Dunstschleier dahinter – fühlte sie, wie plötzlich die Dunkelheit von ihren Augen wich. Schauer überliefen ihre Arme, Freude schoß auf. Es war höchstes Entzücken, das älteste aller Gefühle, eine Empfindung, als erhöbe man sich aus dem dichten Blätterdach des Waldes und sähe, sich umwendend und über die Wipfel hinwegschauend, die Welt wie zum ersten Mal.

In dieser Nacht konnte sie nicht schlafen. Sie brannte. Zur nächsten Unterrichtsstunde kam sie drei Stunden zu früh.

Sie machten Kontaktabzüge, dann vergrößerte. In der Dunkelkammer beobachtete sie gespannt das Entwicklungsbad, wartete darauf, daß ihr Foto langsam aus dem Weiß des Papiers auftauchte – es trieb herein, kaum sichtbar zuerst, dann grau, und dann war es ganz da, und es erschien ihr als die schönste Zauberei, die sie je gesehen hatte. Entwickler, Stoppbad, Fixiermittel. So einfach. Sie dachte: Ich wurde geschaffen und hierhergeschickt, um dem Ausdruck zu verleihen.

Nach dem Unterricht rief der Dozent sie zu sich. Er beugte sich über die Abzüge und machte sie darauf aufmerksam, wie ihr bei einer Aufnahme eine Telefonleitung ins Bild geraten war, wie sie eine andere etwas länger hätte belichten können. «Trotzdem gut», sagte er, «eine gute erste Serie. Aber das eine oder andere stimmt noch nicht. Ihre Kamera läßt Licht rein … sehen Sie, wie der Rand hier verwaschen ist? Und dieser Baum sieht flach aus, da ist kein Hintergrund, kein Bezugspunkt.» Er nahm die Brille ab und lehnte sich zurück, dozierte jetzt. Wie man drei Dimensionen in zwei Dimensionen wiedergab, die Welt in planparallelen Räumen. «Das ist die zentrale Herausforderung für jeden Künstler, Naima.»

Naima trat zurück, besah sich noch einmal prüfend ihr Foto. «Künstler?» dachte sie. «Eine Künstlerin?»

Jeden Tag ging sie hinaus und fotografierte Wolken – Kumulonimbus, Zirrokumulus. Die Kreuzschraffierung von Kondensstreifen. Ein Luftballon, der über Bahngleise hinwegtrieb. Sie fing ein, wie sich zwei Schäfchenwolken, die wie Pusteblumen aussahen, in einer Pfütze spiegelten. Und ein tiefblaues, rautenförmiges Stück Himmel im Auge eines Hundes, der kurz vorher von einem Bus überfahren worden war. Bald sah sie die Welt nur noch unter dem Gesichtspunkt des Lichteinfalls. Fenster, Glühbirnen, die Sonne, die Sterne. Wenn Ward Geld für Lebensmittel auf dem Küchentisch ließ, gab sie es für Filme aus. Sie geriet in Gegenden, die sie nie zuvor gesehen hatte. Sie hockte eine Stunde lang bewegungslos in einem fremden Vorgarten und wartete darauf, daß eine dicke Stratusschicht aufbrach, um zu sehen, ob das Licht den dünnen Faden eines Spinnennetzes durchdringen würde, das zwischen zwei Grashalmen befestigt war.

Wieder gab es Anrufe: «Ward, wir haben gesehen, wie Ihre Frau neben einem toten Hund gehockt und ihn *fotografiert* hat!» – «Sie hat unsere Mülleimer fotografiert, Ward.» – «Sie hat eine Stunde lang auf der Motorhaube Ihres Autos gestanden und in den Himmel gestarrt, Ward.»

Er versuchte, mit ihr zu reden. «Na, Naima, wie läuft denn so der Unterricht?» Er war erneut befördert worden und verbrachte so gut wie seine ganze Zeit auf Wohltätigkeitsveranstaltungen, am Telefon und auf Rundgängen durchs Museum mit Geldgebern im Schlepptau. Er und Naima hatten inzwischen so gut wie nichts mehr gemeinsam – ihre Wege hatten sich getrennt und verliefen durch unterschiedliche Kontinente. Sie zeigte Ward ihre Aufnahmen, und er nickte. «Du machst das ganz großartig», sagte er dann und berührte ihren Rücken. «Ich mag das hier» – und dann hielt er ein Foto hoch, das sie nicht mochte, das Schimmern in einer Zirruswolke, die gerade am Mond vorbeitrieb. Es machte ihr nichts aus. Der erste Funke, der in ihre Seele gefallen war, hatte ein Feuer entfacht. Nichts konnte sie aufhalten. Sollten Ward und seine Nachbarn doch zu Boden schauen, sie würde ihre Augen zum Himmel erheben. Sie allein würde die orange- und purpurfarbenen, die blauen und weißen Weltreisenden sehen, diese vielfach gewölbten und vergoldeten, ihre Gestalt verändernden Gebilde, die über ihr dahinjagten. Jeden Morgen, wenn sie aus dem Haus trat, spürte sie den harten, dunklen Kern ihrer Entflammung.

Fotografie 100 ging zu Ende. Sie bekam eine Eins. Im Herbst belegte sie zwei weitere Fotografiekurse: *Fotografie heute* und *Dunkelkammertechniken*. Einer der Professoren war voll des Lobes und bot ihr an, sie kursunabhängig zu unterrichten. «Ich glaube, es ist das beste, wenn wir Sie den Weg, auf dem Sie jetzt sind, weiterverfolgen lassen», meinte er. Und Naima war in der Tat auf einem Weg – sie fühlte, wie er sich vor ihr erstreckte. Sie fotografierte und fotografierte. Am Ende des Semesters hatte sie in einem Studentenwettbewerb einen Preis für ihr Foto von dem toten Hund gewonnen. Leute, die sie nie zuvor gesehen hatte, gratulierten ihr auf den Fluren. Im Januar rief ein Coffee Shop an und bot ihr hundert Dollar für einen Abzug ihres ersten Fotos, den in Licht getauchten Ästen der Eiche. Im Sommer waren ihre Arbeiten Teil einer Gruppenausstellung in einer kleinen Galerie. «Es ist ihre Geduld», murmelte eine Frau. «Diese Fotos erinnern einen daran, daß jeder Augenblick da ist und dann für immer vergangen, daß zwei Himmel niemals völlig gleich sind.» Eine andere bemerkte, daß Naimas Arbeiten absolut vergeistigt seien, ein sublimer Ausdruck des Nichtgreifbaren.

Naima floh sehr bald, vorbei an einem Kellner im Smoking mit einem Tablett Frühlingsrollen, und zog los, um im schwindenden Licht zu fotografieren – ein Stück Sonnenuntergang durch einen Stützpfeiler, die sich drehende Lichtrosette, die der Mond zurückließ, als er langsam hinter einem Gebäude verschwand.

Spät abends – es war im April 1992 – überkam sie die alte Empfindung, das Hochgefühl, wenn sie sich beim Laufen dem Ende des Pfads näherte. Sie stand auf der Marmortreppe des Naturkundemuseums und betrachtete den Himmel. Es hatte während des Nachmittags geregnet, und jetzt fiel das Sternenlicht sauber durch die Luft. Das Licht von Galaxien badete ihren Hals und ihre Schultern und ließ die Flut ihres Blutes in ihrem Herzen steigen. Der Himmel war nur metertief. Sie konnte hindurchfassen und das eisige Zentrum ergreifen, konnte Sonnen zittern lassen und in Schwankungen versetzen wie winzige

Tröpfchen Quecksilber. Tief und flach – der Himmel konnte so vieles sein.

Ward befand sich im Schmetterlingssaal und war mit einer Kiste toter Exemplare beschäftigt. Sie war schlecht gepackt worden, und viele Schmetterlinge hatten zerrissene Flügel, auf denen das pudrige Muster verschmiert war. Er hob sie heraus und setzte sie auf dem Fußboden wieder zusammen. Naima rüttelte ihn an der Schulter und sagte: «Ich gehe. Ich fahre nach Hause. Nach Afrika.»

Er richtete sich auf, sah sie jedoch nicht an. «Wann?»

«Jetzt.»

«Warte bis morgen.»

Sie schüttelte den Kopf.

«Wie kommst du hin?»

«Ich fliege.» Dabei drehte sie sich bereits um, ging aus dem Saal, und das leise Geräusch ihrer Schritte verhallte. Obwohl er wußte, daß sie «mit dem Flugzeug» meinte, sah er sie später, als er allein im Bett lag, vor sich, wie sie die Arme ausbreitete, sich anmutig und leicht in die Luft erhob und über die Ebenen und Berge in Richtung Meer flog.

Mit der Post erhielt Ward ein Foto – unglaubliche, am Horizont berghoch aufgetürmte Gewitterwolken, von Blitzen fahl erhellt. Er schüttelte den Umschlag, aber sie hatte nur das Foto geschickt. In der nächsten Woche kam ein weiteres – die Silhouette eines Nashorns, über der sich zwei Sternschnuppen kreuzten. Von ihr kein Wort, nicht einmal ihr Name. Aber die Fotos kamen weiterhin, jeden Monat zwei, manchmal waren es auch mehr, manchmal weniger. Zwischen ihrem Eintreffen gähnte Wards Leben.

Er verkaufte sein Haus, verkaufte die Möbel und kaufte sich eine Eigentumswohnung in der Innenstadt. Seine Wochenenden brachte er damit zu, Dinge zu kaufen – einen riesengroßen Fernsehapparat, zwei auf Kacheln gemalte Wandbilder für sein

Badezimmer. Er verschönerte sein Büro – seltene Muscheln auf dem Fensterbrett, spanisches Leder, über seine Schreibtischplatte gespannt. Beruflich wurde er besonders erfolgreich. Über Paella, Maguro und Gyoza brachte er fast jeden dazu, dem Museum etwas zu stiften. Er lernte, sich unsichtbar zu machen, ein Zuhörer zu sein, der nur sprach, wenn die Person, die er umwarb, Bestätigung brauchte oder Zeit, sich ihre nächsten Worte zurechtzulegen. Er rührte an ihr Gewissen, indem er ihnen beschrieb, wie die Kinder ins Museum geströmt kamen, erweckte ihre Begeisterung, indem er ihnen Computeranimationen von Dinosauriern auf der Filmleinwand des Museums zeigte. Seine abschließenden Worte enthielten immer einen Satz wie: «Wir bieten Kindern die Welt dar.» Und sein Gegenüber klopfte ihm dann auf die Schulter und sagte: «Warum nicht, Mr. Beach, warum nicht?»

Er setzte alles daran, daß das Museum sich entwickelte. Die Leute wollten interaktive Ausstellungsstücke, komplizierte Robotertechnik, Miniaturreproduktionen brasilianischer Urwälder. Er begann mit der Arbeit vor allen anderen und blieb, bis alles geschlossen war. Er sorgte dafür, daß gleich neben der Eingangshalle alle fünfundvierzig Minuten ein nachgeahmtes Eiszeitalter stattfand. Er ließ eine Miniatursavanne bauen, komplett mit sich sonnenden Flußpferden, schwankenden Akazien und einem siebeneinhalb Zentimeter großen Zebra, an dem sich ein Rudel entsprechend kleiner, sorgfältig auf wild getrimmter Löwinnen gütlich tat. Trotzdem war Ward von Trauer erfüllt, und etwas in seinem Gesicht verriet es.

«Wie stumm Ward Beach leidet», sagten seine Nachbarn, sagten die ehrenamtlichen Helfer im Museum. «Er sollte jemand Neues finden», sagten sie. «Eine mit ein bißchen mehr Bodenhaftung. Eine, die denselben Geschmack hat wie er.»

Er baute Mais an, Tomaten, Erbsen. Er saß in einem Café am Fenster und las Zeitung, lächelte die Serviererin an, als sie ihm sein Wechselgeld hinlegte. Und alle paar Wochen kam ein Umschlag – Regenwolken, gespiegelt im nassen Abdruck einer Löwentatze, von Windstößen geformte Wolkenbögen über dem Kilimandscharo.

*

Ein weiteres Jahr verging. Er träumte von ihr. Er träumte, daß ihr riesige, phantastisch schöne Schmetterlingsflügel gewachsen seien, mit denen sie den Erdball umkreiste und die vulkanischen Wolken fotografierte, die aus einer Caldera auf Hawaii aufstiegen, die Rauchbüschel von über dem Irak abgeworfenen Bomben, die gewellten, durchsichtigen Bahnen des Polarlichts, die sich über Grönland entfalteten. Er träumte, daß er sie, als sie durch einen Wald flog, zu fangen versuchte. Seine Arme waren große Schmetterlingsnetze. Aber in dem Augenblick, als er sie über Naima stülpen wollte, erwachte er mit zugeschnürter Kehle, und er mußte sich, nach Luft ringend, aus dem Bett beugen.

Manchmal, wenn er abends nach Dienstschluß mit klickenden Absätzen durch die Flure des leeres Museums ging, kam er an dem versteinerten Vogel vorbei, den er vor fast zwanzig Jahren aus Tansania geschickt hatte. Seine Knochen, wie sie der Kalkstein bewahrt hatte, die Bögen und Nadeln seiner flügelähnlichen Arme, sein Rippenkorb waren zerdrückt, sein Hals war jämmerlich gekrümmt. Er war zerbrochen und unter Schmerzen gestorben. Was für ein Geschöpf, halb Vogel, halb Echse, halb das eine, halb das andere, auf ewig gefangen zwischen vollkommeneren Seinszuständen.

In seiner Post war ein Umschlag mit einer tansanischen Briefmarke, der erste seit Monaten. «Alles Gute zum Geburtstag» war in ihrer schwungvollen, mädchenhaften Schrift daraufgekritzelt. In ein paar Tagen hatte er in der Tat Geburtstag. Im Innern des Umschlags befand sich ein Foto: dunkles, üppiges

Gras tief unten in einer Schlucht, die von einem Fluß durchschnitten wurde, dessen glatte Wasseroberfläche im Licht der Sterne schimmerte. Er hielt das Bild unter die Schreibtischlampe. Das Gras, die Biegung des Flusses – das kam ihm alles bekannt vor.

Er sah: Es war ihre Stelle, der Flußabschnitt, in den er vom Rand eines Steilhangs gesprungen war, wo sie, sich nahezu in Wasser auflösend, zu ihm gekommen war. Er legte das Foto mit dem Bild nach unten auf den Tisch und weinte.

Was bereute er am meisten? Ihre zufällige Begegnung auf der Straße? Naimas Entschluß, auf die Motorhaube seines Wagens zu springen? Seine Entscheidung, sie nach Ohio mitzunehmen? Daß er sie hatte gehen lassen? Daß er sich hatte gehen lassen?

Er hatte weder ihre Adresse, noch ihre Telefonnummer, noch sonst irgendwas. Zweimal stand er während des Fluges auf und ging zur Toilette, um sich im Spiegel anzuschauen. «Weißt du, was du tust?» fragte er sich laut. «Bist du wahnsinnig?» Er trank Wodka wie Wasser. Die Wolken tief unter seinem Fenster ließen nichts erkennen.

Er war siebenundvierzig Jahre alt und war ins Büro des Direktors gegangen und hatte gekündigt. Er hatte sein Flugticket gekauft, sorgfältig gepackt. Das waren alles Steilhänge gewesen, von denen er hatte springen müssen.

In der feuchten Luft von Daressalam stiegen alte Erinnerungen in ihm hoch – das vertraute Muster auf dem *khanga* einer Frau, der Geruch trocknender Gewürznelken, das schiefe Gesicht einer amputierten Frau, die bettelnd die Hand ausstreckte. An seinem ersten Morgen löste der Anblick seines schwarzen, scharf umrissenen Schattens an der Hotelwand ein Déjà-vu-Gefühl aus.

Es begleitete ihn auf seiner Fahrt die Küste hinauf nach Tanga. Die grün-braune Senke der Massaisteppe, hier und dort von dünnen Rauchsäulen unterbrochen. Der Anblick zweier

Dhaus, die nach Sansibar segelten – all das hatte er schon einmal gesehen, und ihm war, als wäre er zwanzig Jahre jünger und führe zum erstenmal mit einem Landrover vollgepackt mit Schaufeln und Sieben und Meißeln diese Straße hinauf.

Einiges hatte sich verändert. In Lushoto gab es jetzt ein Hotel mit einer Speisekarte auf Englisch und davor Straßenhändler, die Luxussafaris zu absurden Preisen anboten. Die Usambaraberge hatten sich ebenfalls verändert. Hunderte von neuen, terrassenförmig angelegten Plantagen waren an den Hängen entstanden. Auf Kammlinien standen blinkende Antennen. Aber diese Veränderungen – Mobiltelefone und Kleinbustaxis und Cheeseburger auf einer Speisekarte – machten nichts. War es nicht schließlich das Land, wo einst die ersten Menschen umhergingen, unter eben diesen Bergen, wo eben diese Winde ihnen den Geruch von Regen oder Trockenheit brachten? In einem Reiseführer las er, daß vor 1900 noch nie ein Mensch die großen Wanderungen der Gnus und Zebras in der Serengeti beobachtet hatte. Hundert Jahre ... Was Wards Arbeitsgebiet anbetraf, war ein Jahrhundert ein Fingerschnipsen. Was für eine Veränderung konnten hundert Jahre schon bringen? Was für ein winziger Zeitraum war das für Tiere, die schon seit endlos langer Zeit über diese Ebene gestürmt waren und ihren Jungen beigebracht hatten zu leben?

Er schlief tief und friedlich und fuhr zum erstenmal seit Jahren nicht mit dem Gefühl, etwas presse ihm die Kehle zusammen, aus seinem Traum hoch. Bevor er aufbrach, trank er auf der Veranda des Hotels Kaffee und aß ein Kuchenbrötchen. Er dachte, er würde das Haus ihrer Eltern mit Leichtigkeit finden – wie oft hatte er diese Fahrt gemacht? Fünfzigmal? Aber die Straßen waren nicht mehr dieselben, waren breiter und planiert. Immer wieder kam er um eine Kurve und dachte, er wüßte, wo er sei, aber dann ging es plötzlich bergab, wo es seiner Meinung nach bergauf hätte gehen müssen, oder er landete vor dem Tor einer Plantage, wenn er an einer Kreuzung hätte sein müssen. Sackgassen, Abzweigungen, Wendeschleifen.

Nachdem er sich tagelang durch die Berge geschlängelt hatte, ging er dazu über, sich bei jedem, den er sah, nach Naimas Eltern zu erkundigen, nach ihr selbst und ob jemand wisse, wo man einen Film entwickeln lassen könne. Er fragte Teepflükkerinnen, Reiseführer, Ladenbesitzer. Ein junger Mann an der Hotelrezeption sagte, er schicke Filme von Touristen an eine Adresse in Daressalam zum Entwickeln, aber nur Weiße ließen Filme da. Eine alte Frau erzählte Ward in gebrochenem Englisch, daß sie sich an Naimas Eltern erinnere, aber daß seit ihrem Tod vor vielen Jahren niemand mehr in ihrem Haus gelebt habe. Er spendierte der Frau ein Mittagessen und überhäufte sie mit Fragen. «Wissen Sie noch, wo sie gewohnt haben? Können Sie mir sagen, wie ich mit dem Auto dort hinkomme?» Sie zuckte mit den Achseln und machte eine unbestimmte Handbewegung in Richtung der Berge. «Wenn man etwas finden will, muß man es vorher verlieren», sagte sie. «Das ist der einzige Weg.»

Damit hatte er nicht gerechnet, mit dem Warten und dem Umherstreifen, mit den heißen Stunden in einem Mietauto. Er ging dazu über, den Wagen am Ende einer Straße zu parken und dem Fußweg in die Felder zu folgen. An seinen Fersen bildeten sich Blasen. Er schwitzte seine Hemden durch. Aber er wußte, daß dies die richtige Art war, sie zu suchen. Er mußte den Pfaden folgen, die sich über die Berge schlängelten. Er mußte irgendwie dafür sorgen, daß sein Weg den ihren kreuzte. Diesmal würde sie keine Fußspuren hinterlassen oder ein weißes Kleid tragen oder sich verraten.

Jeden Morgen zog er aus und versuchte, sich zu verirren. Er machte sich einen Wanderstock, kaufte sich eine Machete und versuchte, Hinweisschilder auf Kisuaheli zu ignorieren, die vielleicht vor angriffslustigen Büffeln warnten oder das Betreten bei Strafe verboten. An seinen Waden zeigten sich Striemen, seine Unterarme waren von Insektenstichen übersät. Seine Sachen gingen in Fetzen. Er hackte von einem Jackett die Ärmel ab und trug es im Wald wie eine postapokalyptische Weste.

Drei Wochen täglicher Fußmärsche hatte er bereits hinter sich. Jetzt befand er sich auf einem schmalen Pfad unter Zedern. Es war fast dunkel, und er hatte sich völlig verlaufen. Der Pfad hatte so oft die Richtung gewechselt, daß er nicht hätte sagen können, wo Norden und wo Süden war. Ginge er bergauf, konnte ihn das aus den Bergen hinaus- oder tiefer in sie hineinführen. Er hatte weder Kompaß noch Karte. Ein phantastisches Gewirr von Kletterpflanzen bildete mit seinen Ranken ein Netz zwischen den Bäumen. Unsichtbare Vögel kreischten ihn von dem Blätterdach aus an. Er wanderte weiter, kämpfte sich den langen, überwachsenen Pfad entlang.

Es wurde schnell dunkel, und um ihn herum erhoben sich die Geräusche der Nacht. Er holte die Stirnlampe aus seinem Rucksack und schob sie über seinen Hut. Regen legte einen Film aus Feuchtigkeit über die Blätter – große Tropfen fielen ins Untergeschoß und befeuchteten seine Schultern. Bald wurde ihm klar, daß er vom Pfad abgekommen war. Er leuchtete mit seiner Lampe in alle Richtungen – was er sah, waren verfaulende Baumstämme, eine Ranke, die sich um einen Stamm wand, lange, von den Ästen herabhängende Moosbärte. Ein riesiger Ameisenstaat war unterwegs, eilte in einer Kolonne dahin und überholte einen Baumstamm.

Ward war fast fünfzig, arbeitslos, lebte von seiner Frau getrennt und hatte sich in den Bergen Tansanias verirrt. Im dünnen Strahl seiner Lampe beobachtete er, wie ein Wassertropfen in den Kelch einer roten Blüte lief. In ein paar Tagen, so dachte er, würden die Blütenblätter auf den Waldboden fallen und verschrumpeln und vergehen und schließlich in etwas anderem aufgehen, in der Rinde eines Baumes, in einer Beere, in der Energie, die die Glieder eines Salamanders durchfloß. Er pflückte die Blüte, wickelte sie vorsichtig in ein großes Taschentuch und verstaute sie oben in seinem Rucksack.

Er wanderte die ganze Nacht hindurch, tastete sich vorwärts, fiel hin und stand mühsam wieder auf. Als es dämmerte, hätte er gut noch an derselben Stelle sein können, an der er schon in der Nacht gewesen war – er konnte es unmöglich sagen. Durch die Lücken im Blätterdach strömte der Regen. Ward war naß bis auf die Haut. Nahezu alles, was er in seinem Leben gelernt hatte, war plötzlich absolut nutzlos. Gehen, Wasser finden und einen Pfad, das war das einzige, worauf es jetzt ankam. Tief in seinem Innern wußte er, daß er Angst haben sollte, und eine Stimme in ihm sagte leise: «Du gehörst nicht hierher, du wirst hier umkommen.»

Was hatte er in den letzten Jahren gemacht? Seine Erinnerung wühlte sich zurück – wie sich das Leder auf seiner Schreibtischplatte anfühlte, das Klirren von Silberbesteck auf Porzellan, Weinkarten in Restaurants mit Galerien – und das machte Erinnerungen aus seinen jungen Jahren Platz, dem Triumph, wenn er eine seltene, von Stein umschlossene Seelilie gefunden hatte oder die versteinerten Rückenwirbel eines Fisches in einem Stück Schiefer. Er erinnerte sich, wie er einmal Ziegen gesehen hatte, die von der Flut davongerissen wurden und die Flußufer anschrien. Hatte er damals denn gar nichts gelernt? Warum war ihm jene ursprüngliche Energie, jenes unglaubliche Vertrauen, das ihn erfüllte, als er vom Rand des Felsens sprang, nicht geblieben? Was, wenn er hier starb, in diesem Wald, allein? Was würde aus seinen Knochen werden? Würden sie auseinanderfallen, in der Erde versinken, konserviert als ein Rätsel, das irgendeine andere Spezies, die eines Tages den Stein aufhackte, würde lösen müssen? Er hatte mit seinem Leben nicht genug angefangen. Er hatte nicht begriffen, daß das, was er mit der Welt gemeinsam hatte – mit den Stämmen der Bäume und den marschierenden Ameisenkolonnen und den grünen Schößlingen, die sich aus der Erde wanden –, das *Leben* war: das erste Licht, das tagtäglich alles Lebendige in die Welt schwimmen ließ.

Er würde nicht sterben – er konnte es gar nicht. Erinnerte er sich doch eben erst, wie man lebt. Etwas in ihm hätte am liebsten laut gesungen, gerufen: Ich habe mich gänzlich verirrt, habe vollständig den Weg verloren. Die rauhe, schilfernde Rinde eines Baumes, Regentropfen, die auf Blätter fielen, das Liebeslied, das eine Kröte irgendwo in der Nähe hervorstöhnte – das alles erschien ihm unwahrscheinlich schön.

Eine vereinzelte weiße Motte, riesig, so groß wie eine Hand, flatterte vorbei, suchte sich zwischen den Ranken ihren Weg. Ward ging weiter.

Ein Pfad, die schwache Andeutung eines von allen Seiten bedrängten Weges, ein schmaler Durchgang zum Licht. In jener Nacht fand er das Haus ihrer Eltern, nachdem er durch ein langes Feld voller Nesseln gestolpert war. Geduckt und klein stand es da, schwach erleuchtet, mit rauchendem Schornstein. Ein Häuschen wie aus einem Märchen. Die Wände waren mit Kletterpflanzen überzogen, die Teefelder verwildert und trostlos, überwuchert von Bougainvillea und Disteln. Aber es gab auch Zeichen von Pflege – ein Gemüsegarten hinter dem Haus, in dem sich dicke Kürbisse auf der Erde lümmelten und der Mais hoch und quastengeschmückt auf seinen Stengeln stand. In einem Fenster des Hauses brannten zwei Kerzen. Durch das Fliegengitter sah er einen großen Eichentisch, Holzschränke, Tomaten auf einer Arbeitsfläche. Er rief Naimas Namen, bekam jedoch keine Antwort.

Im nachlassenden Licht seiner Stirnlampe sah er, daß das Teegewächshaus von oben bis unten mit Schlamm beschmiert worden war wie ein riesiger Ameisenhaufen. An der Tür hing ein Schild. In Naimas Handschrift stand «Dunkelkammer» darauf.

Er legte seinen Rucksack ab und setzte sich hin. Er stellte sie sich dort drinnen vor, wie sie ihre Negative von einem chemischen Bad ins andere tat, sie herausnahm und zum Trocknen an einer Leine befestigte. Alle diese Augenblicke, eingefangen auf Film und erstarrt, ihr persönliches naturgeschichtliches Museum, das sich vor ihr auftat.

Es dauerte nicht lange, und der erste Lichtsaum schob sich über die Bäume empor, und Ward blickte über das Gewirr aus Ranken und Disteln und die dunklen Plantagen mit ihren säuberlichen Reihen dorthin, wo die ersten Lichtstrahlen auf die Berge fielen. Er hörte, wie sich Naima in ihrer Dunkelkammer hin und her bewegte – das Scharren eines Schuhs, das gedämpfte Platschen ausgegossener Flüssigkeit. Über dem Horizont zeigte sich jetzt der riesige Scheitel der Sonne. Vielleicht, so dachte er, werde ich die richtigen Worte finden. Vielleicht werde ich, wenn sie aus dieser Tür dort kommt, genau wissen, was ich sagen muß. Vielleicht werde ich «Es tut mir leid» sagen oder «Ich verstehe» oder «Danke, daß du die Fotos geschickt hast.» Vielleicht werden wir gemeinsam zusehen, wie das Licht die Berge überflutet.

Er griff in seinen Rucksack und holte die Blüte hervor. Er hielt den zarten, zerknitterten Kelch vorsichtig auf dem Schoß und wartete.

Danksagung

Zutiefst dankbar bin ich Wendy Weil für ihre spontane und anhaltende Begeisterung; Gillian Blake dafür, daß sie jede einzelne dieser Geschichten stärker gemacht hat; meinen Eltern und Geschwistern für alles; Wendell Mayo und June Spence dafür, daß sie den Weg erhellt haben; allen, die sich die Zeit genommen haben, frühe Fassungen dieser Geschichten zu lesen, insbesondere Lysley Tenorio, Al Heathcock, Melissa Fraterrigo und Amy Quan Barry; Neil Giordano für seine unschätzbare Hilfe bei der ersten Geschichte und C. Michael Curtis für die seine bei der zweiten; George Plimpton für seine Hilfe bei «Der Hausmeister»; Hal und Jacque Eastman für ihre Energie und ihr Beispiel; Mike Gawtry und Tyler Lund für ihre wissenschaftliche Beratung; der Ohiona Ohio Library Association für ihre Unterstützung; und schließlich dem Wisconsin Institute of Creative Writing, ohne das viele dieser Geschichten nicht hätten geschrieben werden können. Sollten Sie Geld übrig haben, dann spenden Sie es ihnen.

Dieses Buch ist meiner Frau Shauna gewidmet, der Dank und Anerkennung gebührt für ihren unerschütterlichen Glauben, ihre Intelligenz und ihre Liebe.